国家舞台艺术
精品工程
剧作集 ⑥

地方戏曲卷四

中华人民共和国文化部艺术司 编

文化艺术出版社
Culture and Art Publishing House

精品提名剧目·梨园戏

节妇吟

编剧　王仁杰

一出　试探

〔沈蓉上。

沈　蓉　（唱）【中倍·摊破石榴花】

　　　　青云未遂，

　　　　名佚同年录。

　　　　空怀想，黄金屋，

　　　　梦里千钟粟。

　　　　却寒窗孤馆执教鞭，

　　　　伴咿呀童子读。

　　（念）书生莫叹云路穷，

　　　　应是时衰运未通。

　　　　有日鹿鸣作座主，

　　　　方知意气贯长虹！

　　沈蓉，因前科未第，馆于陆宅。主母颜氏，少艾而寡，且又待我不薄，也教琴剑飘零之人，时有非分之想。哎，不足为外人道也……怎奈秋闱迫近，决意辞馆赴试。今早已差梅香禀过颜氏，为何未见回复，不免趁此时，收拾行装也罢。

〔安童上。

安　童　安童安童，尽日"茹狂狂"，共先生，扫书房，伴公子，读文章。

〔梅香上。

梅　香　安童！安童！夫人命你到外馆请先生过来。

安　童　是。（下）

梅　香　夫人请出。

〔颜氏上。

颜　氏　（唱）【中滚·杜韦娘】

忽报秋闱近，

无端愁了清门孀居人。

心中事，诉无由，

笺纸更难陈。

留许满怀惆怅，

一灵未泯。

颜氏，自入陆家，半载而寡，到今已有十年；前年为我儿延聘一秀才沈先生，我见他斯文资质，才学过人，心里暗自倾慕。想我这家中，并无翁姑叔伯，百事由我一人做主，我都也有心要留他，谁知秀才却要辞馆赴试，我心里话，怎好启齿！正是：

（念）岂是无愁强说愁，

十年秉节如楚囚。

世人莫笑卓家女，

中夜相从应有由。

梅　香　夫人，先生就到，待我放下珠帘。

颜　氏　不放也罢。

梅　香　夫人，这……

颜　氏　梅香，不必多话，等候公子外馆返来，你带他去读书。

梅　香　是。（下）

〔梅香内声："先生到！"

颜　氏　有请！

〔梅香内声："有请先生。"

〔沈蓉内声："待来！"上。

沈　蓉　（念）未睹芳华心已慌，

哪堪入室更穿堂？

——梨园戏《节妇吟》

夫人，学生拜揖！

颜　氏　先生请坐。

沈　蓉　谢坐。

颜　氏　先生，今日驾临，见你低头怎说？

沈　蓉　夫人乃是主母，学生不敢。

颜　氏　今日不须此礼。

颜　氏　先生清茶自便。

沈　蓉　多谢赐茶。（抬头一瞥，离座）嗳呀！

（唱）【序滚】

昔日曾隔锦屏，

未识容貌超群。

眼前惊鸿一瞥，

果然新寡文君。

曾嗟叹高深墙门，

无缘亲近。

今日天赐良机，

偏在这离别时分。

云发丰艳，蛾眉皓齿……

颜　氏　先生……

沈　蓉　（支吾地）不瞒得夫人，学生此时，忽然想起古人的佳句……

颜　氏　是司马相如的《美人赋》。

沈　蓉　夫人读过？

颜　氏　当年灯下伴读，都也略记一二。

沈　蓉　哎呀，堪羡红袖添香夜读书。

颜　氏　先生此来，所为何事？

沈　蓉　夫人，学生此来，但为辞馆赴试一事。

颜　氏　早间听说了。

沈　蓉　全望夫人允准，以便不日启程。

颜　氏　做秀才的人，真是急性。

沈　蓉　今科一误，又是三年。

颜　氏　三年，我想都也易过。

沈　蓉　落第举子，三年实是难过。

颜　氏　莫非寒舍照料不周，使先生多有不便？

沈　蓉　嗳呀夫人，府上待我不薄，使学生飘零一身，觅得一枝栖止。

颜　氏　今未知我儿，学业可怎样？

沈　蓉　诗礼传家，孺子可教，来日公子大器早成，为夫人请旌题表，也是人生幸事。

颜　氏　自你来后，吾儿喜得良师，将你权当父执一辈，我也都放心了。

　　　　（唱）【甘州歌】

　　　　　　谁知你匆匆言去，

　　　　　　忍教他学业废半途？

沈　蓉　夫人她为何话中似有话，莫非她……住了！

　　　　（唱）【中倍·摊破石榴花】

　　　　　　此地岂是临邛，

　　　　　　谁人奏出《凤求凰》？

　　　　　　她是清门节妇，

　　　　　　我须且自重。

　　　　　　望夫人早为公子另择良师。

颜　氏　怎说？先生都也决然赴试去了？

沈　蓉　正是。

颜　氏　恁读书之人，就只知功名。

沈　蓉　夫人，岂不闻"居庙堂之高，则忧其民；处江湖之远，则忧其君"？

颜　氏　哎呀！

　　　　（唱）【醉相思】过【锦板】

　　　　　　他心在帝乡，

　　　　苦留本无方，

　　　　心事尽付汪洋。

　　　　看来流水无意，

　　　　权凭落花自主张。

　　先生！

　　　　但祝梦笔生花出华章，

　　　　夺三元，得意科场。

　　　　到许时天街软绣，

　　　　争看紫衣少年郎。

沈　蓉　夫人有这美意，学生今科必中无疑了。

颜　氏　先生，我还有一问。

沈　蓉　夫人请说。

颜　氏　先生此去，倘若不中，可肯再来？

沈　蓉　自然再来。

颜　氏　若是……中呢？

沈　蓉　若是中嘛？

颜　氏　先生，中可怎样？

沈　蓉　这……中嘛？

颜　氏　先生若是名标金榜，那时贵为天子门生，高官厚爵，玉食锦衣，自然……是不肯再来了？！

沈　蓉　夫人此话怎解？

颜　氏　先生是读书的人，这话自然有解呀。

沈　蓉　（旁白）来日难料，怎敢妄言？又怎忍辜负？呀，夫人！

　　（唱）【序滚】

　　　　临行言语殷，

　　　　壮行色，

　　　　料今科必有佳音。

　　　　谢夫人两载恩德，

念满园桃树含春。

遑论穷与达……

前度刘郎，

且又来陆氏家门。

颜　氏　怎说？先生中与不中，都会再来？！

沈　蓉　是，不中来；中……也来。

颜　氏　谢先生！望先生珍重，千金一诺。

二出　夜奔

〔安童、梅香提灯上。

安　童
梅　香　（唱）【剔银灯·叠】

鼓返三更月正斜，

一片乌云来相遮。

咱今提灯巡宵夜，

防火防盗莫偏差。

安　童　正要入眠，都给你吵醒了！

梅　香　嘻嘻，看你边走边"瞌"可怎说？

安　童　足见安童好功夫，走路都会"瞌"。安童本是晚头眠，偏偏做这夜游神！

梅　香　安童哥，巡到这后花园，咱唱一曲可让你醒眠，你看怎样？

安　童　好！你们大家静静，眼睛睁亮，看梅香姐共安童哥搬恁看。

〔二人耍乐，梅香做落科态。

梅　香　短命啊，日后也是好色之徒，给我一放电，神魂四散，恰似傀儡断头线。对，待我共伊变弄一下。

（唱）【寡北】

咱两人，

———梨园戏《节妇吟》 >>>>>

说什么心相对，

常说道，

有了我还有谁。

哄我上手时，

你又把心儿昧。

辜恩负义的贼，

受了你许多亏！

再不信你蜜罐里的砂糖，

棉花儿样的嘴。

安　童　梅香姐，什么叫做相思啊？

梅　香　贼饲虫，识相思？夫人公子都安歇了，咱赶紧巡了，也好去歇息。

安　童　也是。梅香姐，咱再走兮。

〔安童和梅香同下。

〔颜氏上。

〔伴唱　【中滚·大百花】

残灯明灭枕头倚，

谙尽孤栖滋味。

颜　氏　又添临别新愁，

（唱）正是未出门，

此心先醉……

十年已不丹青绘，

情急，哪顾得描红点翠？

红花信手鬓边插，

又怎知，花开花落合时未？！

早间曾用言语试探先生，看他却也未必不解风情。万般无奈，我才趁此时，借故送盘缠，要去同他见面。只是此门，也实是难跨得出去呀！

（唱）【倍工·带花回】过【玉树后庭花】

　　金莲三寸重千钧，

　　一半是羞，一半是愧。

　　昔时门槛何其低，

　　今夜高墙万仞人生畏。

　　蹑步，我今蹑步，

　　抬起又放下，

　　进前复又退。

　　今生此步太艰难，

　　胜似千里跋涉心力瘁。

颜氏啊颜氏，你今日此步不跨，更待何时？更待何日？（举步）哎！

　　跨……跨过了黄河扬子，

　　跨过了百年千岁。

　　关……关上了深闺门，

　　踏上了不归路，

　　何怨何悔？

　　端的是为着人情，

　　我身上冷汗，眼中热泪……

〔安童内声："梅香走好！"

〔梅香、安童上。

安　　童　梅香，适才咱巡到外馆，听见先生还在灯下唱《大寮曲》……

梅　　香　是吟诗，不是唱曲。

安　　童　是曲是诗，我全都听无，只有一句"缘何瘦瘦牵来骑"我听有。

梅　　香　（笑）是"立而望之，翩何姗姗其来迟"，么听做"缘何瘦瘦牵来骑"？

安　　童　梅香，此诗怎解？

梅　　香　我听夫人解过，是等不见相好的人来的意思。

————梨园戏《节妇吟》

安　童　先生有谁人可等呀?

梅　香　读书人吟诗,你管他有人等无人等,入内去呀!

安　童　梅香,走兮!

　　　　(唱)【剔银灯叠】

　　　　　　边门要上锁,

　　　　　　大门要闩好。

安　童
梅　香　谨防半暝后,

　　　　　　月黑鼠贼多。

安　童　"钥鬼"共它钥下去。

梅　香　小声点,不要吵醒夫人、公子。

　　　　〔安童、梅香下。

　　　　〔颜氏复上。

颜　氏　"立而望之,翙何姗姗其来迟……"哎呀,莫非先生……是也罢,不是也罢。颜氏,你今旦也无么路可走了!

　　　　(唱)【中倍·猫捕鼠】过【沙淘金】

　　　　　　来到大门后,

　　　　　　沉吟复沉吟。

　　　　　　是有意,还是无心?

　　　　　　无心权作读书人功课,

　　　　　　有意空谷传足音。

　　　　　　我仿佛听得旁人语唧唧,

　　　　　　听得亡人叹息声。

　　　　　　是风吼?是雷鸣?

　　　　　　入耳不堪听,

　　　　　　我凄惶难禁!

　　　　(徘徊反顾)罢罢了!只要先生他同我恩爱,

　　　　　　管他人言大可畏,

管他众口可铄金！

（开门，毅然下）

三出　阖扉

〔沈蓉上。

沈　蓉　（唱）【中倍·梅花引】过【麻婆子】

惆怅难眠，

孤吟在窗前。

想明朝一别云山隔，

怎忘了，

临去秋波那一转？

〔颜氏上。

颜　氏　（唱）【北相思】

小轩窗，

疏篱曲径间，

灯火正阑珊。

此心如着双飞翼，

飞到檀郎处，

凭君恣意怜。（叩门）

沈　蓉　是谁叩门？

颜　氏　是我。

沈　蓉　啊，是颜氏夫人，未成是我做梦？（揉一下眼睛）不是梦！（又闻叩门声）不是梦！……还是先问来因为妥……夫人，三更半暝到此何因？

颜　氏　（脱口自问）是啊，到此何因？

沈　蓉　夫人若不言明，学生不敢开门。

颜　氏　先生，我，是来送盘缠的……

——梨园戏《节妇吟》

沈　蓉　（旁白）呀，正愁阮囊羞涩，夫人来得及时呀。且慢，我好呆，夫人要送盘缠，早间就该送，为么等到这夜半来送，莫非……哎呀，今要怎生是好？

颜　氏　先生，夜深露冷，门外久留，有多不便。

沈　蓉　她既是这说，我不开门，好见不明理。夫人，我开，我开……（开门）夫人请。

颜　氏　先生……（径自入门）

沈　蓉　啊……夫人请坐。

颜　氏　先生同坐。京城赴试，颇需费用，这二十两银，给先生做盘缠，区区小意，望乞笑纳。

沈　蓉　怎可让夫人你破费?!

颜　氏　是啊，该然。

沈　蓉　怎说，学生拜领了。

〔颜氏站起，向门外走去。

沈　蓉　她……去了?!

〔颜氏却轻轻地将门关上。

沈　蓉　她……是去关门。

颜　氏　先生，还有这二十两……

沈　蓉　夫人，这是何意？

颜　氏　先生早间曾说，中与不中，都会再来，这二十两银子，是给先生权作返来的费用。

沈　蓉　夫人，这……

颜　氏　先生若是有意返来，这银子……就该收！

沈　蓉　夫人……学生再收，恐有受恩过甚之嫌。

颜　氏　先生不收，莫非……不返来了？

沈　蓉　……学生，并无此意。

颜　氏　既是要返来，先生权且收起。

沈　蓉　再三感谢。夫人，更深了……

941

〔颜氏一直含羞不语。

沈　蓉　夫人，更深了，还有么话说？……夫人，更深了，你在此恐多不便……

　　　　（唱）【中倍·越恁好】

　　　　　　蝉鬓凤钗慵不整，

　　　　　　却一枝红蕊透风情。

　　　　　　问今夕何夕？

　　　　　　似游仙月地，

　　　　　　暗自销魂，能不心惊？

　　　　夫人，既是有话，敢请道明。

颜　氏　（唱）【前腔】

　　　　　　话到唇边复吞回，

　　　　　　一时竟凝咽。

沈　蓉　夫人，有话紧说，也好返去。

颜　氏　返去？我，不返去了！

沈　蓉　夫人，此话怎说？

颜　氏　（果断地）先生，你明早赴试，焉知何时返来？今夕，颜氏不揣自荐，来伴先生你……

沈　蓉　呀！

　　　　（唱）【序滚】

　　　　　　心底火，一语被点燃，

　　　　　　照见春光无限。

　　　　　　不禁把你素手牵，

　　　　　　把你沈腰缠，

　　　　　　教书斋，权作了高唐巫山……（闻更鼓声）

　　　　　　门楼上，更鼓忽传，

　　　　　　襄王神女梦，

　　　　　　惊破在云端！

不可不可呀！想我沈蓉，岂可因一时所兴，污我士林清誉，坏她贞节名声？夫人呀夫人，岂不闻士重廉隅，妇珍名节……

颜　氏　妇珍名节……

沈　蓉　稍不自爱，名节一旦毁弃！况兼，众口铄金，人言可畏。夫人你要紧出去！

颜　氏　苦呀！

（唱）【二调·一封书】

暖烘烘，一颗心，无遮无盖，

冷冰冰，一盆水，劈面泼来。

羞耻愧难言！

乜温存缱绻，

顷刻化云烟！

但闻男儿声似铁，

一阵利箭穿心间。

你心何太狠呀——

只为你雄才堪羡，

赢得个自甘凌贱。

今旦悔恨迟，

唯有彻骨寒、泪漫漫！

我今旦怎走得出去？教我今旦怎有颜面走出去？（泣不成声）

沈　蓉　夫人……

（唱）【短中】

中夜沉沉低泣声，

堪怜堪哀不堪听。

是呀！

我心太狠，

我心何太狠？！

我非鲁男子、柳下惠，何苦惺惺作态？况且，食色，性也，圣人

　　　　尚且不禁，何况我哩……夫人……不，不可，不可也！她是一守
　　　　寡之人，我若逾规越礼，事一传出，教我将来如何做得人？又见
　　　　她如此钟情，来日未必放我身离，我若始乱终弃，岂不成王魁、
　　　　张琪一流？岂可因一念之差，贻千古笑骂？罢罢了！我意已决，
　　　　夫人，你须最紧出去！

颜　氏　出去……我出去……（步履艰难地走出门外）

沈　蓉　夫人，出去的好。我，我要关门了。

颜　氏　哎呀先生！（不自觉地反身欲入）

　　　　〔沈蓉急阖门扉。

　　　　〔颜氏两指被夹于门隙，痛呼！

沈　蓉　哎呀，夫人两指被夹……（急启扉）夫人……

　　　　〔颜氏脱手，奔下。

沈　蓉　去了。她是主母，今日我之所为，实也太绝?！也罢，不如趁此
　　　　时，卷帐上路！只是，这四十两银子，呀，若无此银，路上定做
　　　　饿殍，人既死，功名何来？带去也罢！正是：
　　　　（念）虽道廉隅应自重，
　　　　　　　贫来但得且从容。（下）

四出　断指

　　　　〔颜氏上。

颜　氏　（唱）【中滚·杜韦娘】过【北青阳】
　　　　　　　去时做痴妇，
　　　　　　　归来如敝帚。
　　　　　　　受辱未敢抢地呼。
　　　　　　　自作孽，且自身受。（拔下头上红花）
　　　　　　　掩面难遮羞与丑，

————梨园戏《节妇吟》

千江水，

洗不清满身垢！

颜氏啊颜氏，你今要做怎得好，做怎得是？（坐下，抬头见亡夫遗像）

抬头见形容，

十载曾相守。

为何今夕，

冤家你神色有疑窦?!

你在笑我！你在笑我！

笑我自许清门守节，

原来轻絮败柳！

这都因你撒手而去。

冤家啊！

你怎知，

十载抚孤费尽心，

但为你儿早成就？

夫主啊，你怎知——

你怎知，你又怎知，

三更对青灯，

苦挣苦挨到白昼？

许时节，

频频呼君君不应，

则为何，

今夜形容开笑口?!

冤家呀冤家，听我这般分诉，你都也双泪淋漓，与我一般悲伤。想我夫妻结发，本也恩爱，今旦我受此屈辱，一旦相见，他能宽恕我也未可知？罢罢了，我不免同冤家你一齐去。冤家啊，你等等我……（正欲碰壁死，鸡啼，传来陆郊叫"妈亲"声音，惊醒）陆郊我儿……不可不可也！

　　一死我虽自得救，

　　可怜我儿尚年幼！

生不得，死亦不得。颜氏啊颜氏，你今要做怎得是？哎呀，想我十载能守，为乜今夕不能？亡夫结发恩情，稚子寒窗待教，我为乜尽都忘了？却偏来自作多情，致惹万般屈辱，自甘凌贱！是啊，可骇、可悲、可恨！

（唱）【生地狱·慢头】

　　扉阖两指，

　　顿教我洗心涤虑。

是是了！要永做良家节妇，除非断指自诫！

　　利剪起处，

　　应血流如注，

　　濒死又复苏……

罢罢了！若不截断两指，刻骨铭心，永为证见，日后怎记得今夕之辱，怎绝得中夜之念。颜氏啊，你今旦只有这样做了！（举起利刃）正是：

（念）节难守，妇堪哀，

　　泣血断指做自诫！

五出　验指

〔十年后。

〔伴唱：世情纷扰本无边，

　　　　转身过了一十年。

　　　　正是"七邦鼓"声里，

　　　　"十八步科"变变变……

————梨园戏《节妇吟》 〉〉〉〉〉

〔安童、梅香上。

梅　香　安童哥!

安　童　梅香姐!

梅　香　若要论变,是你变最多。

安　童　卖墨鱼笑补雨伞!梅香姐啊,人说女大十八变,愈变愈标致,你呀,变得不输一块端砚。

梅　香　死安童,看我撕破你的嘴皮!(追打介)

安　童　美美,梅香姐生做最"幼齿",得我疼,得我惜,丢了无人捡。

梅　香　不和你说笑了。公子中进士,前日泥金书来报,今日是老爷忌辰,夫人正要告慰在天之灵,祭奠一番。你我前去发落要紧!

安　童　是呀。夫人十年教子,贤德直追孟母。今旦公子大器早成,阖家欢喜,咱哪有闲工打嘴鼓?梅香姐,走乎?

梅　香　走兮!

〔梅香、安童二人同下。

〔皇帝上,太监随上。

皇　帝　(唱)南曲【风打梨】

　　　　　　风打梨,霜降柿,烧烧出炉饼,

　　　　　　夹猪鼻,状元红,蛀核荔枝……

　　　　(念)接下去是什么?

太　监　畅……

皇　帝　你说什么?

太　监　(唱)畅都不得是……

皇　帝　(唱)畅都不得是。中秋月……

太　监　中秋都过了,不如趁此时去上朝。

皇　帝　让你折断兴柄。我多久没上朝?

太　监　久久咯!足足半年外。

皇　帝　嗦!我老爸两年多没上朝,也是如此。你们说啥,皇帝皇帝,独裁专制。千古奇冤啊,我上怕天地圣人,下怕文武臣民,前怕言官死谏，后怕史官直笔。就说那一史官，那枝笔啊轻轻一点，我就得遗臭万年。又一说，三宫六院七十二嫔妃，"畅都不得是"，哪顾得上独裁专制？（对太监）有啥"畅"的项目否？

太　监　都也没啥项目可"畅"。

皇　帝　要开发。

太　监　开发，再开发。不如趁此时去上朝。

皇　帝　上朝？上朝就上朝！这些日可有么文章奏折无？

太　监　有有，文章奏折一大堆。

皇　帝　拣重要的。（太监递奏折与皇帝，皇帝看）这种水平，水平这么低，当时是因何给这种人做官的？（又阅）狗屁不通。六月屎，七月臭。接下去是什么？

太　监　又听见……

皇　帝　又听见檐前铁马叮当响叮当，一点春心乞伊人惹动……

太　监　万岁啊，这处有一春心惹动的奏折要看否？

皇　帝　要，要……这种我得看。（细看）"新科进士陆郊为节母请旌事，嘻嘻，少艾难耐寡居，中夜私奔，扉闉两指……后来断指自诫，十年教子，大器早成……陆郊不为母隐，可恶可恶！此儿歹料。"

太　监　启万岁，陆郊本为母隐，阖扉情节，是沈蓉执意加上的。

皇　帝　沈蓉何等人也？

太　监　吏部侍郎，也是那位阖扉拒奔的塾师……

皇　帝　阖扉拒奔？

太　监　此人有些自吹。

皇　帝　自吹？谁不自吹？不吹能升官？一夜之廉隅，它日之大资本也。你懂个什么？这颜氏啊，尤贵在有过能改，断指自诫，堪为一绝，说起来比我还本事！嘻嘻！

（唱）【中滚】

想当时新寡，

——梨园戏《节妇吟》

定然艳若桃花。

中夜投怀送抱，

权当是一念之差。

后来断指自诫，

事迹犹堪夸。

亲批，朕要亲批，且大加渲染，树为天下典范。

太　监　君无戏言，万岁且慢。

皇　帝　百里挑一，你且慢怎说？

太　监　这断指情节，至关重大，尚无查验……

皇　帝　目今无事不假，无物不假……搞什么搞！

太　监　倘若不实，岂不贻笑天下？这陆郊，岂不犯下欺君之罪？

皇　帝　欺君？骗我？骗天下人？哼，此事朕最难容也！着有司将陆郊——

太　监　且慢！

皇　帝　你又在慢乜事？！

太　监　万岁，尚未验指，怎断陆郊欺君？

皇　帝　哦……脑袋歹料。传旨，宣颜氏即日上朝，当殿验指！

太　监　领旨！（传旨介）

皇　帝　复杂哦……

〔皇帝、太监同下。

太　监　万岁有旨，宣颜氏即日上朝，当殿验指。

〔颜氏上。

〔伴唱【中潮·五开花】

十年羞耻事，

早作鸿爪泥。

是何故重来破题。

颜　氏　万万岁！

〔皇帝以下均不出场，内声。

皇　帝　都到齐了吗？

　　众　　万岁万万岁！

皇　帝　颜氏。

颜　氏　民妇在。

皇　帝　你抬起头来。嘻！嘻！沈卿。

沈　蓉　臣在！

皇　帝　想见颜氏当年，定然秀色可餐，斯时斯景，卿你可曾动心？

沈　蓉　这……万岁！古人曾说："论事不论心，论心古今无完人。"

皇　帝　"论事不论心，论心古今无完人。"妙哉斯言！颜氏，你阖扉受辱……贵在有过能改，断指自诫，只是可有见证否？

颜　氏　这……

皇　帝　陆郊奏折在此，若不属实，罪在欺君，论罪……当斩！

颜　氏　万岁啊，罪妇断指之手，请万岁验明。

皇　帝　验来。（验指）哎呀，果有此等事！

颜　氏　万岁啊！

　　　　（念）当初阖扉受辱，
　　　　　　　羞愧痛不欲生。
　　　　　　　谁知亡夫托孤，
　　　　　　　贱妾苟存薄命。
　　　　　　　为绝中夜之念，
　　　　　　　引刀断指自警。
　　　　　　　从此清门十载，
　　　　　　　教子大器早成。

　　　　万岁啊——

　　　　（唱）两枚断指触目惊，
　　　　　　　金銮殿上看分明。

沈　蓉　启万岁，颜氏一肯不掩大德，臣感愧万千！

皇　帝　哈……你自当感愧万千！这情色之事，男不可轻诺，女不可轻信，后来者当诫之，诫之。颜氏，朕本无意揭你伤疤，乃因世道人心，日渐沉沦，处处作伪，委屈你了。平身。

颜　氏　谢万岁……

皇　帝　传旨！赐颜氏"两指题旌，晚节可风"一匾，敕令州县建贞节坊，诏告天下，立为楷模！

沈　蓉　万岁，此事……不宜也……

颜　氏　哎呀，万岁，民妇不敢，民妇宁死不敢受此隆恩！

颜　氏　万岁啊！

（唱）【甘州歌】过【杜韦娘】过【一封书】

万岁听启，

听民妇，冒死诉分明。

今日免做刀下鬼，

我心已庆幸。

我不愿"两指题旌"留笑柄，

我不愿"晚节可风"招骂名。

我不愿，金殿受恩赐金匾，

入耳却闻耻笑声。

颜氏今旦——

不望此身受殊荣，

只望今生今世得安宁。

风雨故庐，

长伴冷壁孤灯。

万岁呀万岁——

泣血再乞皇恩，

准我母子，悄悄返归程。

来生来世，犹感恩德海洋深！

皇　帝　这就奇了，此等好事，你竟然却之不受。佳话，此乃我朝佳话。匾已赐，圣旨已下，改不得了！改不得了！退班！

众　　万万岁！

〔内声：两指题旌，晚节可风……

〔伴唱：自有人言可铄金，

　　　　谁怜长夜正春深。

　　　　梨园权借一分地，

　　　　唱出悄悄《节妇吟》……

〔剧终。

精品提名剧目·曲艺剧

月光下的水仙

编剧 阳 晓

————曲艺剧《月光下的水仙》 〉〉〉〉〉

序　重庆大轰炸

〔开演前数分钟，开始播放主题曲《月光下的水仙》。

〔幕启。

〔一竹琴老艺人敲打着竹琴慢慢走上台来。

老艺人　（唱）狼烟四起民涂炭，

　　　　　　　水深火热受熬煎。

　　　　　　　世上多少伤心事，

　　　　　　　生死存亡有谁怜……

〔突然，警报声大作。霎时敌机临空声、炸弹爆炸声、机枪扫射声……惊心动魄地响起。

〔大幕启。灯骤亮。照亮了覆盖整个舞台的画幕——画面是那大轰炸中满目疮痍、惨烈异常的山城重庆。

〔满台光影乱舞，声效震耳欲聋……

〔突然，所有声响渐渐停息，最终一切归于沉寂。

〔切光。

一　雾都红岩

〔在现代都市音响中，灯亮。

〔当今重庆茶馆。一群今天的重庆人呼朋引类进茶馆喝茶。

〔歌舞表演《饮茶歌》（本段作词苏叔阳）：

　　　　南来的妹子北来的哥，

大家一起围倒团团坐。

有啥子茶吗?

茶叶多得很嘛。

有青茶,有花茶,有绿茶,有红茶,

八宝茶,养颜茶,乌龙茶,龙井茶,

峨眉山毛峰,毛尖茶,

碧潭飘雪竹叶青,明前茶,秋后茶,

五花八门的茶叶我都全喝过嘛……

你是不是重庆人喽?

你晓得啥子哟!

我啷个不晓得耶,我们重庆崽儿最爱喝的是……

啥子吗?

沱沱茶!

龙门阵里滋味多,

心定气闲乐呵呵。

喝茶就是品生活,

有甜有涩一首歌。

〔说书人上。

说书人 (一声醒木,压住喧闹)坐今天的茶馆,摆过去的龙门阵。当年日寇大轰炸下那惨烈的重庆,而今已变成现代大都市了。六十年前,重庆是国民政府的陪都。那时的重庆人民惨喽!头顶日寇飞机的狂轰滥炸,身受保甲军警的敲磕欺压。那光景硬是"肩头上打灶——恼(栳)火"!可是,我们重庆人生就是山里汉子江边客,人豪爽,性刚烈,不怕流汗,敢于流血。好比那山城随处可见的黄葛树,天干要活,水涝要活,纵然置身于悬崖峭壁之上,撑开石岩缝缝也要活,活得来苍劲挺拔青枝绿叶!重庆人目睹日寇凶残,心忧国家命运。两眼一片茫茫:茫茫雾,雾茫茫,前途茫茫心茫茫……正在这时,来了!哪个来了?共产党来了!正当

————曲艺剧《月光下的水仙》 〉〉〉〉〉

中华民族面临深重灾难的历史转折关头，以周恩来为首的中共中央南方局，率领大批优秀的中国共产党人，他们抖落黄土高坡的尘土，带着楚天湘水的烽烟，挺进雾都重庆，汇聚嘉陵江畔，结庐红岩村中，栉风沐雨，宵衣旰食，顶逆流、历艰辛，为中国革命历史熔铸了不朽的丰碑！

〔说书人处光切。

〔一队六十年前的八路军驻渝办事处的工作人员，身着八路军军装，走了进来，旁若无人地忙着他们该做的事……

〔一群现代装束的歌队上。

歌　队　（唱四川车灯《忆红岩》）（本段作词苏叔阳）

说重庆，话抗战，

红岩精神在心田。

峰峦叠翠群山里，

山岩一片红嫣嫣。

小楼一座好像灯一盏，

照亮抗战岁月那迷蒙蒙的天。

又像那扫荡乌云江上的风，

让希望的太阳照人间。

〔舞台前部，追光下。身背背包的刘晓菡匆匆过场。下。

〔灯亮。红岩村。

〔炊事员小王端着一碗饭上。

〔南方局一位年轻的科长钟大川出列，拦住小王。

钟大川　小王，是给周副主席送饭吗？给我吧。

小　王　不，我这是给新来的报务员送饭去的。

钟大川　新来的报务员？啷个没来报到哇？

小　王　哎哟，钟科长，我的个钟大川同志，人家干机要的，是秘密工作，不能公开露面，只能关在那楼上。（指指高处楼上。端饭下）

〔一束追光射向楼上报务室里的刘晓菡。

刘晓菡　（唱清音《我就在你身边》）

　　　　　一纸调令，一腔兴奋，

　　　　　一别延安，一路风尘。

　　　　　一如飞鸟一振翅，

　　　　　一念红岩一飞腾。

　　　　　一间小房一盏灯，

　　　　　一副耳机一个人。

　　　　　一扇木窗一条缝，

　　　　　一个身影一牵情。

　　　　　一阵张望一阵忍，

　　　　　一墙阻隔一片心。

　　　　　一声电波一声令，

　　　　　一份电报一忠诚。

　　　　　一待胜利一欢庆，

　　　　　一扑君怀一泪倾！

〔刘晓菡坐下收电报。

〔电报声越来越响，弥漫在舞台上空……

〔灯渐暗。

二　皖南事变

〔说书人处定点光亮。

说书人　刚才大家看见这位，是从延安派来的报务员刘晓菡，她与年轻的钟大川科长是个啥子关系？未来又会发生些啥子故事？后书自有交代。话说1941年蒋介石奉行"攘外必先安内"的独夫政策，他把共产党领导下的抗日武装视为眼中钉、肉中刺，必欲除之而后快。一方面他电令新四军向北移动，另一方面他又悄悄部署顾祝同及其部下上官云相，在新四军北移的必经之路上埋伏重兵，

———— 曲艺剧《月光下的水仙》 〉〉〉〉〉

以八万之众围剿新四军九千余人。战斗从1月6日打响……

〔说书人处定点光切。

〔小楼处灯亮。

〔刘晓菡怀着激愤抄写电文。

〔战士甲从刘晓菡手中接过电文，跑步下了平台。

战士甲　钟科长，新四军军部急电。

钟大川　（接过电报，惊）上官云相部以重兵围剿我军！快报告周副主席！（急下，复上）

〔战士乙从刘晓菡手中接过电文，跑步下了平台。

战士乙　新四军军部急电。

钟大川　（接过电报，看）叶挺被俘，项英失踪！（急下，复上）

〔战士丙从刘晓菡手中接过电文，跑步下了平台。

战士丙　钟科长，新四军军部急电。

钟大川　（接过电报，看）七千将士，壮烈牺牲！（喊）周副主席！（急下）

〔一阵激越悲愤的排鼓演奏，似模拟枪炮之声，更是人内心激愤的发泄。

〔另一演区灯亮。演员们演绎着惨案发生的情景。

〔天幕顿时变作一片血红！

〔血红的天幕上出现周恩来苍劲的手书："千古奇冤，江南一叶，同室操戈，相煎何急?!"

歌　队　（钟大川领唱、歌队合唱，扬琴《千古奇冤》）

　　　　千古奇冤，

　　　　江南一叶，

　　　　同室操戈，

　　　　相煎何急?!

　　　　同室操戈，

　　　　相煎何急?!

〔说书人处定点光亮。

说书人　周恩来满怀激愤，奋笔疾书，书写下"千古奇冤，江南一叶，同室操戈，相煎何急"的著名词句和一幅"为江南死国难者志哀"的题词，以揭露皖南事变真相，抒发了他对国民党顽固派破坏团结抗战的极大愤慨！

〔钟大川急上。

钟大川　老张！

〔战士甲跑步上。

战士甲　到！

钟大川　周副主席手书，急送《新华日报》印刷厂，黎明前务必见报！

战士甲　是！

〔小王急上。

小　王　钟科长，这是我的请战书，请组织上批准我上前线。（递请战书）

钟大川　胡闹！这八路军办事处就是前线！

小　王　你晓得啥子哟！在皖南事变中，我哥哥被国民党顽固派杀害了！（哭着）我、我要上前线杀敌报仇！（跑下）

钟大川　小王，小王！（追下）

〔切光。

三　还我"新华"

〔新华印刷厂外。一群报童在等待出报。

报童甲　啷个报纸还不来哟？

报童乙　肯定今天有重要消息！

报童丙　好冷喽，我都冷得遭不住了。

报童甲　这世上呀，唯有清鼻子（鼻涕）不怕冷，越冷它越往外头钻！

报童乙　嘿，我们来"挤油渣"嘛。

报童丁　对头，一挤就热乎了。

————曲艺剧《月光下的水仙》 〉〉〉〉〉

〔众报童"嗨"呀"嗨"地互相用身体挤撞着"挤油渣"。

众报童 （唱曲艺歌《我们是新华小报童》）

　　　　　　我们是新华小报童，

　　　　　　肩上的担子重。

　　　　　　顶着星星迎曙光呀，

　　　　　　沐浴着两江风。

　　　　　　身背报袋满街跑，

　　　　　　真理送到人们手中。

〔战士甲上。

战士甲 （高叫）报来喽！报纸来了！

〔众报童一窝蜂拥上去领报纸。

众报童 （四散开来，边走边叫）看报，看报，看《新华日报》，看周恩来题词"千古奇冤，江南一叶……"呀！

〔几个市民上，争先恐后地买报。

市民甲 （看报）"为江南死国难者志哀"？问一下喃，啥意思？

市民乙 总是国民党又在搞摩擦，打内战嘛！

市民丙 太不像话了！

市民甲 真是内战内行外战外行呀！

〔一群特务、打手拥上。抢夺报童和市民手中的报纸！

〔一个国民党官员在指挥这场打抢。

官　员 抢，抢！把《新华日报》统统抢过来！不听招呼就给我打！

〔特务、打手动手打人。众市民和报童纷纷抵抗或奔逃。

〔现代装束的歌队上。

〔场上特务、打手、市民、报童全部定格。

歌　队 （讥讽地唱，荷叶小组唱《蒋总裁的民主》）

　　　　　（领唱）蒋总裁的民主真奇妙，

　　　　　（合唱）实呀实在高。

　　　　　（领唱）民主、民主，你是民来我是主，

〔合唱〕你听我提调。

〔领唱〕叫你走东莫走西，

〔合唱〕叫你站着莫坐着。（"着"读如"倒"）

〔领唱〕总而言之、统而言之……

〔合唱〕总统而言之……

〔领唱〕只准我说，

〔合唱〕不准你闹。

〔领唱〕只准我打，

〔合唱〕不准你叫。

〔领唱〕只准我乱整，

〔合唱〕不准你登报，

〔领唱〕我的一切的一切，

你只能鼓掌叫好，

〔合唱〕好、好、好！好呀嘛一个好！

〔领唱〕要是你不懂窍，

叫你尝尝棍棒好味道，

〔合唱〕打得你哭爹叫娘，满头的大青包！

〔领唱〕蒋总裁的民主真奇妙，

〔夹白〕呃，啥子是蒋总裁的民主哦？

〔领唱〕那是他吹呀，吹呀，吹呀，吹的一个又圆又大、花花绿绿的肥皂泡泡。

〔合唱〕肥皂泡泡！

〔歌声一停，场上人等又活动起来，打抢继续……

〔说书人处定点光突亮。

说书人　（一声断喝）住手！只听一声怒吼，特务、打手大吃一惊，回头得见：一人屹立，高坡之上，凛凛正气，相貌堂堂，一对浓眉，双目朗朗，满面怒容，凛若寒霜！他就是中国共产党驻国民政府陪都重庆全权代表周恩来！

————曲艺剧《月光下的水仙》 〉〉〉〉〉

〔极短的前奏……

歌　队　（合唱，扬琴·大调《周恩来，怒满腔》）

　　　　　周恩来，怒满腔，

　　　　　冲天怒气填胸膛！

领　唱　（一人分饰两角——周恩来与国民党官员，说白）"我们的《新华日报》是国民政府和你们蒋总裁批准的合法报纸，你们'青天白日'抢我报纸，伤我报童，破坏团结，践踏民主！"

　　　　"周、周先生，你竟敢污辱党国！"

　　　　"我污辱你的党国了吗？"

　　　　"你说'青天白日'抢你们的报纸……"

　　　　"哼，依你说，不是青天白日，难道是暗无天日吗？"

　　　　"这、这个……"

歌　队　哪个？

　　　　（领唱）嘴上民主勤标榜，

　　　　　"青天白日"逞疯狂。

　　　　　皖南屠刀血犹烫，

　　　　　又演流氓全武行！

　　　　　合法报纸你敢抢，

　　　　　小小报童你怎忍伤。

　　　　　使尽伎俩掩真相，

　　　　　只能是自伸脑袋撞铁墙！

　　　　　鬼蜮必然怕光亮，

　　　　　泥沙岂能挡长江。

　　　　（合唱）看历史洪流涌滔滔巨浪，

　　　　（领唱）荡涤尽一切污垢向东方——

官　员　撤！

〔众特务、打手灰溜溜逃下！

歌　队　（领唱）周恩来正气凛然把瘟神送，

　　　　　（合唱）迎来了市民一片欢呼掌声。
　　　　　（领唱）转身紧抱着受伤的报童好心痛。
　　　　　　　　止不住一阵阵眼圈发红。
　　　　　　　　孩子呀，你们小小年纪多英勇，
　　　　　　　　个个是新华小英雄！
众报童　（高声叫卖）看报，看报，看《新华日报》……
　　　　〔切光。

四　紧急撤离

　　　　〔说书人处定点光亮。
说书人　国民党顽固派以皖南事变为发端，掀起了第二次反共高潮，白色恐怖像浓雾一样弥漫在山城的每一个角落。远在延安的党中央十分关切重庆战友的安危，心急如焚的毛泽东主席三次给周恩来发来电报。这正是：山雨欲来风满楼，恐怖浓雾罩渝州。电波声声催战友，万分紧急并担忧！
　　　　〔"嘟、嘟——嘟、嘟"电波声声。
　　　　〔小楼上，刘晓菡紧急地抄写电文……
　　　　〔舞台前区。几个特务向红岩村内窥视，相互递着眼色，隐去……
　　　　〔小王上。
小　王　钟科长，外面发现几个可疑的人。
　　　　〔老张上。
老　张　大川同志，对面的山头上也起了机枪，枪口正对着我们办事处！
钟大川　同志们，情况的确万分紧急，让大家注意隐蔽，准备撤离！
　　　　〔众人分头用报纸罩上电灯。屋里灯光暗下来。
　　　　〔钟大川指挥着撤离前的准备工作……
　　　　〔歌队上。

———曲艺剧《月光下的水仙》 >>>>>

歌　　队　（唱清音小合唱《三封急电》）
　　　　　　　　皖南风云突变，
　　　　　　　　搅得周天彻骨寒。
　　　　　　　　嘉陵江波连延河水，
　　　　　　　　红岩村紧系宝塔山。
　　　　　　　　毛主席延安发急电：
　　　　　　　　恩来呀，快快撤离回延安。
　　　　　　　　毛主席二次发急电：
　　　　　　　　同志呀，撤离事急迫眉间。
　　　　　　　　毛主席三次发急电：
　　　　　　　　战友啊，你不回来我心难安。
　　　　〔一些窗户映出烧毁文件的火光和人的剪影。
　　　　〔龙秘书有些焦急地上。
龙秘书　（唱清音《一张照片》）
　　　　　　　　顽固派，撕破脸，
　　　　　　　　杀气腾腾露凶残。
　　　　　　　　屠刀高悬多凶险，
　　　　　　　　让我们赶快撤退回延安。
歌　　队　（帮唱）赶快撤离回延安，回延安！
乐　　队　龙秘书，周副主席他不走哇？
龙秘书　（唱）任你说，任你劝，
　　　　　　　　他要坚持留守到最后一天。
　　　　　　　　几天来——
　　　　　　　　他日奔走，夜伏案，
　　　　　　　　小楼灯映不夜天。
　　　　　　　　他忘饮食，少睡眠，
　　　　　　　　眼看人瘦一圈……
　　　　　　　　挽狂澜亲部署撤离疏散，

　　　　　　顶逆流与老蒋继续周旋。

　　　　　　让我们都做好最坏打算，

　　　　　　若被捕就承认是共产党员。

　　　　　　主席毛泽东，

　　　　　　中央在延安，

　　　　　　书记周恩来，

　　　　　　有事由他出面谈！

　　　　　　周副主席最后拿出了一张照片，

　　　　　　他轻轻地抚摸紧紧贴在胸前……

　　　　　〔取出照片，交众人传阅。

众　人　（合唱）这是他和邓大姐的结婚照片……

龙秘书　（唱）见证着他们的坚贞爱情十七年。

　　　　　　嘱咐我们撤离时代为保管，

　　　　　　若平安重逢时原物奉还。

　　　　　　要是他夫妻意外遇险，

　　　　　　这照片就算是留给我们最后纪念……

众　人　（含泪痛呼）周副主席！

龙秘书　（从某处捧出一盆水仙花，唱）

　　　　　　这红岩水仙周副主席亲手浇灌，

　　　　　　让我们学水仙品格高洁傲霜寒……

　　　　　〔龙秘书将水仙花盆交给钟大川，并与众人握手道别。

　　　　　〔切光。

五　月光水仙

　　　　　〔说书人处定点光亮。

说书人　按照周副主席的安排，第一批撤离的同志或回延安，或分散隐蔽，纷纷离开了红岩村。平时热闹欢腾的办事处，一时间空落落

———曲艺剧《月光下的水仙》 〉〉〉〉〉

显得有些冷清。平常因为纪律规定不准开窗的报务员刘晓菡，这时也推开窗来……

〔随着说书人的讲述，楼上的刘晓菡推窗、伸头、深呼吸……

〔楼下，钟大川正好路过，偶一抬头："啊！"他惊呆了……

〔刘晓菡也看见了钟大川，吃惊地用手捂住了嘴……

〔音乐起。扬琴·越调（无交流对唱）《水仙之恋》。

钟大川　（唱）猛然间心中的梦境出现，

　　　　　　　小楼上仿佛是爱妻晓菡。

　　　　　　　三年来盼爱人日思夜念，

刘晓菡　（唱）虽咫尺如天涯梦绕魂牵。

　　　　　　　延安新婚刚三天，

　　　　　　　谁知一别竟三年。

　　　　　　　同处一院不见面，

　　　　　　　早知你在我身边。

钟大川　（唱）三年情书常往返，

　　　　　　　邮戳分明是延安？

刘晓菡　（唱）他怎知封封书信组织转，

　　　　　　　飞鸿转辗越关山。

　　　　　　　埋相思只为隐蔽不露面，

　　　　　　　为的是党的电台得安全。

钟大川
刘晓菡　（唱）三年哪，整三年——

钟大川　（唱）一千个日夜思念苦，

刘晓菡　（唱）一千回梦里相见甜。

钟大川　（唱）盼相见时难相见，

刘晓菡　（唱）怕孤单时却孤单！

钟大川　（唱）好一个风清月明夜，

刘晓菡　（唱）隔楼相望胜团圆。

钟大川　（唱）愿君如花我如叶，
刘晓菡

　　　　　纯真爱情似水仙。
　　　　　凛凛高洁尘不染，
　　　　　留得芬芳满人间。

六　风雨同舟

〔小王跑上。钟大川追上。

〔表演，对口方言诗朗诵《请客之前》。

钟大川　小王呃小王，你要听商量，时间不早了，快点进厨房。

小　王　招待国民党，还要烧蹄膀。我做菜他吃？想都不要想！

钟大川　周副主席请客，意义很特别。张冲是朋友，和我们很铁。

小　王　啥子铁不铁？我心头明白。重庆装笑脸，皖南刀见血。周副主席题词，揭露很深刻！"千古奇冤，江南一叶……"写得解气，一针见血！

钟大川　还有两句，你就忘记："同室操戈，相煎何急？"啥子叫同室操戈？就是缸缸碰（念膀）到钵钵，哥哥打了弟弟，弟弟打了哥哥……

小　王　你、你和哪个称兄道弟？简直是一个鼻孔出气！立场大有问题，我怀疑你是奸细！

钟大川　胡闹！啥子叫相煎何急？就是两兄弟扯皮。《七步诗》的典故都不懂，不信去问周副主席。

小　王　随你啷个讲，我就恨国民党。七千新四军，死得太冤枉！牺牲那么多，包括我亲哥。这一笔血债，我永远记在心窝！

钟大川　皖南事变，惨烈空前；我党抗议，大义凛然。可杀你哥的凶手远在天边，周副主席的仇人却近在眼前。

小　王　哪个？

钟大川　张冲!

小　王　张冲?他是周副主席的仇人?

钟大川　张冲是国民党,官衔中将处长。谈判桌上是对手,代表的是老蒋。早年他暗箭冷枪,炮制反动文章,诬陷周副主席,恶毒造谣中伤。名誉受到极大伤害,周副主席人都气坏。

小　王　这种坏人还招待,简直……简直太奇怪!

钟大川　仇恨不共戴天,胸怀海纳百川。宿敌变成好友,抗日重于泰山!忍辱负重显品格,无情未必真豪杰。统一战线是法宝,只要抗日都团结!

小　王　团结他?

钟大川　依你喃?

小　王　以牙还牙,以眼还眼。他杀我七千,我杀他七万……

钟大川　他杀我七十万?

小　王　我杀他七百万……(知道自己说过了,忙捂嘴)

钟大川　中国军队打内战,日寇就把全国占。大家都当亡国奴……

小　王　不干,坚决不干!

钟大川　不干?上头请客来吃饭,你这会说不干。厨师撂挑子,你叫我哪个办?

小　王　我是说当亡国奴不干……懒得跟你谈,我要去做饭。(跑下)

钟大川　这家伙!(向内喊)小王!

　　　　〔小王内声:呃!

钟大川　(向内喊)菜切好了没有?

　　　　〔小王内声:切好了!

钟大川　(向内喊)下锅没有?

　　　　〔小王内声:下锅了。

钟大川　(向内喊)上桌没有?

　　　　〔小王内声:上桌了。

钟大川　(向内喊)客人吃好了没有?

〔小王内声：吃好了！跑上。

小　王　钟科长，周副主席叫你快去找把"撑花儿"。

钟大川　"撑花儿"？

小　王　就是雨伞。

钟大川　找伞，干啥子？

小　王　周副主席要送张处长回家。

钟大川　那我派车……

小　王　不不不，周副主席说了，他们要散步，边走边谈……

〔二人下。

〔琵琶声起。

〔歌队上。

歌　队　（唱琵琶弹唱《风雨行》）

　　　　　　细雨霏霏，冷风飕飕，

　　　　　　夜雾茫茫，路灯幽幽。

　　　　　　风雨同行两朋友，

　　　　　　漫步在雾山城冷清街头。

　　　　　　并肩共一伞，

　　　　　　话儿说不够。

　　　　　　情长恨路短，

　　　　　　来去几回头……

　　　　　　事难料，风雨骤，

　　　　　　霹雳突发震心头！

　　　　　　就在短短几月后，

　　　　　　张冲他忧愤成疾英年早逝竟仙游！

　　　　　　周恩来痛失良友，

　　　　　　泪在眼头，血在心头！

　　　　　　一副挽联情意厚：

　　　　　　"安危谁与共？

————曲艺剧《月光下的水仙》>>>>>

风雨忆同舟。"

细雨霏霏，冷风飕飕，

夜雾茫茫，路灯幽幽。

周恩来风雨独行悼亡友，

漫步在雾山城冷清街头。

伞半空，心半空，

泪长流，情长留。

默默走，默默走，默默向前走，

迎风雨，不回头……

〔灯渐暗。

七　雷电排空

〔说书人处定点光亮。

说书人　1941年说得上是陪都重庆最为黑暗的一年。国民党顽固派对共产党实行军事围剿、文化封锁。白色恐怖像浓雾一样弥漫在山城的每一个角落，一时间空气沉闷得简直让人透不过气来。于是南方局决定借郭沫若先生五十大寿的契机，进行一次合法的文化精英大聚会，打破坚冰，冲开封锁，突出重围。在寿宴上，周恩来等人以朋友身份，赠送给郭老一支大笔。好大呀？碗口粗，丈多长，上面镌刻了四个大字"以清妖孽"！看来郭老要大干一场了……

〔说书人处定点光暗。

〔另一演区，几个文化人在议论（他们说的是普通话）。

演员乙　这日子是真的没法儿过了。

女演员　郁闷哪，从来没有过的郁闷。

演员丙　我天天嘱咐我自己：别发火儿，要忍着。可我今天不打算忍了。

女演员　我想爆发，正儿八经地爆发一回……

演员乙　哪怕是发疯……

老演员　难道这日子还不让人发疯吗？所有的嘴都被堵着，所有的手都被绑着……真想请一位尊神，把天捅个窟窿，吹下遍地的狂风……

〔演员甲上。

演员甲　各位，郭老的新剧本《屈原》写完了。

众　人　（惊呼）这么快?!

演员甲　里面屈子的《雷电颂》真是痛快淋漓，说出了我们的心里话！

〔众人争夺剧本。

老演员　看看，看看，先睹为快嘛。（读）风！你咆哮吧！咆哮吧！尽力地咆哮吧！在这暗无天日的时候，一切都睡着了，都沉在梦里，都死了的时候，正是你应该咆哮的时候，应该尽力咆哮的时候！

女演员　尽管你是怎样的咆哮，你也把他们不能从梦中叫醒，不能把死了的吹活转来，不能吹掉这比铁还沉重的眼前的黑暗。

演员乙　但你至少可以吹走一些灰尘，吹走一些沙尘，至少可以吹动一些花草树木。你可以使那洞庭湖，使那长江，使那东海，为你翻波涌浪，和你一同地大声咆哮啊！

女演员　电，你这宇宙中的剑，也正是，我心中的剑，你劈吧，劈吧，劈吧……

男演员　太柔弱了吧？这样的台词，只有我们男人才够格朗诵。（朗诵）"电，你这宇宙中的剑，也正是我心中的剑，你劈吧，劈吧，劈吧！把这比铁还坚固的黑暗，劈开，劈开，劈开！"过瘾，过瘾，太过瘾了！

众演员　（合诵）炸裂呀！我的身体！炸裂呀，宇宙！让赤条条的火滚动起来，像这风一样，像那海一样，滚动起来，把一切的有形，一切的污秽，烧毁了吧，烧毁了吧！把这包含一切罪恶的黑暗烧毁了吧！

〔鼓声隆隆，音乐大作。

〔歌队上。

———曲艺剧《月光下的水仙》 〉〉〉〉〉

歌　队　（唱，竹琴《雷电颂》）

　　　　　　风！你咆哮吧！

　　　　　　咆哮吧！

　　　　　　尽力的咆哮吧！

　　　　　　电，你这宇宙中的剑，

　　　　　　也正是我心中的剑，

　　　　　　你劈吧，劈吧，劈吧！

　　　　　　把这比铁还坚固的黑暗，

　　　　　　劈开，劈开，劈开！

　　　　　　把一切的有形，一切的污秽，

　　　　　　烧毁了吧，烧毁了吧！

　　　　　　把这包含一切罪恶的黑暗烧毁了吧！

〔雷鸣电闪，大雨倾盆，痛快之极！

〔灯暗。

八　真心朋友

〔一片寂静中，金钱板敲击声轻轻响起，声音渐渐大起来。

〔一束追光照亮台上装饰着的两把军刀。

〔演员们打着板上。

〔二领众和的配乐金钱板《两把军刀》。

男领唱　军刀！

女领唱　军刀！

合唱者　两把军刀？

男领唱　（以板击节，以说白叙述）这两把军刀大有来历。

合唱者　请讲、请讲、请讲、请讲……

男领唱　1942年2月3日，英国驻华大使阿奇博尔法·克拉克·卡尔爵士奉命改任驻苏联大使，即将离开陪都重庆。蒋介石为此亲自设宴欢送，不料却遭大使婉言谢绝。傍晚，卡尔驱车来到曾家岩 50 号周公馆，他要用在中国的这最后一夜，与他的 friend miter 周恩来彻夜长谈……

女领唱　　大使先生到！

合唱者　　请进！请坐！泡茶！

男领唱　　（唱）清茶两盏一灯小，
　　　　　　　　主客屈膝兴致高。
　　　　　　　　说不尽依依惜别情难了，
　　　　　　　　临别互相赠军刀。

女领唱　　（唱）我是军刀日本造。

男领唱　　（唱）我是一把德国军刀。

女领唱　　（唱）想当初身不由己走邪道。

男领唱　　（唱）堕落成侵略工具名声糟。

女领唱　　（唱）多亏八路军把我缴获了，

男领唱　　（唱）改邪归正我很自豪。

女领唱　　（唱）作为礼品赠大使我更骄傲。

男领唱　　（唱）由屠刀变纪念品身价提高！

女领唱　　（唱）卡尔大使对中国人民最友好。

男领唱　　（唱）周恩来的人格、智慧样样高。
　　　　　　　　军刀赠，

合唱者　　（唱）赠军刀，
　　　　　　　　意义深远情义高！

男领唱　　（唱）两把军刀是喜报，
　　　　　　　　侵略者末日定难逃！

合唱者　　（唱）两把军刀似宣告，
　　　　　　　　世界和平胜券稳操。

男领唱　　（唱）共产党真诚交友肝胆照，

合唱者　　看——

———曲艺剧《月光下的水仙》 〉〉〉〉〉

男领唱 （唱）满天下多少良朋与至交！
合唱者 （唱）与至交！
〔说书人上。
说书人 周恩来以他卓越的领导才能和巨大的人格魅力，团结了国内外众多的仁人志士，忠实地执行了党的抗日民族统一战线的伟大方针。
〔辉煌的音乐起。
〔众人转身景仰地注视着天幕处……
〔天幕处，《周恩来和他的朋友们》巨幅油画缓缓展开。
〔切光。

九　弥天大勇

〔说书人处定点光亮。
说书人 八年抗战，艰苦卓绝，中国人民以巨大的民族牺牲，换来了抗日战争的伟大胜利。当其时，全国上下和平民主建国呼声甚高，蒋介石只好故作姿态，三次电邀毛泽东到重庆共商国事。他原本以为毛主席不敢来，谁知人家就来了！著名诗人柳亚子赋诗称赞毛主席不顾个人安危，独步虎穴龙潭的壮举为"弥天大勇"。这正是：山城八月秋高气爽，蓝天捧出一轮红太阳，太阳就是毛泽东，太阳就是共产党！
〔画幕——毛主席手挥考克帽，步下飞机舷梯。
〔歌队哼鸣《月光下的水仙》弦律。
〔毛泽东的画外音：人民群众说我们是太阳，这是过奖了。我们怎么敢比作太阳呢？祖国和人民才是太阳嘛，是我们共产党人心中的太阳。如果一定要比，那就把我们比作月亮吧，月亮折射的是太阳的光芒，必然代表着人民的利益。
〔满台水仙开放。

〔《月光下的水仙》主题曲《盘子》辉煌地唱响（本段作词苏叔阳）：

  红岩的水仙，红岩的水仙，

  你是清淳的生命，

  你是高贵的精灵。

  流云翻涌，月影朦朦，

  薄雾里游走着清风。

  一阵幽幽的芳香飘动，

  红岩旁，盛开着水仙一丛。

  红岩的水仙，

  你是清淳的生命，

  红岩的水仙，

  你是高贵的精灵。

  几粒石子，清水一泓，

  撒向那天空。

〔热烈的掌声和歌声混响，在舞台上飘荡。

〔剧终。

精品提名剧目·歌仔戏

邵江海

编剧　曾学文

人物

邵江海　男，歌仔戏艺人。
春　花　女，歌仔戏艺人。
亚　枝　女，邵江海之妻。
王县长　男，一县之长。
七　爷　男，乡党头目。
王少爷　男，王县长之子。
天　跃　男，歌仔戏艺人。
阿　莲　女，歌仔戏艺人。
媒　婆　女，乡村妇女。

————歌仔戏《邵江海》 〉〉〉〉〉

一

〔20世纪30年代末，闽南乡村。可以感觉到压抑中的贫穷、萧条。电脑字幕缓缓打出："一九三八年，日本占领厦门。歌仔戏艺人流离失所，纷纷逃往厦门周边的闽南乡村。"

〔幕在苍劲的歌声中徐徐拉开，一位男声干吼着，声音裂痕般的感觉。一把歌仔戏特有的乐器——"大广弦"放置在醒目的位置。这是一种极为粗糙的乐器，用龙舌兰的粗根做成共鸣箱，用竹子的根部做成杆，打出来的声音如同凄苦寒夜中的哭泣声。

〔男声唱：天上有道弯啊，

　　　　　心中有道坎啊，

　　　　　水断树也断啊，

　　　　　琴弦拉不断啊！

〔在歌声中，邵江海紧紧地抱着大广弦。春花忧伤地望着师兄，在伤感的女声独唱声中，她的内心无比地惆怅：

　　　　　越州探返武州门，

　　　　　风吹杨柳心头酸……

春　花　师兄，还记得这把大广弦吗？

邵江海　这是三年前，师父去台湾教戏时留下的嘱托。他说，大广弦虽然低贱，但它却无比的坚韧，它是咱心中的一把琴弦！

春　花　我爹还说，海峡天险，前程未卜，这把弦交给你们——

邵江海　把歌仔戏好好传唱！

春　花　他还说——

邵江海　好好照顾师妹！

春　花　（高扬地）好好照顾师妹！（紧紧地抱住大广弦）

邵江海　师妹，你怎么啦！

〔远远地传来喜庆的鼓乐声。

春　花　你只记住好好传歌，却忘了师妹……今天是你大喜的日子，师妹我……我向你道喜！

〔春花话音未落就扭头跑去。

邵江海　师妹——

邵江海　（唱）山野风吹起，

　　　　　　　掠过秋凉枝，

　　　　　　　徒有相怜意，

　　　　　　　只怕误花期，

　　　　　　　自怜穷贱无尽日，

　　　　　　　不忍困顿压花折。

〔喜庆的鼓乐响起，一群乡村子弟抬着轿子，跟着媒婆寻找邵江海上。

媒　婆　哎哟，邵江海，今天是你大喜的日子，你还有心在唱戏，新娘找不到你这个新郎拜堂入洞房。亲戚朋友都在等着吃喜酒。

〔邵江海被推上轿子，与众人一起舞蹈着。

媒　婆　起轿喽——

众　　　（唱）扛起花轿重挑挑，

　　　　　　　哪有新郎坐花轿。

邵江海　（唱）自古男子娶女人，

　　　　　　　今日入赘坐花轿。

媒　人　（唱）灯火无油节节挑，

　　　　　　　脚尾无人睡不热。

众　　　（唱）男人被招让人笑，

邵江海　笑什么？

———歌仔戏《邵江海》 〉〉〉〉〉

众　　　（唱）戏子没钱娶妻让人招。
　　　　〔一群村姑扶着新娘亚枝上。媒婆将红绸拉到两人手中。
媒　婆　（喊）拜堂喽。一拜天地，二拜高堂，夫妻对拜，送入洞房。
　　　　〔众人将新郎新娘推进门，门慢慢关闭，渐渐转，舞台空间变成房内。亚枝慢慢地掀开头盖，两人轻轻地重唱起。

亚　枝　（唱）　　　　　　邵江海　（唱）
　　看见新郎心慌慌，　　　　看见新娘心慌慌，
　　戏子旧貌换新装，　　　　是喜是悲入洞房，
　　指望来日相依靠，　　　　山鸟折翅落草地，
　　树影牵藤能遮霜。　　　　帆船屈井难起篷。

〔亚枝默默地端起闽南洗脚的木盆，放到邵江海面前，蹲下去，将邵江海的脚轻轻抬起，脱去鞋，放入盆中，顷刻间温暖流遍邵江海的全身。邵江海用异样的眼神，看着无言的亚枝。他眯着眼，品尝着从未有过的体贴。邵江海的歌声随着亚枝的动作节律一摆一动。

邵江海　（唱）水温温手嫩嫩脚痒心也痒，
　　　　　　身软软骨舒舒脚底热到手，
　　　　　　身靠近深呼吸体温如沾酱，
　　　　　　女人香透骨髓干渴似糖浆。
　　　　　　孤身漂泊十多年，
　　　　　　早忘了温暖是何样，
　　　　　　眼前的女人无声响，
　　　　　　是我娇妻像我娘。
　　　　　　我双手空空像乞丐，
　　　　　　你为什么要招我？

亚　枝　（羞涩地）家里没有男人。
邵江海　（突然间抱住亚枝，感动地）我是个戏子，你不嫌弃我？
亚　枝　（含羞地）累了，早点睡吧。

〔亚枝替邵江海取下身上的大广弦，随意地放到角落。邵江海赶紧把大广弦拿起来，小心翼翼地放在身边。

亚　枝　（轻声细语地）母亲说了，结婚后好好种田过日子，不要再唱歌仔戏了。

邵江海　（笑笑地）除了唱戏，我还能干什么？不让我唱，那我只好四人抬轿来，自己滚回去。

亚　枝　（轻轻的埋怨声）你还想唱戏？燕子做窝飞来歌，你有厝里避风遮雨，热茶热汤，为什么还要去演戏四处流浪？你只想着你自己，根本没有把我放在心里！

邵江海　（哂笑地）不唱戏，好像不让我喘气，心里难受。绸子布熨死痕，邵江海我是没救了。（轻轻地）亚枝啊，我什么都可以不要，但我不能没有歌仔戏！

亚　枝　你……

〔此时，传来了春花惆怅的山歌。歌声揪住了邵江海的心，他被歌声牵引了出去。

〔春花背着行囊正走向远方。

春　花　（唱）小船走，

一路回头望阿哥，

不见阿哥站船头，

小妹伤心朝前行。

邵江海　（唱）小船走，

阿哥唤妹快回头，

不是阿哥无情意，

真心望妹能出头。

〔重唱。

春　花　（唱）　　　　　　　　邵江海　（唱）

小船走，　　　　　　　　　　小船走，

一路回头望阿哥，　　　　　　阿哥唤妹快回头，

———歌仔戏《邵江海》 〉〉〉〉〉

　　　　　　　不见阿哥站船头，　　　　　　　　　　不是阿哥无情意，

　　　　　　　小妹伤心朝前行。　　　　　　　　　　真心望妹能出头。

邵江海　　春花，你要去哪里？

春　花　　船行四海，我想跟随他人戏班去台湾寻找爹亲。

邵江海　　茫茫大海，路途艰难，师兄我不能让你一个人离开！

春　花　　衔泥的春燕，是该寻找新的院落。（低头欲走）

邵江海　　你真要走？

春　花　　嗯！

邵江海　　（捧起地上的大广弦，深情地望春花）这把大广弦是师傅亲手做的，带上它去寻找师傅吧！

春　花　　（百感交加）师兄！

　　　　　〔春花紧紧地拥抱住师兄。邵江海却直直地呆立住。

　　　　　〔独唱：小船走，

　　　　　　　　　没了阿哥站船头，

　　　　　　　　　风里浪起没舵手，

　　　　　　　　　阿哥小妹伤心头。

　　　　　〔春花毅然转身离开，邵江海赶紧追下。

邵江海　　（呼唤）春花——

　　　　　〔王少爷身上充满着青春朝气，却无法忍受压抑的乡野。他手提行李箱上来，准备离去，去寻找心中理想的世界。

　　　　　〔王县长焦虑地追上。

王县长　　阿祥，阿祥！

　　　　　〔少爷立住。

王县长　　兵荒马乱，你要去哪里？

王少爷　　（环视着周围）沉闷，让人透不出气来；油灯，无法将我心中照明；外面有救亡的呐喊声，外面是我想要的世界！

王县长　　外面到处都是日本兵，我不能让你去送死！

王少爷　　这是我自己选择的路，谁也不能阻挡！

王县长　你想毁了你自己，毁了这个家吗?!（责问）你是不是要去找春花那个戏子？阿祥，你变了，自从看了她演戏，你就学坏，变样了！

王少爷　点燃一把火，可以唤起一个人的希望，我是想让她和我一样，去寻找新的生活！

王县长　放肆，你的自由就是和戏子私奔？她是戏子，是到处勾引男人的戏子！

王少爷　不许你污辱她！（毅然决然地转身离去）

王县长　站住！阿祥，阿祥——

〔收光。

二

〔半年之后。

〔寺庙广场，旧戏台。戏班演员天跃和阿莲挑着担，踩着节奏上。

天　跃　（内喊上）走喽——

（念）阿莲兮，你仓仓走我仓仓跟，

村头演到社仔尾，

我家九婶婆在炊糕，

听到歌仔戏火一放椅就拿，

三步当作二步爬，

听到哭调就像哭老爸。

"阿爸，阿爸……你死得好惨啊，

你跟阿母去了，

放下我一人要怎么过啊！"

阿　莲　"大哭"、"小哭"连续唱，九婶婆的眼泪就像水在洒。

天　跃　阿莲，你说观众为什么爱看歌仔戏，跟咱哭哭啼啼，手帕都放不下。

——歌仔戏《邵江海》

阿　莲　破厝漏鼎，苦死妻团，咱歌仔戏就是专门唱出百姓的哀怨声。

天　跃　江海师确实很厉害，破弦一拉，开喉一唱，方圆百里的百姓，都跑来听他唱歌。

阿　莲　这男男女女、大大小小听到他的歌，是田顾不上种，饭顾不上吃。你看，观众挤得像密罐，专门要来听江海师唱歌仔戏。

天　跃　你们看，江海师来了。

〔一群百姓推拥着邵江海上来。

众　（欢呼）喔——

（唱）山顶竹树要开花，

要听邵江海唱歌就要跑过溪。

邵江海　喂——我的衣服让你们揪破了。

众　（唱）三月犁田用力耕，

你要唱歌替咱百姓来讲话。

邵江海　那我就唱一首刚刚新编的歌给大家听。

（唱）讲到你的菜汤喽，

我就鼻啊头酸，

哎呀咸菜也是汤，

芥菜也是汤，

苦瓜汤苋菜汤，

是米泔做汤，

是洗鼎水汤，

没汤将米汤搅盐是也做汤，

汤浇米汤，

米汤掺汤，

吃汤来配米汤，

吃米汤来配汤，

东家娘是会打算，

倒水嫌太远，

将我先生的肚子，

是来做泔水桶。

〔只见春花身背大广弦，衣裳褴褛满是鲜血，慌张地跑上，突然昏倒在台上，众人惊呼。

邵江海　春花——

众　　　春花——

春　花　（从昏迷中缓缓苏醒，唱）昏迷中，

似听见，

亲人呼唤如弦声丝丝。（春花猛然推开众人寻找）

爹亲，爹亲——（春花突然立定，完全清醒，她颤抖地摘下身上的大广弦）

（唱）弦随人去噩梦归，

爹亲魂断苍海啼。

日寇践踏我山水，

恶魔残杀我兄弟，

男人被抓充军去，

女人遭践难喘息，

海浪翻白哭凄厉，

山泉滴红祭血旗。

深海水忧忧，

愁云压心仇，

日本皇民化，

将我弦来收，

禁演中国戏，

改唱日本歌，

封我祖宗庙，

迫我为皇民，

戏班躲东又逃西，

———歌仔戏《邵江海》 >>>>>

    宁折不弯挺身首，

    父亲他他他——

    日寇枪下将命丢！

  〔天空突然凝固，邵江海一步一步走向春花，接过大广弦，突然如河水决堤。

邵江海 师傅！（跪下）

  （唱）热火击心，

    上苍不回应，

    师傅不归的魂与灵，

    铸就不屈的弦与弓。

    树根砍成弦，

    苦难注生命，

    绿水斩不断，

    弦音永不停！

  〔激烈的锣鼓声起，群情激愤，邵江海与春花冲上戏台。

邵江海 （唱，三十年代闽南民间抗日歌）

    滚，滚，滚，死日寇，

    （大声）滚，滚，滚，死日寇！

  〔群众和戏班演员纷纷走上场，围拢过来，跟着唱。

众 （唱）滚，滚，滚，死日寇！

    大家起来打日寇，

    有的做前锋，

    有的做后盾，

    万众一心打日寇。

    滚，滚，滚，死日寇，

    万众一心打日寇！

  〔一敲锣人敲锣引七爷上。

敲锣人 不要唱了！

七　爷　大家听着,从今天开始,各村各镇不准再演唱歌仔戏,若敢违抗,从重处理!

〔乍然静场。邵江海马上迎了上去,像戏台小丑,一副放荡不羁的样子,这是江湖人生存的法则。

邵江海　哎呀呀,六月天大热,七爷您……

〔一群随从紧跟王县长上来,大家突然肃立。王县长环视着四周。

邵江海　县长大人光临,有失远迎!

〔七爷反而来劲了。

七　爷　自从你们逃出厦门岛来到这里,就没有一日安宁!

〔王县长突然看到春花,上前仔细地打量着春花。邵江海赶紧将春花拉到身后。七爷也发现了春花,眼睛发亮。

七　爷　你们自己看看,看看看看,日本兵不让你们在厦门岛唱歌仔戏,你们就跑到这里来大喊大叫。

邵江海　县长大人……

七　爷　(逼视邵江海)敲锣敲鼓,怕日本兵听不见是吗?

邵江海　(求)县长大人,戏班挑笼走四乡,为的是讨一口饭吃。厦门沦陷了,我们实在是走投无路……

〔王县长突然用眼一瞪,所有的人都静住。他一步一步走向台口,低沉的声音却包含着威慑。

王县长　啼哭声唱的是衰运啊,歌仔戏把台湾唱没了,厦门被占领了,(突然提高嗓音)你们是不是也想把这里也唱沦陷了啊?

邵江海　县长大人,《说唐》只讲唐,可不牵到宋喔。

王县长　日本兵就在对面,你想把炮火引到这里吗?

〔这话很重,邵江海一下子愣住。

邵江海　这……

王县长　你们在这里又喊又叫,日本人冲进来,谁也跑不掉!

七　爷　(喊)县长大人有令,乐器、刀枪统统上缴!

邵江海　(一震)县长大人,你这不是敲锣击鼓找针线——兴师动众!

七　爷　县长大人是为了乡亲们的安全！（吆喝）快！

〔在七爷的威逼下，艺人们一个个排队，像缴枪一样，把手中的乐器、刀枪一件件地扔在地上，人被赶下。轮到邵江海，他突然蹲下，紧紧地护住大广弦。

邵江海　县长大人，使横雨也要照顾屋边草，这弦仔可是我的命啊！

〔王县长一个手势，随从冲上前抢大广弦，邵江海紧紧地护住，双方抢弦与护弦。

邵江海　这是我的弦啊！

〔众随从把邵江海架起来。

邵江海　县长大人，弦是我的命，不能上缴啊！

〔收光。

三

〔戏不能唱，生活越发艰难，但磨难没有把春花少女的清纯和对生活的渴望完全给改变掉，她如山野间的风，飘散而来。

春　花　（唱）一弯山泉滴水清，

　　　　　　　　鸟儿渴望唱天明，

〔仿佛是黑夜对黎明的渴望，风儿轻飞，但须臾立住，些许茫然。

春　花　（接唱）山鹰来了遮树影，

　　　　　　　　啾声断了压林静。

〔七爷拄着手杖，颤颤悠悠地朝春花走来。

七　爷　（唱）姑娘二八正青春，

　　　　　　　　脸像桃花免抹粉，

　　　　　　　　老牛想要嚼幼笋，

　　　　　　　　脚踏水车想含唇。

　　　　　（双眼迷离地轻唤着）春花——

〔春花回头一看，惊了一下。

春　花　七爷——

七　爷　哟哟哟，（淫笑）嘿嘿嘿……来来来，让七爷我仔细看看……

〔七爷颤颤巍巍地上前想抱春花，春花一闪，他差点摔倒。春花赶紧上前扶住，却被七爷紧紧地抱住。

春　花　（挣脱）七爷，你快放手，你若不放手，摔倒了，我可不管。

〔此时，王少爷手拎皮箱突然出现。他看见有人想占春花的便宜，大吼一声。

王少爷　住手！

〔七爷愕然，看见是王少爷，赶紧松手。

王少爷　春花，你没事吧？

〔王少爷回身揪住想溜走的七爷。

王少爷　站住！（一看，惊异）是七爷！

七　爷　（难堪地）少爷，你回来了？

王少爷　（有点不相信自己的眼睛）荒唐，荒唐！（冲向前）这是什么世道，连白发老人也敢干出这种事情！

七　爷　（围住王少爷）少爷，你想到哪里去了，七爷我……（掩饰）童心未死，和春花在捉迷藏。

王少爷　（怒不可遏）滚，不要让我再看到你！

〔七爷颤颤颤地下。春花无地自容地欲跑下，被王少爷叫住。

王少爷　春花——

春　花　少爷，你回来了！

王少爷　（环视着周围）回来了但还要走，我想召唤更多的人和我一起去看外面的世界。（拉）跟我走！

春　花　去哪里？

王少爷　一起去参加抗日救亡演新剧！

春　花　什么是新剧？

王少爷　新剧，就是唤起同胞激情的戏。我给你示范一下。（清清喉咙，整整衣服）啊，春妹，我要走了，不是我无情，我要上前线杀敌

———歌仔戏《邵江海》 〉〉〉〉〉

	报国，等到胜利后，我们再来谈恋爱问题、夫妻问题吧！
春　花	少爷，我不会演，我没有读过书。
王少爷	（突然拥住春花，激动地）我要带你离开这里，让你读书，让你呼吸外面的新鲜空气！
春　花	（慌乱地推开少爷）不，少爷，我不能跟你走！
王少爷	为什么？
春　花	我们两人不一样！我是戏子，你是少爷！
王少爷	我从前是少爷，现在和你一样，都是有血有肉的年轻人。外面的世界让我看到，只有打破死水，点燃火焰，才会有真正新的生活！

（唱）村野死水醉沉沉，
　　　山河破碎痛我心，
　　　慷慨悲歌人未醒，
　　　千秋家国催行吟。
　　　随我离开愚钝乡，
　　　带你走出沉闷林，
　　　寻找新的苏醒路，
　　　烈焰唤起众民心。

春　花	（沉浸在理想之中）少爷……我……（突然慌乱地将少爷推开）不，我们不可能在一起！
王少爷	为什么，为什么？
春　花	因为你是少爷！（春花冲下）
王少爷	春花！（少爷追下）

　　〔另一个演区光起，邵江海抱着大广弦蹲在地上。两随从看管着。
　　〔须臾，跟前出现一双女人的脚，邵江海抬起头，发现是妻子亚枝，邵江海赶紧站起身。亚枝无声地望着他，手上挽着一个小竹篮，里面放着香烛。

| 邵江海 | 你……来了？ |

亚　枝　（淡淡地）今天是祖宗的祭日，七爷他们不让我进宗祠。
　　　　〔如同闷雷，邵江海手上的大广弦掉落在地上。
　　　　〔亚枝慢慢地弯下腰，捡起地上的大广弦。
邵江海　（喏嚅地）七爷你是软蜈蚣蜇人，好狠啊！你明明知道，女人最怕的就是祭祖的时候族人不让她进宗祠，你偏偏将她挡在门外……
亚　枝　七爷说了，只要你不再唱歌仔……
　　　　〔邵江海突然扇自己的嘴巴，蹲下。
邵江海　我招惹谁了？我不想招谁惹谁，就怕招谁惹谁，我只想唱唱歌仔，为什么连唱歌也要被人糟践！
亚　枝　芭蕉叶儿软，雨水就越要欺负它！我原以为家里有了男人……戏台锣鼓助你威，棚下人轻乞丐坯。自嫁了你……
邵江海　（慢慢地）我让你受委屈了！
亚　枝　（深深地吸了一口气）鸟儿寻树头，女人家的命……我认了！
邵江海　你心里一直在怨我！
亚　枝　船入港随湾，只希望风来的时候，有棵大树能挡挡风寒！
亚　枝　（恳求地）咱不唱了，好吗？！
　　　　〔邵江海哑然，慢慢地站起身。
邵江海　（唱）滴水落，皱水潭，
　　　　　　　涟漪一点化千层，
　　　　　　　山上芭蕉叶子软，
　　　　　　　凛冽寒风吹山峦，
　　　　　　　女人无助望天空，
　　　　　　　只求有人挡风寒，
　　　　　　　从没仔细将妻看，
　　　　　　　梅子酸楚心艰难。
　　　　（喃喃地）咱不要唱，不唱了，不唱了……
　　　　〔邵江海抱住大广弦，拖着沉沉的脚步离去，亚枝低着头跟在后面。

〔四个男人抬着神龛，有气无力地念上。

众 （念）佛祖生日没歌没鼓吹，

好像泡茶无色喝淡茶。

哑巴无声也要想讲话，

为什么咱有嘴偏要塞棉纱。

〔大伙看见邵江海，高兴地冲过去。

众 江海师呀——

甲 （念）没肉可吃涎不滴，咱没戏可听人疲塌。

乙 （念）树林鸟仔也会飞，咱苦中作乐无处寻。

丙 江海师，歌仔戏就像甘甜的水、润喉的茶，你就唱一首给我们听听吧！

〔邵江海不理睬他们，夹紧大广弦继续走去。

丁 连他也怕。江海师不敢唱，咱自己唱。

〔丁扯开嗓门大吼起来，却是跑了调的歌。邵江海停住了脚步，他可以容忍别人骂他、污辱他，但决不能容忍别人唱走调。他转过身来，发现亚枝直立立地站在他的面前，他又低下头朝前走。

甲 来，你来……

乙 听我的。"一拜梁哥……"

众 好，好！

〔邵江海实在忍不住，回转身来，大吼一声。

邵江海 错了，错了！

〔众人愣了一下。

乙 我们唱我们的，不要管他，唱。

众 唱。

甲 "一拜梁哥……"

邵江海 （生气）调门从山前跑到山后去了！

甲　　　（故意地）大哭调就是这样唱。

邵江海　大哭调讲究的就是拉腔哭韵……

〔亚枝上前拉他，被他推到一边。

邵江海　第一句应该是这样："一拜梁哥……"

〔邵江海不知不觉地拉起大广弦，唱起歌，众人被他的歌声吸引了。

〔七爷不知什么时候立在他面前，众人吓得赶紧溜走，唯独邵江海还在那里吼唱。须臾，歌声断了，看见七爷，邵江海自己也吓住了。

邵江海　七爷，我没想唱，我不唱，是他们……

七　爷　（淡淡地）家里有这样一个女人，也该知足了、安分了，别让女人太委屈了。

邵江海　（似乎有点感动）是，七爷！

〔邵江海夹住大广弦要走，七爷轻轻地唤住。

七　爷　这弦，我先替你收着。

〔邵江海迟疑地走上前，要递弦的时候，又舍不得地往回缩。

邵江海　七爷，你就让我留下吧！

〔七爷一把拿过大广弦，乜斜了大广弦一眼，顺手一扔，怕被弄脏似的拍了拍手。邵江海一下子被激怒了，怪脾气又犯了。

邵江海　七爷你……你糟践人了！这把弦是我师傅用生命和鲜血换来的，江海看得比生命还重要，请你把它捡起来！

〔从来没有人敢跟七爷这样说话，七爷一下子愣住了。

七　爷　还从来没有人敢这样跟七爷说话！

邵江海　你要尊严，我也有自己的感情和尊严！

七　爷　尊严！（突然乐了，乐得眼泪直流）嘀嘀嘀，哈哈哈……戏子也配跟我讲尊严！好，要尊严，就别要弦；若要弦，就从我的胯下钻过去！

〔邵江海猛地跳起来，青筋暴胀，被羞辱、被激怒，却说不出话来。

邵江海　七爷你……你在污辱我！

（唱）老猴欺人双手扒，

　　　七爷欺人扒面皮，

　　　疯狗咬人踏软地，

　　　时穷弄人鬼得势！

　　　白白布不能染到黑，

　　　我虽然是一个戏子，

　　　但是我也有骨架！（挺立）

七　爷　好，那我就叫你的弦神跪在我的脚下！（举腿）

邵江海　（惊）七爷！

（唱）弦为神，羞弦就像辱祖先，

　　　弦有情，踩弦好似踏心间，

　　　弦是命，护弦师傅来献身，

　　　没了弦，好似行舟断桅杆！

七爷，我若从你胯下爬过去，你把弦还给我？

七　爷　你不要尊严？

邵江海　你说到做到？

亚　枝　（不忍看）七爷，求你砍竹留竹笋！

七　爷　七爷今天就是要让他学会听话做人！

亚　枝　（拉邵江海）这弦咱不要了！

邵江海　（唱）台上戏文唱整袋，

　　　韩信忍辱胯下爬，

　　　为弦羞辱裤脚过，

　　　权当逆子欺老爸！

〔邵江海忍辱爬过七爷的胯下。

〔七爷突然抬脚，将大广弦踩断，邵江海和亚枝一时目瞪口呆。

邵江海　七爷！

亚　枝　七爷！

七　爷　敢跟七爷作对，就是这样的下场！

　　　　〔舞台上一束惨白的光，像刀一样投在邵江海身上。他全身颤抖，一步一趔趄地走向大广弦，慢慢地跪下，抱起大广弦。

邵江海　我的弦，我的弦啊……

　　　（唱）琴毁弦断刀刻心，

　　　　　　无泪无言无声音，

　　　　　　悲哀哭声有宫调，

　　　　　　伤心歌仔无弦琴！

　　　　〔亚枝默默地走上前，扶起欲哭还笑的邵江海。

亚　枝　咱回家吧！

邵江海　（唱）一声回家心如麻，

　　　　　　贤妻扶我走溪岸，

　　　　　　帆船江心来靠偎，

　　　　　　堤岸水边有船畔。

　　　　　　回家种田好无奈，

　　　　　　满腹歌才无处弹，

　　　　　　破船摇晃风吹散，

　　　　　　漏水无望落浅滩。

　　　　　　没了歌仔种上稻子，

　　　　　　损了尊严撕了心肝，

　　　　　　毁了琴弦断了肠子，

　　　　　　绝了路途死心上山！

　　　　〔在歌声中，春花看见亚枝搀扶着师兄，她的脚步凝固了。她慢慢地走上前，拾起地上的大广弦。

　　　　〔灯暗。

四

〔春雨绵绵。亚枝和邵江海在田野中辛苦地劳作。亚枝肩拉绳伏在前，邵江海扶犁在后，两人随着节奏舞蹈着。

亚　枝　（唱）透早就出门，

邵江海　（唱）——艰苦，

亚　枝　（唱）天色渐渐光，

邵江海　（唱）——顾三顿。

亚　枝　（唱）受苦做田人，

　　　　　　　走到田中央，

　　　　　　　为了顾三顿，

　　　　　　　不怕田水冷冰冰。

〔邵江海累得走不动，瘫在地上。

〔亚枝赶紧倒水给邵江海喝。邵江海情绪突变，像孩子一样抱住亚枝痛哭。

亚　枝　（深情地）把歌仔戏忘掉吧！

邵江海　（伤感地）怎么能忘掉！

亚　枝　你是男人，你也应该像其他男人一样，耕作养妻养子。

邵江海　我除了唱歌仔戏，我还能干什么？！

〔亚枝体贴地拿过一旁的竹篓和竹耙，把竹篓挂在邵江海的肩上。

亚　枝　（像哄小孩）别累着，只要你不再唱戏，我心里就踏实了。田里的活我来做，你把田间的猪粪拾回来就可以了。

〔亚枝将竹耙放在邵江海的手中，拉过犁耙，躬身耕地。

〔邵江海看着手中的竹耙苦笑着，无奈地拾起猪粪。拾着拾着，邵江海又把竹耙当成演戏的棍棒，耍了起来。人生的喜怒哀乐全在这不经意的动作中。突然，竹耙在空中停顿，邵江海突然想到什么，整个人一下子静止。很久，从他的喉咙间，断断续续地哼出很细微的歌调。

邵江海　（哼）【杂碎调】讲……起唱戏……艰苦事，

　　　　　　　　　我曾经过……才会知，

　　　　　　　　　行……船遇浪……船摇摆，

　　　　　　　　　建厝上梁才来刮风台。

　　　〔蓦地，如山涧泻水。邵江海突然扔掉手中的竹耙，四处寻找可以写字的东西，却找不到。他复捡起竹耙，一边快速地将心中的旋律写在地上，一边激动地。

邵江海　春花，最近我的肚子好像海浪翻滚，岩浆积压。国哀民凋，积苦悲心，歌仔戏现有的歌调，已经无法倾泻我心中的伤痛……

　　　〔在邵江海激动的时候，春花背着大广弦（大广弦已经被她用线绕接上）正好跑来。看见如癫似傻的邵江海，她心里说不出的滋味。

邵江海　仿佛是苍生在催我写新调，点醒我，我要用心中的歌调，为你编写一出新戏，唱给百姓听！

　　　〔邵江海和春花同时看见对方，并冲向对方。此时，亚枝躬腰耕田正好到两人跟前，三人相对，空气仿佛凝固。

亚　枝　雨停了，番薯藤还未种！

春　花　（掩饰地）阿嫂，我，我来帮你犁田……

亚　枝　（压抑住心中的不满）雨刚刚才停，又起南风，种田人最不喜欢的就是四月芒种雨，五月不干土，六月火烧埔！

春　花　阿嫂，我来……

亚　枝　早不来晚不来，等你师兄心死的时候，你又来搅扰！

春　花　（停顿许久）我知道师兄可以没饭吃，但不能没有弦仔！

亚　枝　（没有表情地）自家种的瓜知道怎么剪藤蔓，我是他的女人，我知道怎么照顾好自己的男人！

春　花　（委屈地）阿嫂！

　　　〔春花承受不了这样的话，欲跑，却又停住了脚步。

春　花　（背对亚枝）你知道天凉给他添衣，饭冷给他温热，却不知道他心里喜欢什么？

亚　枝　深冬天地寒，哪一家人谁不先想着日子无霜无雪，一家温暖过冬。

春　花　师兄能够娶你，是他一生的幸福。但你不理解，戏比他的命还重要！

亚　枝　（深吸了一口气）深犁重耙！人啊，总不能想着未开垦的荒地，却忘了已耕作的良田。（转过头，看着春花）你若疼爱你的师兄，就别再来打扰他！

〔春花紧闭着双眼。

亚　枝　回去吧，不要再唱了，找个好人家好好过日子！

〔春花转身冲下，突然再次停下。她回转身，望着癫疯的邵江海，将大广弦轻轻地放在地上，痛苦地离去。

邵江海　（突然看见大广弦）大广弦！（冲过去，却突然立在那里）

（唱）立定定，望琴弦，

　　　心颤颤，怕近前，

　　　弦晃晃，眼恍惚，

　　　火辣辣，心熬煎。

　　　冷冰冰，手欲伸，

亚　枝　（在远处喊）江海，累了，歇一歇吧！

邵江海　（接唱）声轻轻，情牵连，

　　　乱纷纷，看谁是，

　　　脚沉沉，落泥田？

　　　弦啊弦，都是你给我惹的祸，你让我遭人白眼，让人作践；你让我虚剧演实，假象传真。我既爱你，我也恨你。你让我穷通世间善恶，却让我迷途百走。我想独奏冰弦，却没了天地空间；我想暗自吟咏，却害了他人。海阔天空，我不能放开手脚伴你走；天马行空，我不能用你唱尽心中忧愁。弦啊弦，从今后，我、我再也不会去摸你、碰你、拉你、弹你，就让你……（轻轻地）孤零零地躺在那里！（好似决然地转身，却又反回身，他用竹耙推了推大广弦）春天雨绵绵，你就靠边点吧，别让雨淋湿了身。

〔竹耙突然碰了一下琴弦，发出了"噔"的一声。这声音好像是勾魂天音，让邵江海的心悚了起来。邵江海再一碰，"噔"的一声，再碰……邵江海慢慢地靠近大广弦，抖动着手轻轻一拨，心中一颤；再一拨，整个人无法自持。他扔下竹耙，紧紧地抱住大广弦。

邵江海　（唱）好似鬼魂来附身，
　　　　　　　好似前世欠弦琴，
　　　　　　　大广弦仔是我命，
　　　　　　　出世上天做记认。
　　　　　　　戏灵古调刻记心，
　　　　　　　印戳从头盖到面，
　　　　　　　任凭海市与天转，
　　　　　　　江海啊江海，
　　　　　　　你逃不出命定唱古今。

〔七爷跟随着王县长匆匆上来。

七　爷　唱唱唱，日本兵过江啦，还唱！

〔邵江海一震，冲向台前，怒视前方。

邵江海　豺狼真的来了！

〔县长的随从跟上来围住邵江海。

王县长　（软中带硬）唱唱哭哭，你们真的把日本人唱来了！鸡喉不堵，永不安宁。

七　爷　来啊，将他抓起来。

〔邵江海惊讶。

王县长　慢！明天是庙会，我要他亲自敲锣把戏禁了！

―――歌仔戏《邵江海》

邵江海　（沉沉地）地陷了，家没了，我们什么都没了，就剩下这歌仔戏了！这戏我禁不了！

王县长　那就只好先委屈春花。

邵江海　大人，你们想干什么？

〔王县长将锣重重一扔。

〔邵江海颤抖着双手，捡起地上的锣。

邵江海　嘀嘀，嘀嘀，嘀嘀嘀……
　　　　铜锣啊，让我拿刀心中割肉，
　　　　铜锣啊，让我挖祖坟给日照，
　　　　铜锣啊，打死先生好散学，
　　　　铜锣啊，让我自己断了命根没了庙。

〔邵江海拖着沉重步伐。

邵江海　乡亲们，这一年来，多谢你们让我们有口饭吃，有破庙栖身。日本兵来了，戏不能唱了，明天是庙会，我要和春花为乡亲们唱最后一场戏！春花好好准备，把它唱响！

〔邵江海隐去。

〔春花慌张地冲上，突然看见王县长又惊慌地转身，但被随从挡住。

王县长　我以为对付一朵小花很简单，但是，我错了！你很有本事，竟能让我的儿子为你神魂颠倒！

春　花　放我走！

王县长　你的架子很大，连我这个县长做媒，你也不肯赏脸，七爷在后院可是等得不耐烦了。

〔春花紧闭双目，强忍着不让眼泪流下来。

王县长　我想替七爷好好操办操办，让全县的人都知道，七爷又收了新房。

春　花　大人！

〔切光！

五

〔紧接前场，气氛陡然紧张，少爷带着春花逃走，内唱上。

春　　花　（唱）逃出县府穿林间心惊慌，
王少爷　（唱）高墙难阻带春花走远方。
〔少爷和春花在山林荒野间穿梭。
春　　花　（唱）县长做媒太荒唐，
王少爷　（唱）逼子断情青春葬，
春　　花　（唱）归身何路是前方。
春　　花　（唱）　　　　　王少爷（唱）

　　　月殒落，　　　　　　　星隐藏，
　　　乌啼声声悲鸣风。　　　山影重重萧林风。
　　　心凄惶，　　　　　　　心伤痛，
　　　戏子任踏践轻狂。　　　愚沌乡野何处藏。
　　　步慌乱，　　　　　　　脚莫停，
　　　风雨摧毁断桥挡。　　　漆夜前面有光亮。
　　　何处是，　　　　　　　山外面，
　　　鸟儿自由的天空。　　　鸿鸟自由飞天空。

〔少爷领春花向前冲，突然看到什么，惊慌失措。

王少爷　日本兵！
〔少爷、春花向后退。少爷将春花向另一边推开，自己做掩护状。
王少爷　快，从树林中穿过去。
〔春花冲下。王少爷悄悄地后退，转身、绕场，突然看见什么，大喊。
王少爷　日本兵，住手！（少爷愤怒地冲下）
〔庙台，祭戏神。香烟缭绕，邵江海与戏班的演员凝重地向戏神祭拜。
〔邵江海双腿跪落。
邵江海　（唱）一腔愤懑压心胸，
　　　　　　　满腹忧焚望长空，
　　　　　　　不见琴弦心中落，

——歌仔戏《邵江海》

凄楚相伴秋凉风。
大广弦啊,
你随我糟践来流浪,
你随我唱戏走四方,
戏中你见我嬉笑骂,
我是借你高唱装佯狂。
你是师傅呕心弃雕琢,
你是师傅托付恩情重。
寒风中,
借你与师妹诉衷肠对歌诵,
酷暑里,
用你为百姓唱心曲送凉风。
自从有了你,
我秋衣单薄不惧风,
我遭人白眼装小童,
我饥肠百转精神爽,
我腰板挺直将头昂。
苦难中,
你是我知音解千愁,
乱世中,
我冒死背你逃西东。
为了你,
师傅血染弦杆斑斑红,
为了你,
我遭人作践傻装疯。
大广弦啊大广弦,
愧我无能步踉跄,
恨我不能护你到始终,
今天这最后一场戏,
无弦也要高歌一曲贯长虹。

(用低沉有力的声音)春花,上场!

〔锣鼓喧天,闹场热烈。一分钟,两分钟,三分钟,台上依旧不见春花。邵江海突然暴怒。

邵江海　春花，春花！

〔只见春花头发凌乱，身背大广弦，跌跌撞撞冲上来。威严写满了邵江海的脸上，他发出了对春花不曾有过的怒火。

邵江海　你干什么去了？观众在戏台下等你！

春　花　师兄……

邵江海　戏比天大！

〔"啪！"邵江海突然一记耳光落在了春花的脸上。

邵江海　你怎么给忘了！（突然发现春花衣裳零乱）出了什么事情？

〔春花赶紧将自己的衣领紧紧地捂住，躲避师兄的眼光，突然从腰间拔出一把亮晃晃的剪刀，手激烈地颤动着。

春　花　（毅然地）师兄，开锣吧！

〔春花转身冲下。不祥的预感让邵江海突然惊骇，他惊呼着追下。

邵江海　春花，你要干什么？

〔只听催命鼓点敲响。

春　花　（一声呼唤）天啊——

（唱）长空恨海无情天，
　　　你有眼无珠有嘴不开装疲倦，
　　　歹人做坏四处逍遥摇摇展展，
　　　好人被欺无处藏身度日如年。
　　　天啊天——
　　　你还我清白还我身，
　　　日本禽兽如恶犬，
　　　侵我山河占我身，
　　　洁白身躯蒙尘烟。
　　　天啊天——
　　　你还我血债还我命，
　　　耻辱刻满我心田，
　　　国耻未报添新恨，
　　　污浊染黑白水仙。
　　　天啊天——
　　　你装聋作哑何为天，

我屈辱似海恨连绵，
倾盆大雨浇我恨，
我要以血溅苍天。

〔春花突然抽出剪刀，朝自己的喉咙刺下。顷刻间电闪雷鸣，狂风大作。邵江海冲向春花。亚枝跌跌撞撞地冲上来。

邵江海　春花——这是为什么，为什么？
亚　枝　（沉重地）日本兵将少爷打死，将春花糟蹋了！

〔仿佛被天雷一击，邵江海被击垮了。

春　花　（慢慢地睁开眼睛，用微弱的、断断续续的声音）师兄，戏比天大！

〔邵江海紧紧地抱住春花，从没有过的撕心裂肺。

邵江海　你不要说，你不要说了……
春　花　（脸上绽出凄惨的笑容）今后……师妹……就不能和师兄一起演戏了……
邵江海　不，不，我还要和师妹一起唱歌，一起演戏……
春　花　（微微地侧过头，无力地看了一眼大广弦）把大广弦收好，这是父亲临终的嘱托，他，他希望你把歌仔戏传好，他希望……
邵江海　（再也忍不住了）春花，我对不起师傅，我没能照顾我的师妹！
春　花　（再一次抬起眼睛，无力地看着亚枝）阿嫂——（伸出手握住亚枝的手）
亚　枝　春花——（紧紧地将手捂在脸上）
春　花　（再一次绽出笑容）师兄遇到你是他前世修来的福分……
亚　枝　（泪眼纵横）你不要再说了，都是阿嫂，都是阿嫂……
春　花　（再一次深情地望着邵江海）有一首歌，我一直想要唱给师兄听——

〔无伴奏，断断续续地唱。

春　花　（唱）水仙含情迎春开，
　　　　　　清莹淡淡送香来，
　　　　　　有情花蕊将心盖，
　　　　　　含羞不敢露心怀。

〔春花香消玉殒。邵江海冲天长啸。

邵江海　春花！天啊，难道这就是我们的命运，我们的哀歌吗？！
　　　　〔所有演员手中白色的手帕，像洁白的素花，飘洒覆盖在春花身上。
　　　　〔此时，王县长手捧王少爷沾满鲜血的衣服，沉重得几乎迈不开步。
王县长　（暴怒）日本兵，你污辱我们的女人，打死我儿子，畜牲，我跟你拼了！
　　　　〔舞台突然静场。邵江海慢慢地站起来，愤怒写满双眼。
邵江海　（唱）天上有道弯啊，
　　　　　　　心中有道坎啊！
　　　　〔突然，亚枝的声音如空谷中的泉声，清澈得让人心颤。
亚　枝　（唱）天上有道弯啊，
　　　　　　　心中没了坎啊……
　　　　〔舞台上所有的人被亚枝的歌声惊醒，一个个慢慢地站了起来，连七爷也被歌声击醒了。
王县长　（唱）天上有道弯啊，
　　　　　　　心中没了坎啊……
　　　　〔顷刻，如高山崩裂，演员一组一组汇集。
众　　　（唱）天上有道弯啊，
　　　　　　　心中不再有坎啊，
　　　　　　　拉响弦音来呼喊啊，
　　　　　　　昂起头来是山川！
　　　　〔天空突然一片蔚蓝，邵江海冲向高台。
邵江海　（唱）此生为弦——
　　　　〔合唱声起。
众　　　（唱）粗根独负青山志，
　　　　　　　百折不挠苦中嬉。
邵江海　（唱）腥风血雨罹凌寒，
　　　　　　　一心将歌传千里！
　　　　〔合唱：腥风血雨罹凌寒，
　　　　　　　　一心将歌传千里！
　　　　〔音乐响彻全场。
　　　　〔剧终。

──歌仔戏《邵江海》

〔字幕缓缓打出：抗日战争期间，邵江海创作的"杂碎调"，如春风野火，传遍闽南大地。1948年，"杂碎调"被闽南歌仔戏"都马班"带到台湾，台湾观众称之为"都马调"，从此，"杂碎调"在海峡两岸及东南亚广为流传。

精品提名剧目·豫剧

虢都遗恨

编剧 张 平

时间

西周后期。

地点

虢国都城上阳。

人物

子　桑　虢国王宫宫女，后为太后，出场时十七八岁。

虢　叔　虢国登基不久的国君，子桑的儿子。

少　翁　一个身历几朝的老内侍。

石　夫　亚武山中的农夫，子桑的丈夫。

子　玉　山野姑娘，子桑的女儿。

侍甲、乙、丙、丁（兼乌衣人）

——豫剧《虢都遗恨》 〉〉〉〉〉

第一场

〔电闪雷鸣。

〔王宫高墙下的夹缝中,宫女子桑临盆前痛苦难忍,无人扶助。

〔婴儿的啼哭声,子桑昏厥。

〔神情冷酷的大内侍少翁上,夺过婴儿。

子　桑　（哭喊）我要我的孩子！还我的孩子……

少　翁　少翁只是奉命行事。

子　桑　这是国君的骨血啊！

少　翁　正因是国君的骨血,才由不得你。子桑姑娘,祖制宫规你应该知道。

子　桑　侍女生子,按律当诛！

少　翁　我办我该办的事。（掏出毒酒,放在子桑面前）来,喝下去！

子　桑　我要见国君,我要见国君！

少　翁　国君嫔妃成群,哪还记得你一个小小的侍女呀！

子　桑　子桑死也要死个明白！求少翁大人实言相告,何人加害于我？

少　翁　你,你就别再问了。

子　桑　少翁大人,我儿可曾取名？

少　翁　已取名虢叔。

子　桑　虢叔日后长大,问起生母,你如何应对？

少　翁　他母就是当今王后！

子　桑　王后不会生子,宫中人人皆知,岂能掩人耳目！若问起生母为谁所害？

少　翁　这……

子　桑　少翁大人，你看这是何物？

少　翁　（一惊）蟠龙玉佩！

子　桑　对，正是国君恩赐奴婢的蟠龙玉佩。可见国君他对子桑一往情深！杀害于我，国君并不知情，一旦追问详情，定会拿你问罪！既说我儿是王后所生，日后我儿势必有望入主朝政，得知生母被你所害，会将你五马分尸！

少　翁　（冒出冷汗）这……

　　　　（唱）自古伴君处险境，

　　　　　　　是非功过难辨清。

　　　　　　　善业多行免报应，

　　　　　　　不留后路祸事生。

　　　　　　　罢、罢、罢，

　　　　　　　破天胆放她一条命，

　　　　　　　你……逃命去吧！

子　桑　少翁大人，你……

少　翁　（接过毒酒倒地，唱）

　　　　　　　编一套假话儿应付后宫。

子　桑　（跪）谢少翁大人赦命之恩！

少　翁　莫在上阳附近停留。

子　桑　子桑明白。

少　翁　蟠龙玉佩你要仔细珍藏，不到生死关头，万莫显露。

子　桑　子桑记下了。

少　翁　少翁冒着杀头之罪放你逃命，倘若你有个三长两短……

子　桑　子桑死不言少翁大人。

少　翁　（挥手）你，走吧。

〔婴儿哭声。

子　桑　（哀求地）少翁大人，让我再看看我的儿子吧！　（抱婴儿抚

摸，下）

少　翁　（自语）唉，这日后的事谁能说得准。这日后倘若真被子桑言中，我这一宝，哈哈……可就押对了！

〔一声炸雷，惊得少翁原地转起了圆圈，转着转着，转出了老态。

〔合唱：天也旋，地也转，眨眼过了十八年。

　　　　虢叔继位掌权剑，又换了，一重天。

少　翁　哎呀，这岁月如梭，天旋地转，一眨眼的工夫，十八年就这么过来了。少翁头发白了，腿脚也不灵便了。就这，人家都还说我混得好。唉，他们哪里知道，我这混哪，混得是多难哪！宫中的每件事都得掂过来、掂过去，防着人算计，把这心都给盘算碎了。如今先王和王后相继归天，虢叔继位。不知听何人所言，知道了自己非太后所生，他思念生母，夜不能寐，情真意切，感人至深哪！当初幸亏我瞒着王后放了子桑。她若还在人世，可就是堂堂正正的王太后！少翁之功何以了得！唉，谁知道她身在何处呢？

〔四内侍上。

众　侍　少翁大人。

少　翁　众家兄弟好！

侍　甲　恭喜恭喜，您真是有福之人哪！

少　翁　福从何来？

侍　甲　少翁大人的肥差又到手了。

少　翁　什么肥差，我怎不知？

侍　乙　（窃笑）这上下都传遍了，您还给我们假装糊涂。

侍　丙　听说这次您为统领，给宫中选美。

侍　丁　一趟差使下来，口袋里还不沉甸甸的？

众　侍　是啊！

少　翁　千万可别乱说，黑钱岂是能随便拿的！

众　侍　都啥年月了，老大人还装正经！

侍　甲　有好处可别一个人得。

侍　乙　总得拉众家兄弟一把。

侍　丙　让大伙儿都沾点儿光。再说，您老一个人能跑得过来么？

众　侍　是啊！

少　翁　怎么，你们都想跑跑？

众　侍　多好的美差呀！

少　翁　好，愿意跑，我把你们都带上。

众　侍　一言为定？

少　翁　一言为定。

众　侍　少大人真够朋友！

少　翁　有福同享嘛！

众　侍　哈……（下）

少　翁　这帮小人，得罪不起呀。对，我何不趁选美之机，顺便打听一下子桑的下落。子桑啊子桑，你可知道，你的儿子已登大宝，该是你现身的时候了。

〔四内侍各持一卷图上。

众　侍　少翁大人，你看！

少　翁　看什么？

众　侍　地方官送来入选的美女图。（展图）

〔少翁依次看，到甲处忽一愣，拿图细看，众围，少翁疑惑。

少　翁　似曾相识！

众　侍　似曾相识？

少　翁　好生面熟啊！

众　侍　她是谁？

少　翁　（一愣自语）噢，像子桑！

众　侍　像子桑？

〔众定格。切光。

第二场

〔十八年后。

〔亚武山林。

〔子桑身背背篓上。

子　桑　（唱）亚武山林密密清溪流淌，
　　　　　　　踏石阶沿小路奔走匆忙。
　　　　　　　十八年从不敢走街穿巷，
　　　　　　　十八年虢叔儿常挂心房。
　　　　　　　蒙石夫怜子桑相依相傍，
　　　　　　　生女儿名子玉年近芬芳。
　　　　　　　石夫耕种山坡上，
　　　　　　　子桑我采桑绩麻晒新粮。
　　　　　　　子玉纺织机杼响，
　　　　　　　织出土布百丈长。
　　　　　　　夜来一盏油灯亮，
　　　　　　　笑声飞出茅草房。
　　　　　　　今日里卖山货筹办嫁妆，
　　　　　　　托红媒为女儿择婿选郎。
　　　　　　　回山路似有人尾随跟上，
　　　　　　　事蹊跷费猜疑令人惊慌。

〔侍甲上，紧跟子桑，到石夫家。

侍　甲　（气喘吁吁地）站住，你这女人走山路比走平路还快，追都追不上。

子　桑　我乃山野村妇，（打量）是个宫人？

侍　甲　你咋知道我是个宫人？

子　桑　追我何事？

侍　甲　转过身来。

〔子桑转身，侍甲看图。

侍　甲　你认识她吗？（指图）

子　桑　我家女儿。

侍　甲　是叫子玉吧？总算找着了！王廷选美，地方官把你们家姑娘给报上了，让她在家呆着，别乱跑！

子　桑　（一惊）王廷选美？

侍　甲　对！一步登天、荣宗耀祖，你家可真交好运了！一会儿主验官要来，快给你家姑娘收拾收拾、打扮打扮，在家等着吧。（下）

子　桑　王廷选美！

　　　　（唱）侍官他一番话如雷击顶，

　　　　　　　禁不住心震颤泪雨蒙蒙。

　　　　　　　多少年竭力把痛苦忘净，

　　　　　　　那往事难回首肠断心疼。

　　　　　　　上阳宫女儿梦化为泡影，

　　　　　　　上阳宫曾让我九死一生。

　　　　　　　常怨苍天不公允，

　　　　　　　尊贵贫贱不相容。

　　　　　　　忍痛含恨十八载，

　　　　　　　怎能让女儿她重蹈覆辙入牢笼。

〔石夫和子玉从茅舍中走出。

子　玉　娘，你回来啦！

石　夫　子玉她娘，回来了！你走累了吧？

〔子玉扶子桑坐。

子　桑　不要紧，歇一会儿就好了！

石　夫　子玉她娘！

　　　　（唱）清晨起你下山卖货换丝线，

　　　　　　　直到这日落西山才回还。

————豫剧《虢都遗恨》 〉〉〉〉〉

     十几里羊肠道爬坡越坎，

     只怕是走得你腰疼腿酸。

     再有事你让我下山去办，

     累坏了贤惠妻我心不安。

子　玉　娘！

   （唱）爹和娘恩爱深相依相伴，

     子玉我永不离二老身边。

子　桑　石夫，王宫选美，选中子玉，咱们一家赶快离开这里。

子　玉　娘，出啥事了？

子　桑　不必多问，收拾收拾快走！

   〔石夫、子玉下。

   〔少翁上，四内侍随上。少翁与子桑碰面，相互打量。

少　翁　你是……

子　桑　你是少翁大人？

少　翁　（擦眼辨认）你是子桑？国之大幸，国之大幸啊！

子　桑　少翁大人，这些年你过得可好吗？

少　翁　好又怎讲，歹又怎讲，混呗。子桑，这些年你过得怎样？

子　桑　我已是个村妇乡人，想不到大人您还认得我。

少　翁　那还能忘记！

   〔石夫、子玉出。

少　翁　这是……

子　桑　我家女儿。

少　翁　长得可真像你啊！

子　桑　少翁大人，当年曾高抬贵手放过我一条生路，今日再请大人开恩，放过我的女儿吧！

少　翁　你是说选美么，此事作罢，不再讲了，子桑你的出头之日到了！

子　桑　此话怎讲？

少　翁　蟠龙玉佩可在？

1017

子　桑　大人嘱咐，

少　翁　蟠龙玉佩，

子　桑　要仔细珍藏。

少　翁　不到生死关头，

子　桑　万莫显露。

少　翁　快快拿来我看！

子　桑　这……

　　　　〔少翁示意四内侍下。子桑进屋拿玉佩出。

少　翁　（惊喜）哎呀！蟠龙玉佩，依然玲珑闪亮，

子　桑　依然玲珑闪亮。

少　翁　龙威犹在，

子　桑　恰似看到……

少　翁　先王！

子　桑　先王……

少　翁　叩见王太后！（跪）

子　桑　你叫我什么？

少　翁　王太后！

子　桑　莫非我儿虢叔他……

少　翁　已继位当今虢国国君，入主上阳宫！

　　　　〔子桑忍不住放声大哭。

少　翁　太后啊！

　　　（唱）蟠龙玉佩今犹在，

　　　　　　亚武山终将太后找回来。

　　　　　　新君登基多仁爱，

　　　　　　昭弘孝道常感怀。

　　　　　　太后你当年出宫多无奈，

　　　　　　今日少翁报喜来。

子　桑　（唱）悲喜交集心澎湃，

——豫剧《虢都遗恨》

           一声惊雷扫阴霾。

石　夫　（唱）眼前事如迷雾难分难解，

子　玉　（唱）我如听奇闻费疑猜。

石　夫　（唱）那玉佩从未显露从未戴，

子　玉　（唱）我的娘苦情深深心中埋。

石　夫　子玉她娘！

　　　　（唱）难为你隐伤痛一十八载，

子　玉　（唱）娘啊娘，为什么在王宫招惹祸灾。

子　桑　（唱）都只为十八年前怀王子，

　　　　　　　婴儿落地厄运来。

　　　　　　　王太后夺子把我害，

　　　　　　　少大人舍命放生巧安排。

　　　　　　　拨云见日应感戴，

　　　　　　　子桑叩拜跪尘埃。

少　翁　太后折煞老奴了！太后福星高照，今日就请太后随我一同前往上阳！

子　桑　上……阳！莫非我儿他已知晓？

少　翁　他不但知晓，他还夜梦母亲，思念于你。

子　桑　他是怎么知晓？

少　翁　自从王后升天，宫中传言甚多，虢叔他聪明伶俐，自然明白。

子　桑　儿啊！

少　翁　太后起驾！

子　桑　石夫、子玉，随我一同进宫！

　　　　〔石夫推辞。

石　夫　我、你、国君、王宫，我不去。

子　桑　她爹，当年我落难之时，蒙你相救才有今日啊！咱们一家岂能分离？

子　玉　爹，咱快去吧！我还急着看上阳宫呢！

石　夫　你说去？那中。

少　翁　太后，他们父女进宫，恐多有不便！

子　桑　有何不便？石夫是我的救命恩人，当是国君的义父；子玉是他的胞妹，我儿岂能将他们拒之门外！

少　翁　少翁听从太后吩咐，太后起驾！

〔灯暗。

第三场

〔上阳王宫。

〔虢叔立于案前，手捧铁剑，踌躇满志。

虢　叔　（唱）周朝伟业，威震四方。

　　　　　　　荫护虢国，福祉绵长。

　　　　　　　先王赐剑，交付权杖。

　　　　　　　兄弟不容，窥视朝纲。

　　　　　　　固国之本，仁爱兴邦。

　　　　　　　萧墙之内，消释冰霜。

众　侍　国君威仪，臣服，臣服。

〔少翁兴奋地走上。四内侍下。

少　翁　老奴拜见国君。

虢　叔　少翁！选美之事怎么样了？

少　翁　老奴给国君带回一个天大的喜讯！

　　　　（唱）为国君选美人亚武山上，

　　　　　　　人皆说老林深处有娇娘。

虢　叔　噢，亚武山……

少　翁　（唱）老奴我不辞辛苦去探望，

　　　　　　　不经意见到了美女她娘。

虢　叔　嗳，美女她娘，说她作甚？

少　翁　（唱）她身着土布，神清气朗，

　　　　　　　贵相犹在，母仪端庄。

　　　　　　　老奴我心中惊异细打量，

　　　　　　　踏破了铁鞋，她、她、她……

虢　叔　快讲，她是何人？

少　翁　（唱）她正是国君您朝思暮想的生身亲娘。

虢　叔　（一愣）你说什么？

少　翁　她正是国君你日夜思念的亲娘啊！

虢　叔　你没有认错？

少　翁　绝不敢凭空乱讲。

虢　叔　有何为证？

少　翁　先王蟠龙玉佩现在她的手上。

虢　叔　蟠龙玉佩，蟠龙玉佩……她何来此物？

少　翁　先王所赐，太后珍藏。

虢　叔　她为何流落亚武山中？

少　翁　是当年老奴冒着杀头之罪，放了她一条生路。

虢　叔　太后现在何处？

少　翁　已平安护送上阳驿馆。

虢　叔　快快引我去见！

少　翁　老奴遵太后吩咐，把她的一家都带进城来了。

　　　　〔四内侍暗上，交头接耳。

虢　叔　什么？他们一家……

少　翁　太后当年出宫生活无着，逃生于亚武山中，为了活命，嫁与山民，生得一女。

虢　叔　嫁与山民，还生得一女？

少　翁　（察言观色）太后这也是不得已而为之啊！

虢　叔　（自语）我娘真乃命苦呀！太后回朝，事关重大，应该事先禀报，怎能如此张扬，带人匆忙进宫？

少　翁　老奴未敢张扬。

虢　叔　黄昏之后，将他们三人秘密带进宫来，我要亲自察看。（下）

少　翁　遵命！（擦了一把冷汗，下）

〔子桑、石夫、子玉上。三人环望四周，心态不同。

石　夫　（唱）王家宫苑如仙境，

子　玉　（唱）五光十色影朦胧。

子　桑　（唱）眼前好似一场梦，
　　　　　　　心如乱麻理不清。
　　　　　　　飞龙阁勾起了当年情景，
　　　　　　　青石阶印着我血泪层层。

石　夫　（唱）这王宫镶金裹银雕梁画栋，

子　玉　（唱）与民间天然情趣大不同。

子　桑　（唱）十八年又踏进朱门深宫，
　　　　　　　我的儿他在宫中第几重。

石　夫　（唱）十八年一家人冷暖与共，

子　玉　（唱）难为娘隐身山林十几冬。

子　桑　（唱）急盼儿怎不见我儿身影，

〔另一空间，虢叔暗中观察。

虢　叔　（唱）隔竹帘细打量三人面容。

众　侍　呔，王宫禁地，休乱走动！

〔子桑三人忐忑不安。

虢　叔　（唱）观娘亲面憔悴衣衫洁整，
　　　　　　　虽受了风霜苦未损颜容。
　　　　　　　观农夫那举止老成持重，
　　　　　　　眉宇间露惊恐神色不宁。
　　　　　　　观胞妹多清秀容貌出众，
　　　　　　　可叹她命运舛委屈山中。
　　　　　　　虢叔我应救娘脱离苦境，

　　　　　　　该如何接受她三人亲情。

　　　　　　　欲认娘我为何双脚难挪动，

　　　　　　　骨肉间似隔着海山重重。

　　　　　　　倘若三人全入宫……（思忖）

众　侍　（唱）国君身世话难听，

　　　　　　　王太后怎与山民把子生。

虢　叔　（唱）倘若生母不进宫……（思忖）

众　侍　（唱）枉将孝道叫民听，

　　　　　　　国君寡义太无情。

虢　叔　（唱）左难右难难住我，

　　　　　　　亲情王规难相容。

　　　　　　　生身之恩山般重，

　　　　　　　岂能割断母子情。

　　　　　　　他父女何去何从待后定，

　　　　　　　先将母亲接进宫。

　　　　　　将这山民女子暂送官驿候旨，民妇留下。

众　侍　是！

　　　　　〔四内侍送石夫、子玉下。

　　　　　〔虢叔、子桑相互打量良久。

虢　叔　这一民妇，来自何处？

子　桑　亚武山上，深山老林。

虢　叔　何人引路，来到这里？

子　桑　侍官少翁，接我进城。

虢　叔　因为何故？

子　桑　十八年前生龙子，十八年后返回宫。

虢　叔　何处生子？

子　桑　上阳宫中。

虢　叔　子出何根？

子　桑　先王龙种。

虢　叔　有何为证？

子　桑　（拿出玉佩）先王珍爱之物——玉佩蟠龙。

虢　叔　（接过玉佩观看）蟠龙玉佩，玉佩蟠龙！

子　桑　（唱）我儿胸前有红痣，

　　　　　　　我儿头顶长双旋。

　　　　　　　我儿指纹十斗满，

　　　　　　　我儿出生三月三。

虢　叔　（动情地）母亲！（扑跪子桑面前）

子　桑　（唱）娘想儿十八年悲痛难忍，

　　　　　　　今日里终盼来儿喊娘亲。

虢　叔　娘！

子　桑　（唱）一声娘叫得我心酸阵阵，

　　　　　　　一声娘叫得我心暖如春。

　　　　　　　一声娘化解了心中怨恨，

　　　　　　　一声娘吹散了心头愁云。

　　　　　　　儿啊儿，

　　　　　　　娘生你招来了王后忌恨，

　　　　　　　下毒手害得咱母子离分。

　　　　　　　亲儿被夺走有谁能容忍，

　　　　　　　你可知为娘我哭干了泪，哭哑了音，

　　　　　　　哭断了肠，哭碎了心，哭碎了娘的心。

　　　　　　　藏深山十八年思念不尽，

　　　　　　　倚茅屋望上阳痛伤失神。

　　　　　　　有话不敢讲，有苦自己吞，

　　　　　　　年年月月把儿盼，

　　　　　　　日日夜夜思儿亲，

　　　　　　　含泪忍声咬破唇。

——豫剧《虢都遗恨》

娘怕那王后无情对你凶狠,

娘怕那先王待你爱不深。

娘怕儿孤零零无人疼问,

娘怕儿体弱多病难成人。

娘怕儿冬天受寒冷,

娘怕儿夏天热坏身。

更怕那王子们争宠把你害,

为娘我常在梦中惊断魂。

想不到儿长大成人多英俊,

想不到儿继承王位成国君。

这真是上苍渺渺有恩惠,

从今后娘不离娇儿儿不离娘亲。

虢　叔　如今云开雾散,母亲从此可安享天年了。

子　桑　儿啊!快将你那义父和胞妹接进宫来与你相认。

虢　叔　(取下佩剑)母亲,你看这是何物?

子　桑　一把铁剑。

虢　叔　这是先王传给儿的江山社稷!

(念)先王玉佩赠娘亲,

留下虢叔这条根。

先王宝剑传王儿,

留下社稷重千钧。

儿为国君担重任,

王规不敢越半分。

贵贱有别国之本,

母亲要彰显高贵受王尊。

子　桑　彰显高贵?

虢　叔　母亲身世,关系重大,与山民为妇,有碍王家威仪,若张扬出去,王儿有何脸面执掌朝政。列国诸侯,众目睽睽,岂不耻笑于我。

子　桑　亲情骨肉有什么好笑？

虢　叔　母亲焉能不知，权有高低，人有贵贱。

子　桑　骨肉亲情岂能以高低贵贱区分？

虢　叔　今日之事非常情可比！

子　桑　石夫是为娘的救命恩人，子玉她可是你的胞妹呀！

虢　叔　祖制不许。

子　桑　难道你就不能网开一面，认下他们？

虢　叔　王规难容！

子　桑　噢，我明白了，你是要赶他们父女走！

虢　叔　请母亲见谅。

子　桑　今日母子相见，了却为娘多年心愿，不成想为娘回宫危及王儿声威。既然如此，我们一家三人还是重回亚武山去，我儿若有孝心，日后常来看望为娘，我也就心满意足了！

虢　叔　母亲！

子　桑　送我们走。

虢　叔　母亲！

子　桑　送我们走！

虢　叔　母亲，母子相认，王宫尽知，母亲已成太后，你怎能舍掉亲生儿子，说走就走啊。

子　桑　娘舍不了你，也舍不了他们，你们都是我的亲人！若叫为娘离开他们父女，我绝不留在宫中！

虢　叔　好，好，好！母亲不必动怒，虢叔绝不是无情无义之人，待儿想一万全之策，将他们父女妥善安置也就是了。既能让一家团聚，又不授人以柄。

子　桑　如此，为娘我就放心了。

虢　叔　送太后入宫！

〔四内侍端凤衣拥子桑下。虢叔招手，少翁上。

虢　叔　子时之后，多备财物，你将那石夫父女秘密送回亚武山，让他们从此隐身不出，断绝与太后的一切来往。

少　翁　老奴明白！

虢　叔　此事休让太后得知，切记！众家王子窥视王位已久，太后的身世不许言传，违者抄斩满门，诛灭九族！

少　翁　遵命！

〔切光。

第四场

〔山野路上。四乌衣人急行上。

〔马蹄声疾。

〔少翁内唱：夜色沉沉，星月不见。

〔少翁驾宫车，载石夫、子玉上。四乌衣人紧随其后。

少　翁　（唱）窗帘掩，车轮转，

　　　　　　宫车直向亚武山。

　　　　　　虢叔母子刚会面，

　　　　　　即送石夫出城关。

石　夫　（唱）少大人送咱何处去？

子　玉　（唱）来去匆匆为哪般？

石　夫　（唱）她娘为何不同辇？

少　翁　（唱）她母子今夜要畅谈。

　　　　　　过些时太后当回返，

　　　　　　你一家三口得团圆。

〔少翁、石夫、子玉圆场，石夫家茅屋出现，乌衣人隐去。

石　夫　少大人，亚武山到了。子玉，快去烧水做饭！

子　玉　哎！（下）

少　翁　哦，我也算把你们平安送到家了。

石　夫　少大人，坐，坐，少大人偌大年纪，一路亲自陪送，多有辛苦。

少　翁　哎，你们乃是王亲国戚，岂敢说"辛苦"二字？

石　夫　（苦笑）什么王亲国戚，这一路上我想了许多，当初救助子桑她时……

少　翁　呃，是王太后。

石　夫　对对对，是你们的王太后。当初救助她时，我就看她相貌穿戴非同一般，不是寻常女子。那时，她身体虚弱，举目无亲，走投无路，就收下了她。要早知道她是宫中之人，谁敢留她。唉，如今苦日子她总算熬到头了，该回到她该去的地方了。

少　翁　你倒是个明白人。

石　夫　只是这十八年的夫妻情分么，一时割舍不下。我和子玉离开上阳之时，竟连一面都未能见上。

少　翁　不见也罢，不见也罢！

石　夫　一个山野，

少　翁　一个王宫。

石　夫　一个地下，

少　翁　一个天上，

石　夫　老哥哥，恐怕这以后相见的日子不多了。

少　翁　唉！这人世上的事情别那么认真，听天由命吧！（取钱）来来来，这是国君赐给你们的钱币，车上还有绸缎布匹，够你们享用一世了。

〔子玉端水上。

石　夫　少大人，那子桑她？

子　玉　俺娘啥时候回来？

少　翁　唉！事已至此，我也就实言相告，子桑已成为虢国王太后，她是不会再回亚武山了。

子　玉　（大惊）爹，我要俺娘……

少　翁　王族草民，贵贱有别，太后下嫁，危及王威。为了太后，为了国

———豫剧《虢都遗恨》 >>>>>

　　　　　君，你们也只有忍痛割爱了。

石　夫　忍疼割爱？

子　玉　……

少　翁　不准到上阳去找，不露半句口风。只当断恩绝义，从此隐姓埋名！

子　玉　我要俺娘……

少　翁　这已由不得你了。

子　玉　爹！我要俺娘……

石　夫　（一咬牙）好，为了子玉她娘，我今生今世就当个哑巴！

子　玉　爹……

石　夫　（唱）我答应今生今世不说话，
　　　　　　　恨王……老天爷你拆散了俺的家。

子　玉　爹……

石　夫　（唱）从此后亚武山剩下咱父女俩，
　　　　　　　你权当是一个没娘的苦命娃。
　　　　　　　对你娘不要再牵挂，
　　　　　　　强咽苦痛咬碎牙。

少　翁　（掏出帛片，唱）
　　　　　　　口说无凭责任大，
　　　　　　　为我少翁画个押。

石　夫　画押？

少　翁　我好交差啊！

石　夫　（唱）少大人你放心吧，
　　　　　　　以血了断永不提她。（咬指画押）

子　玉　爹……

少　翁　（收起帛片）好自为之，少翁告辞了……（下）

子　玉　（唱）爹爹他为母亲将苦痛吞下，
　　　　　　　手滴血眼含泪我心如刀扎。

1029

爹爹呀，你的心胸比天大，

子玉我陪你百年永不离家。

〔四乌衣人上，一块巨大的黑布像一团阴云罩住了石夫、子玉。

〔内声：遵众家王子之命，将二人秘密押解王城！

众　　啊！

〔切光。

第五场

〔虢国上阳宫中。

〔四内侍手捧竹简手舞足蹈上。

侍　甲　（数板）上阳宫，喜洋洋，

新君继位找到娘。

王太后，换盛装，

荣华富贵拥满堂。

她怎知，王宫本是斗兽场，

他争，你夺，我抢，他亡，

最终难落好下场！好下场！

〔内声：国君驾到——

〔四内侍跪地，虢叔上。

虢　叔　内侍！

众　侍　奴婢在。

虢　叔　太后回朝，命尔等分拟通告天下的诏书，可曾拟好？

众　侍　（呈上）请国君过目！

虢　叔　念！

众　侍　遵命！

侍　甲　太后经年，

侍　乙　岁月沧桑。

——豫剧《虢都遗恨》

侍　丙　流落民间，

侍　丁　艰苦备尝。

侍　甲　躬耕渔樵，

侍　乙　采麻织桑。

侍　丙　劳碌奔波，

侍　丁　景况凄凉……

虢　叔　住口！王太后母仪高贵，何来流落民间、劳碌奔波之说？掌嘴！

〔四内侍互打。

虢　叔　拿回去重写。

侍甲乙　说真话挨打？

侍丙丁　这叫什么理！

〔众侍下，少翁上。

少　翁　老奴拜见国君。

虢　叔　事情都办妥了？

少　翁　按国君的吩咐，都办妥了。（交血书）

虢　叔　好，寡人要重赏于你。

少　翁　谢国君。

虢　叔　太后历尽沧桑，饱经磨难，如今理应享尽荣华富贵，安度晚年。太后起居，就交给你了，务必小心侍候！

少　翁　老奴当鞠躬尽瘁！

虢　叔　恭请太后！

少　翁　恭请太后！

〔内声：恭请太后——

〔子桑着太后盛装上。四内侍随上。

子　桑　（唱）进王宫母子团聚偿我夙愿，

　　　　　　　一夜间成太后坐立不安。

　　　　　　　虽然是锦衣玉食参拜不断，

　　　　　　　喧嚣声怎消我心绪怅然。

1031

　　　　　想石夫念女儿急盼相见，

　　　　　也不知他父女现在哪边。

虢　叔　王儿给母后问安！（施礼）

子　桑　王儿，罢了。

虢　叔　母后穿上这身盛装愈显尊贵了。

子　桑　王儿，他们父女安置得怎样？

虢　叔　他们父女已安置好了，母后不必操心。

子　桑　能否请他们前来与我相见。

虢　叔　这个……

子　桑　这个什么？

虢　叔　百姓入宫，多有不便！

子　桑　既如此，待为娘前去探望他们也就是了！

虢　叔　母后……

子　桑　躲躲闪闪，你到底将他们如何安置？

虢　叔　他们父女已回亚武山了，我给了他们用不尽的财物，让他们享福去了。

子　桑　怎么，你将他们撵走了？

虢　叔　母后，为了王儿，你就把他们父女忘了吧！

子　桑　你身为国君怎能出尔反尔！你……我要出宫，让我出宫！

虢　叔　（从袖中掏出画押的帛片）母后请看！

　　　　〔子桑接看。少翁急上。

少　翁　启禀国君，大事不好！

虢　叔　快讲！

少　翁　是！

　　　　（念）诸家王子已行动，

　　　　　　派人将我紧跟踪。

　　　　　　亚武山上抓人证，

　　　　　　石夫父女又返城。

——豫剧《虢都遗恨》

虢　叔　（大惊）啊！他们父女现在何处？

少　翁　被囚禁在二王子车马庄！

子　桑　囚禁他们，意欲何为？

少　翁　严刑逼问您的身世，抓住把柄，废黜国君！

子　桑　（大惊）啊！

虢　叔　果然是以此要挟寡人，图谋作乱！

少　翁　太后，他们父女重刑之下必讲实情，若成铁证，国将危矣！

虢　叔　母后，这一切都因他们父女而起，母后若顾及亚武亲情，必将国乱权丧，同归于尽，何去何从，请母后定夺！

子　桑　（唱）霎时间灾祸降天旋地转，

　　　　　　众王子齐发难，

　　　　　　争王位，夺权剑，风云突变起波澜。

　　　　　　他父女车马庄命悬一线，

　　　　　　我的儿遇危难踌躇难言。

虢　叔　（唱）当断不断受其乱，

　　　　　　棋错一步丢江山。

子　桑　儿啊，他们父女危在旦夕，你快快设法搭救他们父女。

虢　叔　母后放心，儿定会运筹帷幄，平息内乱，救他们父女脱险。

子　桑　儿啊，你可千万要多多保重啊！

虢　叔　多谢母后！少翁，你速速带人潜入车马庄解救他们父女。（背身交代）留下祸根，后患无穷。快去！办好你该办的事！寡人即刻调集人马，以防不测。（下）

少　翁　是！

子　桑　少翁，我儿怎样吩咐与你？

少　翁　他要我……

子　桑　（一把抓住少翁）快讲，快说！

少　翁　他要我办好我该办的事情。

子　桑　你该不会像十八年前对我一样办你该办的事吧？

少　翁　太后，我也是奉命行事啊！（拿出毒酒）

子　桑　（大惊）啊！

　　　　（唱）十八年前旧景重现，

　　　　　　　夺命的毒酒又捧眼前。

少　翁　太后，国君安危事大，请太后恕罪。

子　桑　（唱）绝不让他父女命遭暗算，

　　　　　　　求大人再发慈悲放他们生还。

少　翁　（急跪）太后！不这么做，都将大祸临头。我少翁也死无葬身之地。时不待人，老奴去了！（推开子桑急下）

子　桑　（呼叫）少翁大人，你不能这样做……

　　　　〔子桑跌撞奔下。

　　　　〔切光。

第六场

　　　　〔车马庄囚禁处。

石　夫　（唱）无缘由被囚禁呼救不应，

子　玉　（唱）诡秘中更觉得惊险重重。

石　夫　（唱）王宫事山里人难得闹懂，

子　玉　（唱）盼亲娘难相见何时重逢。

　　　　（呼喊）娘，你在哪里啊！爹，俺要俺娘！

　　　　〔一乌衣人上。少翁带内侍潜上。

乌衣人　你喊叫什么？再叫我就把你……

　　　　〔少翁招手，内侍刺倒乌衣人。

石　夫　谁？

少　翁　是我，少翁！

石　夫　少大人，你可来了，快带我们出去！

少　翁　这四处重兵把守，已经难以脱身了。

———豫剧《虢都遗恨》

石　夫　这将如何是好？

少　翁　石夫，我就实说了吧！你二人性命关乎社稷，伤及国君。危难当头谁也救不了你们！来，将这酒喝下去！

子　玉　酒？

石　夫　我二人性命关乎社稷，伤及国君？我明白了，少翁大人，能不能让我和子玉他娘再见上一面？

少　翁　你……你不要逼我动手！

　　〔子桑冲上。

子　桑　少翁大人！

石　夫　子桑！

子　玉　娘！

少　翁　（急跪）太后，在这危急时刻，您万万不可儿女情长，贻误大事！

　　〔子桑挥手，少翁无奈退下。三人相拥悲泣。

三　人　（唱）见亲人止不住热泪流淌，

　　　　　　　想不到一家人相聚牢房。

石　夫　（唱）无辜人好端端祸从天降。

子　玉　（唱）娘啊娘，你快带咱一家逃离上阳。

子　桑　（捧毒酒跪）石夫老哥，十八年来，你待我恩重如山，今生今世难以报答。如今宫中生乱，这一切都是子桑一人之过，子桑一死，一了百了。你设法带女儿逃回亚武山。子玉，你替为娘好好照看你爹，将来找个好人家，为娘我死也瞑目了！（端毒酒欲饮）

子　玉　娘，我不让你死呀……

　　〔石夫夺毒酒饮下，腹中疼痛。

子　桑　石夫！

子　玉　爹！

石　夫　这酒真是醉人哪！（倒地死去）

子　桑　石夫，石夫！

子　玉　爹！爹！（扑上）爹……

〔子玉拿药酒欲喝，子桑抢夺，子玉咬子桑手，夺过药酒，一口气喝完，扔药瓶。

子　桑　子玉！子玉！

子　玉　娘，女儿不孝，没有给您二老养老送终，我给您磕个头吧。（跪地磕头，死去）

子　桑　（绝望地）天哪！

（唱）我的子玉儿，石夫老哥，

　　　我的亲人哪。

　　　见亲人赴黄泉万念俱丧，

　　　千般悔万般怨悲愤满腔。

　　　石夫呀，善良人你不知鬼蜮伎俩，

　　　子玉呀，山里女你怎晓宫廷炎凉。

　　　你父女皆因我身陷罗网，

　　　想此情我好似刀刺胸膛。

　　　眼睁睁看亲人已把命丧，

　　　我算什么妻呀我算什么娘。

　　　我不该进宫苑侍奉君王，

　　　我不该受君宠生下儿郎。

　　　我不该求少翁脱离魔掌，

　　　我不该恋人间苟活山乡。

　　　我不该重回宫心存奢望，

　　　我不该重亲情招来祸殃。

　　　天哪天，

　　　为什么厄运连连落在我身上，

　　　为什么子桑有难你不帮，

　　　为什么亲人无辜把命丧，

　　　为什么盼儿盼来梦一场。

　　　石夫、子玉呀，

你们等等我，

咱同回亚武山那间草房。

〔杀声四起。虢叔佩剑上，少翁随上，扶起子桑。

虢　叔　母后受惊了！母后你看，仗着这把王剑，儿扫平了内乱，保住了王位，母后，我们回宫吧！

少　翁　太后回宫吧！

〔虢叔、少翁扶子桑起。子桑无意间抓住剑。

子　桑　剑，剑！（猛抽出虢叔的佩剑）这是你父王赐给我的玉佩。（扔去，举剑）这是你父王传给你的权剑！（自刎）

虢　叔　（痛呼）母后！

众　　　太后！（跪）

〔大雪茫茫，低回的吟唱——

〔伴唱：天苍苍，地茫茫，

恨绵绵，情长长。

亚武山哪，

深山草房……

〔剧终。

精品提名剧目·甬剧

典　妻

（根据柔石小说《为奴隶的母亲》改编创作）

编剧　罗怀臻

人物

妻、夫、春宝、秀才 、大娘、刘妈、黄妈、轿夫甲、轿夫乙

第一场

〔字幕：民国初年，浙东乡村，妻从前的家。
〔天已黄昏，雨在淅淅沥沥地下着。
〔幕内，妻与春宝的母子对话：

春　宝　姆妈，我饿了，我冷了，我身上疼，姆妈！
　　妻　春宝不哭，春宝爹爹出门挣钱去了，等爹爹回来，春宝就不饿、不冷也不疼了。
春　宝　姆妈，我不哭，我等爹爹回来，姆妈，你抱抱我！
　　妻　姆妈抱，姆妈抱，姆妈哄春宝睡觉，睡觉……

〔稍顷，妻自内房走上。

妻　落雨了，春宝爹爹怎么还不回来？
　（唱）春宝病中哭声哀，
　　　　丈夫出门不回来。
　　　　米桶里面没有米，
　　　　柴灶里面没有柴，
　　　　油灯里面没有油，
　　　　水缸里面没有水，
　　　　整整三天未吃饭，
　　　　心急火燎盼夫归。

〔雨声。

妻　雨落得这么大，他会不会被淋着？
〔妻找出一把破旧雨伞，犹豫后，又退了回来。

妻　（唱）一把破伞怎遮雨，
　　　　　春宝昏睡牵心肺。
　　　　　但求菩萨多保佑，
　　　　　催我丈夫平安回。
　　　　　我只得门前接下一瓢雨，
　　　　　忍住泪水喝下悲。
　　〔夫醉态上，踉跄着撞进家门。

妻　谁呀？
夫　春宝娘，为何不上灯？
妻　没有油了。
夫　为何不生灶？
妻　没有柴了。
夫　为何不做饭？
妻　没有米了。
夫　春宝呢，为何也听不到他的哭声？
妻　一直叫疼，叫冷，叫饿，我刚才把他哄睡了。
夫　（摇摇钱袋）春宝娘，你听！
妻　什么声音，叮叮当，哗哗响……
夫　春宝娘，你把我们结婚时没烧完的半根红蜡烛点上，我让你看！
　　〔蜡烛燃亮，夫抖落银圆。
妻　啊，这是什么？
夫　银大洋。
妻　这么多，眼睛都看花了！
夫　没见过吧？
妻　春宝爹，你发财了？
夫　发财了，总共一百块大洋。
妻　是挣来的？
夫　不是。

———— 甬剧《典妻》 〉〉〉〉〉

妻　　是借来的？

夫　　不是。

妻　　难道是偷来抢来的？

夫　　不是偷也不是抢。

妻　　到底是怎么来的呀？

夫　　是……

妻　　你说。

夫　　是……

妻　　你快说呀！

夫　　春宝娘，我……

妻　　春宝爹，你喝酒了？

夫　　是，喝了。

妻　　你到底碰到了什么好事情，为何反要吞吞吐吐的？

夫　　我……我……我把自己的妻子典给人家了！

妻　　把妻子典给人家，春宝爹，什么是典呀？

夫　　就是借……

妻　　嫁？我已经嫁给了你，还嫁什么呀？

夫　　不是嫁人的嫁，是借东西的借。

妻　　借东西，借什么东西？春宝爹，你说的是什么话呀？

夫　　（双腿一跪）春宝娘，我对不起你！

妻　　起来讲，起来讲，春宝爹，我不明白你到底是什么意思？

夫　　春宝娘啊！

　　（唱）都怪我贪上酒杯学会赌，

　　　　　把一点家当挥霍无。

　　　　　如今浑身都是债，

　　　　　连累妻儿同受苦。

　　　　　山穷水尽已无路，

　　　　　真想一死去投湖。

妻　（唱）这些话你赌咒发誓已无数，
　　　　　我对你从来怨言一句无。
　　　　　只要你真心实意恶习除，
　　　　　再苦的日子我能度。

夫　（唱）昨日撞见一债主，
　　　　　他笑我头枕烧饼却挨饿。
　　　　　他说道咸鱼若要翻转身，
　　　　　求人不如求老婆。

妻　求我有什么用，我又不能为你生出钱来。

夫　你能生，你能生。

妻　生什么？

夫　生儿子。

妻　生什么儿子？

夫　春宝娘，你听我讲啊！
　　（唱）有户人家家道富，
　　　　　主人才过五十五。
　　　　　可惜大娘不生养，
　　　　　要借一个传代妇。
　　　　　借期共三年，
　　　　　借主是丈夫。
　　　　　现场就画押，
　　　　　大洋一笔付。
　　　　　轿子已在家门口，
　　　　　我乘回来你上路。

〔妻惊讶。门外轿夫走上。

妻　春宝爹，你说的这些都是醉话吧？

夫　春宝娘，现洋在面前放着，轿夫在门外等着，趁着天黑左邻右舍看不见，你就梳梳洗洗上路吧！

——甬剧《典妻》 》》》》》

妻　啊……

〔雷声，雨声。

〔幕内唱：雷声响，暴雨狂，

　　　　　天地旋，五内伤。

　　　　　丈夫做主典妻子，

　　　　　这笔交易太荒唐。

妻　不，我不去，我不去！

夫　钱也收了，押也画了，你不去我还怎么做人哪！

妻　我不管，不管！我走，我走！

夫　走到哪里去？你的娘家又没有人。

妻　我去死，我死！

夫　你死了，我怎么办？春宝怎么办？这笔钱，我是用它来还赌债，来做小本，来给春宝治病的。你不去，大家都等着饿死呀？

妻　我……不去，我不去……

夫　春宝娘，去吧。说心里话，我的心里也难过，也窝囊！本来，我也是好好的一个人，好好的一个家，我在外头打打短工，做做小买卖，一家人也还能活得下去。可这两年年成不好，世道也乱，短工无处打，买卖都蚀本，春宝儿又一直患病，总是治不好。看着你为我操心受苦，忍饥挨饿，我这心里……

妻　你不要说了，说了也无用，反正我是不会去的，我丢不下我的春宝！

夫　其实，那户人家倒也不错，主人是个秀才，大娘人也厚道，他们还留我吃饭，给我酒喝，三杯下肚，我也就爽快答应了。反正，就是借给他们三年，生下个儿子，期满之后人还是回来的。再者说，人嘛，信用还是要讲的。春宝娘，听我的话，去吧，啊？

妻　不，不，不！

〔春宝突上。

春宝　姆妈、爹爹，你们在说什么？

夫　呃，春宝，来，听爹爹对你说，春宝姆妈要出远门了。

春　宝　姆妈，姆妈，你到哪里去？你带着我吗？

夫　　　春宝和爹爹在家，等着妈妈回来。

妻　　　春宝，姆妈我……

春　宝　姆妈，姆妈，我不让你走，不让你走！姆妈，我饿！我冷！我身上疼！

妻　　　春宝！

春　宝　姆妈！

妻　　　（唱）春宝儿，哭声放，

　　　　　　　声声搅动娘肝肠。

　　　　　　　儿叫饿来儿喊冷，

　　　　　　　儿呼疼来儿唤娘。

　　　　　　　亲娘爱儿却无奈，

　　　　　　　只有伤心泪两行。

　　　　　　　娘望儿，儿望娘，

　　　　　　　母子相对泪汪汪。

　　　　　我该怎么办，怎么办，怎么办哪……

春　宝　姆妈，我饿！我冷！我身上疼啊……

妻　　　姆妈知道！姆妈知道！姆妈……

　　　　（唱）为了儿子不挨饿，

　　　　　　　为了儿子有衣裳，

　　　　　　　为了儿子治好病，

　　　　　　　亲娘痛别亲儿郎！（抹泪）

　　　　　春宝爹，你过来。

夫　　　春宝娘，你答应了？

妻　　　天上的雷在响着，外面的雨在下着，你要当面答应我三件事，否则，我死也不离开春宝。

夫　　　我答应，我答应，你讲吧。

妻　　　我要你戒酒戒赌……

〔雷声滚过……

夫　我戒，我戒！

妻　我要你带好春宝……

〔雷声再滚过……

夫　我带好，带好！

妻　三年期满，我要回家，我要看见一个健康的儿子，一个争气的丈夫！

夫　我……

〔雷声炸响，夫本能跪地。

夫　我答应你，我全都答应！

〔妻转身欲下，春宝大哭。

春　宝　姆妈！

妻　春宝！

夫　春宝，来，跟你没志气的爹爹一起跪下，送你的亲娘上轿吧！

〔父子跪地，妻痛苦出门上轿。

〔幕内唱：

新娘上轿花盖红，

寡妇上轿没顶篷。

春宝姆妈撑把伞，

不遮风雨遮面容。

〔轿子抬下。

〔雨声，雷声，春宝父子的嚎哭声。

第二场

〔幕内合唱：

一夜风雨路难行，

轿子进门天已明，

千愁万苦先放下，

凡事小心顺从人。

〔字幕：妻典到新家的当日。

〔鸟鸣。

〔秀才家的卧房，浮华气加上迂腐气，有一张特别宽大的床。

〔大娘床前端坐，佣人刘妈侍陪，黄妈走上。

黄　妈　大娘子，那个典来的小妇人已经到了。

大　娘　给她吃点饭，洗个澡，把我不能穿的衣裳给她穿上。

黄　妈　小妇人块头小，大娘子衣裳恐怕太大。

大　娘　穿吧，还讲究什么。

黄　妈　是。（下）

大　娘　（掩口一笑）嘻嘻嘻。

刘　妈　老爷典妻，大娘子蛮开心嘛。

大　娘　（忽又咬牙切齿地）开心，开心！

　　　　（唱）我开心，大娘子脸上笑吟吟；

　　　　　　我开心，老东西典来小妇人；

　　　　　　我开心，三十年肚皮不生养；

　　　　　　我开心，一百块大洋肉里疼。

刘　妈　就是嘛，再添五十块，好买一房妾，可你却非要老爷典。

大　娘　你懂什么？

　　　　（唱）告诉你，典来的娘子不是人，

　　　　　　我要她，屙个儿子就出门。

　　　　　　买姨娘，哎呀姨娘千万买不得，

　　　　　　买来就是一尊神。

刘　妈　看样子大娘心里并不好受啊！

大　娘　（唱）不好受，也要忍；

　　　　　　不好忍，也要吞。

　　　　　　谁让自己不争气，

——甬剧《典妻》

棒棰不曾养一根。

刘妈　　三年呢，大娘子可有得忍！

大娘　　我看这老东西明里是想生个儿子，暗里是想玩年轻女人，男人哪，没有一个是老实的！

〔黄妈上。

黄妈　　大娘子，那个小妇人饭也吃了，澡也洗了，衣裳也换了，是不是让她先来拜拜大娘子？

大娘　　叫她进来吧。

黄妈　　（向内）小妇人，大娘子叫你进来呢！

〔妻穿着一身特别宽大的衣裳，低头走上。

妻　　见过大娘子，见过黄妈、刘妈。

大娘　　啧啧啧，谁说衣裳太大，我看蛮合身嘛。（见妻背身拭泪）小妇人，你在哭吗？

妻　　大娘子，我……

大娘　　我可告诉你，你可不是我们老爷抢来拐来的，是你那没志气的丈夫自己求上门，要我们老爷典你来的。你要想淌眼泪就回家去淌，我才不要看你这张寡妇脸！

妻　　是……

大娘　　是什么，那眼泪还在脸上挂着呢！

妻　　我揩掉，我揩掉，大娘子，对不起……（挤出一丝笑）

大娘　　嗳，你又笑什么？是笑我不如你年轻漂亮，笑我养不出儿子，笑我这个堂堂正正的元配夫人反要看你的脸色么，啊？

妻　　不不不，大娘子不要多心，不要多心……（垂手低头，不知所措）

大娘　　（斜睨着她，满足地笑了）哈哈哈……其实呀，我是和你开玩笑！

妻　　开玩笑？大娘子，你……

大娘　　来，小妇人，到我的身边来。

妻　　大娘子，我怎么敢……

黄　妈　大娘子叫你去你就去嘛。

　妻　　是，多谢大娘子。

大　娘　来，把手伸给我。

　妻　　啊，大娘子，我怎么配……

刘　妈　大娘子叫你伸你就伸嘛。

　妻　　是，大娘子请多关照。

大　娘　小妇人，不，小娘子，不不，我的妹子呀！

　　　　（唱）叫声小妹妹，

　　　　　　　把手牵一回。

　　　　　　　妹妹甜甜嘴，

　　　　　　　妹妹弯弯眉。

　　　　　　　妹妹年轻又俊美，

　　　　　　　教人既羡又伤悲。

　　　　　　　从今后你我就像是一家人，

　　　　　　　你只管死心塌地把老爷陪。

　　　　　　　只要你能代姐姐接个种，

　　　　　　　姐姐我就是铺床叠被倒茶递水扫地抹桌捶腰敲背也不亏。

　妻　　不不不，大娘，大娘啊！

　　　　（唱）大娘切莫这样讲，

　　　　　　　姐妹相称不敢当。

　　　　　　　来到府上无奢望，

　　　　　　　凡事不争短与长。

　　　　　　　冷了只求有件衣，

　　　　　　　饥了只求有口粮。

　　　　　　　三年期满回家转，

　　　　　　　我家中还有丈夫和儿郎。（饮泣）

大　娘　你看你看，你怎么又哭了？

　妻　　对不起，对不起……

大　娘　不要哭，不要哭，来也来了。放心吧，我们老爷是通情达理的读书人，三年期满，一定放你回家，就是老爷不放人，大娘子我也一定要他放。

妻　　那我就先谢过大娘子了。

大　娘　不用谢，不用谢。啊呀真是不巧，老爷一早出门，要等天黑了才能回来。我看你淋了一夜的雨，人也累了，就在这房里先歇一歇，等中饭好了，刘妈来叫你。

妻　　是。

大　娘　黄妈、刘妈，我们走吧。

妻　　送大娘子，送黄妈、刘妈。

〔大娘与黄妈、刘妈下。

〔鸟鸣啾啾。妻在房内惶惑打量。

妻　　这就是我要住满三年的家吗？

（唱）房内无人静悄悄，

　　　凄凄惶惶四下瞧。

　　　旧家怎与新家比，

　　　新家怎比旧家好。

　　　想起旧家心头酸，

　　　心头一酸泪滔滔。

　　　那大娘看似爽快人厚道，

　　　却分明句句话里都藏刀。

　　　她忽然热来忽然冷，

　　　忽然温和忽然又暴躁。

　　　弄得我，哭也不敢哭，

　　　笑也不敢笑，

　　　亲也不敢亲，

　　　逃又不敢逃，

　　　近了不是远了也不好，

好比鸟儿看见猫。

不知那主人秀才又是个什么样，

想到此，心鼓就像乱棰敲。

〔鸟鸣更欢，鸟鸣声忽然变成了朗朗书声："关关雎鸠，在河之洲。窈窕淑女，君子好逑……"

妻　谁，是谁呀？

〔又书声："参差荇菜，左右流之。窈窕淑女，寤寐求之……"

妻　啊，房里有人，在哪里，在哪里？……

〔罗帐撩起，是秀才立在床头。

秀　才　哈哈……是我！

妻　你是谁？……

秀　才　我是你现在的丈夫！

妻　啊，你就是秀才老爷？

秀　才　不要叫我老爷，要叫我老公！哈哈……

妻　老，老爷为何躲在帐子里？

秀　才　（跳下来）不是躲，是迎，我在迎接你！哈哈……大娘以为一早发配我出门收租，让我晚一点看到小娘子，没想到我一回身就藏起来了。我就是想早一点看到小娘子，给小娘子一个惊喜！

妻　可是，可是你把我吓了一跳！

秀　才　（想摸她的手）小娘子受惊了，小娘子现在还怕吗？

妻　（缩回来）不，不怕了。

秀　才　（想扑她的肩）不怕就好，不怕就好！

妻　（避让着）老爷，老爷可真顽皮呀！

秀　才　（环绕着她）说得对，说得对，老爷我是个老顽童！哈哈……

〔秀才终于搂住了妻的腰。

秀　才　告诉我，你刚才是不是在想前夫？

妻　不，不是……

秀　才　那就是想你和前夫生的儿子？

妻　　没，没有……

秀　才　既然都没有，你哭什么呢？

妻　　我……

秀　才　其实想就是想，这也是人之常情嘛。

妻　　是的，我想，想……

秀　才　想就好，想就好，想就是你有良心。不过，现在我可是你的丈夫了，我和你马上也会有儿子的，到那个时候，你也许就不再想他们了，对吗？

妻　　不，我会想，会想的。老爷，你放开我，我难过！

秀　才　好好好，我放开你，放开你，不过，你要先叫我一声老公！

妻　　老……老爷不要难为我，老爷！（挣开）

秀　才　不要动，不要动，就这样站好，让我仔细地瞧瞧！

〔妻僵伫着，秀才夸张地审视她。

秀　才　（唱）手如柔荑，

　　　　　　　肤如凝脂。

　　　　　　　领如蝤蛴，

　　　　　　　齿如瓠犀。

　　　　　　　螓首蛾眉，

　　　　　　　巧笑倩兮。

　　　　　　　美目盼兮，

　　　　　　　美目盼兮……

妻　　老爷说的什么，我连一句都听不懂。

秀　才　嗨，我想套几句《诗经》讨好她，可惜她一句都不懂！小娘子，老爷我是在夸你生得美呀。

妻　　什么美不美的，我知道老爷是在笑话我，长得又瘦又小。

秀　才　不不，这叫小鸟依人。

妻　　我面色黄。

秀　才　哪里，是粉雕玉琢。

妻　　我眉心紧。

秀　才　病西施。

妻　　人中短。

秀　才　正是福。

妻　　耳根低。

秀　才　（脱口而出）薄命妻！啊呀打嘴，打嘴，呸！呸！

妻　　老爷倒是说了实话。

秀　才　本来是有这一说，可如今你到了我家，命也就变了。

妻　　是变好了还是变坏了？

秀　才　当然是变好了！

妻　　（看着他，深叹一口气）唉，谁又知道呢！

秀　才　哎呀，小娘子不可叹气，不可叹气！

　　　　（唱）你不要唉声长来哭声低，

　　　　　　　眉头紧锁苦凄凄。

　　　　　　　既然来到我家里，

　　　　　　　便是你有好福气。

　　　　　　　我一见你，就欢喜，

　　　　　　　一见你，改主意。

　　　　　　　只要你把儿子养，

　　　　　　　不是姨娘便是妻。

　　　　小娘子，你信不信？

妻　　老爷不要哄我，老爷家有大娘。

秀　才　她算什么东西，一个不下蛋的老母鸡，我早就厌烦了。

妻　　老爷轻点，老爷不要给我招惹是非。再说了，我也不愿意呀。

秀　才　我知道，我知道，你是担心前夫不答应。你那个前夫呀，只要给足他钱，什么都会答应的。

妻　　不，老爷！

　　　　（唱）我亲夫一时困顿借妻子，

却也是人到绝处把头低。

纵然我无奈典进老爷家，

可心中并未与他两分离。

但愿三年偿了债，

还是回到自家里。

秀　才　好，好，好，我不和你争。来，小娘子，你把手伸给我。

　妻　老爷要做什么？

秀　才　你看，这是一只青玉戒，算是我送给你的见面礼。

　妻　我不要，我不要。

秀　才　来，来吧！（戴在她的指上）实话相告，我还有一只白玉戒，那可是祖上传下来的，若是有朝一日我也送给了你，那你也就一定是我家里的人了。不过，这话你可不能告诉大娘。

　妻　老爷，我还是不要，不要。

〔刘妈上。

刘　妈　啊呀，老爷怎么回来了？

秀　才　老爷我根本就没走嘛。

刘　妈　老爷，大娘子叫小娘子过去吃饭。

秀　才　告诉大娘子，我和小娘子马上就来。

刘　妈　是，老爷，我去告诉大娘子。

〔刘妈下。秀才赶紧关门插栓。

秀　才　小娘子，来，我们先睡觉，后吃饭。

　妻　啊，老爷，大白天的，你要做什么……

秀　才　嗳，给我养儿子呀，早养儿子不就早回家了吗？

　妻　不，不不，老爷不要这样急，老爷不要……

秀　才　嗳，又不是黄花姑娘，何必不好意思。来，来嘛！

　妻　老爷，我求求你，求求你……

〔秀才横拉竖拖着把妻抱上床，放下蚊帐。

第三场

〔字幕：妻典到新家的一年过后。

〔幕内唱：

　　　一年春来秋又尽，

　　　代人受孕添子孙，

　　　今日宴庆百日喜，

　　　谁知是奴是母亲？

〔秀才家的客堂，张灯结彩，鞭炮齐鸣。大娘、秀才盛装上，刘妈、黄妈陪上。

大　娘　要挂一百盏红灯！

秀　才　对，挂一百盏红灯！

刘　妈
黄　妈　挂一百盏红灯——

大　娘　要点一百支红烛！

秀　才　对，点一百支红烛！

刘　妈
黄　妈　点一百支红烛——

大　娘　要送一百只红蛋！

秀　才　对，送一百只红蛋！

刘　妈
黄　妈　送一百只红蛋——

大　娘　去叫秋宝的婶娘，把我和老爷的儿子抱出来见客！

秀　才　对，叫秋宝婶娘抱小少爷见客！

刘　妈
黄　妈　秋宝婶娘抱小少爷见客——

〔妻内应："来啦！"

〔妻怀抱秋宝上。

甬剧《典妻》

妻　（唱）耳边阵阵爆竹响，
　　　　　眼前灯笼亮晃晃。
　　　　　怀抱秋宝看不够，
　　　　　犹是欢喜犹悲伤。
　　　　啊呀老爷，爆竹声太响了，不要吓坏小少爷。

秀　才　对，对，对，太响，太响，不要再放了！

刘　妈
黄　妈　不要放了——

妻　　啊呀大娘，红灯笼太亮了，照得少爷眼睛睁不开。

秀　才　对，对，对，太亮，太亮，把灯笼都灭了！

刘　妈
黄　妈　灯笼灭了——

妻　　啊，老爷、大娘，这是你们的儿子秋宝，你们自己抱去见客吧。

大　娘　来，给我吧。

〔大娘抱过秋宝，秋宝啼哭不止。

大　娘　奇怪呀，我的儿子，怎么一到怀里就哭个不停？

秀　才　来，让我抱他。

〔秀才抱过秋宝，秋宝仍是啼哭。

秀　才　看来还是要婶娘抱。

大　娘　我倒不信。

〔大娘再抱过秋宝，秋宝哭得更凶。

秀　才　算了，算了，就让秋宝婶娘抱着见客吧，反正大家都知道的。

妻　　也好，我就代大娘抱一抱。

〔妻抱过婴儿，婴儿居然笑了。

秀　才　哈哈……亲不亲，肚里明，不要看他小，什么都知道！秋宝婶娘，我们走吧。哈哈……

〔妻抱着婴儿，秀才护着她，刘妈、黄妈簇拥着下。大娘落寞着。

大　娘　好哇，她倒成了亲娘，我倒成了婶娘！

（唱）咬牙切齿心头恼,

　　　 捶胸顿足泪水抛。

　　　 忍气吞声图什么,

　　　 就图个借腹代我生宝宝。

　　　 看他们欢欢喜喜乐陶陶,

　　　 我这里孤孤单单多萧条。

　　　 我只怕天长日久内外要颠倒,

　　　 儿子骄生母也贵斑鸠占了黄雀巢。

　　　 这妇人初来乍到像根草,

　　　 到如今白白嫩嫩像团糕。

　　　 乍来时馊饭剩菜喂不饱,

　　　 到如今冷热咸淡竟要挑。

　　　 最可恨老爷对她总讨好,

　　　 她也就顺着梯子爬得高。

　　　 叹只叹生为妇人不生养,

　　　 人前人后也直不起腰。（忽有所见，警觉地）

　　那是谁，好像是小妇人的前夫，他怎么到这里来了？

　　〔大娘惊异避下。

　　〔夫垂头丧气地上。

夫　　（唱）世道无情欺善良,

　　　 人到穷途志气丧。

　　　 一丧丧得典家产,

　　　 二丧丧得典妻房,

　　　 三丧丧得典廉耻,

　　　 典了廉耻脸无光。

　　　 妻子代人来生养,

　　　 丈夫心头愧难当。

　　　 为了救活儿子命,

———甬剧《典妻》

　　　　　硬起头皮上厅堂。

　　　〔夫东张西望着。大娘探了一次头。

　　　〔妻慵倦地返上。

妻　　（唱）满耳听得恭维声，

　　　　　　多半是假小半真。

　　　　　　乘兴喝了几杯酒，

　　　　　　头重脚轻回房门。

　　　〔妻惊见有人，夫忙躲藏。

　　　〔大娘又探了一次头。

妻　　是谁，谁呀？啊，窃贼，有窃贼！

夫　　不要叫，不要叫，我是你男人！

妻　　啊，是你，春宝爹！

夫　　是我，春宝娘，你都让我认不出了。（见她在自己身后张望）春宝娘，你在找什么？

妻　　春宝呢，怎么不见我们的春宝？

夫　　春宝在家呢，我是一个人出门的。

妻　　你是一个人出门的？为何不带上春宝，春宝他还小啊！

夫　　可是我带着他到这里来，也不方便呀！

妻　　（本能地左右一看）春宝爹，你到这里来做什么？

夫　　我……

妻　　（有点不耐烦）你就快点说嘛。

夫　　我说，我说，我是来给你和秀才老爷贺喜的。你看，这是我送给小少爷的见面礼，不成敬意。

妻　　你呀你，你把春宝一个人撇在家里，就为了来送这么一个礼？

夫　　我也想顺便来看看你。

妻　　看我做什么，我不是好好的嘛。

夫　　是好好的，我看得出。

妻　　春宝爹，你快走吧，让人看见像什么。

夫　　好，我走，我就走。

妻　　等等。春宝爹，我问你几句话，你可要老实对我说。

夫　　你问吧。

妻　　我离家一年多了，你已经把赌戒了吧？

夫　　戒了。

妻　　酒呢？

夫　　也戒了。

妻　　我们那儿子春宝的病也一定早就治好了吧？春宝他一定还记得自己的姆妈吧？啊？

夫　　这……唉，姆妈他怎么会不记得呢。

妻　　那春宝一定经常想我吧？啊？

夫　　想，想！春宝每天都在叫姆妈，日里叫，夜里叫，冷了叫，饿了叫，做梦也在叫，叫得我心都碎了！

妻　　春宝，我的春宝，姆妈对你不起呀……（伤心）

夫　　（亦伤感地）春宝娘，我把实话告诉你吧。

　　　（唱）春宝生来讨债命，

　　　　　　害得一家不安宁。

　　　　　　出了娘胎就带病，

　　　　　　不死不活到如今。

　　　　　　我也曾带他四处去求医，

　　　　　　我也曾带他庙里拜观音。

　　　　　　无奈百药治不好，

　　　　　　他——

妻　　他怎么样？

夫　　（唱）他一把骨头瘦伶仃。

妻　　啊，春宝的病还没有治好？

夫　　春宝娘，你再听我说呀！

　　　（唱）我本想还清赌债留小本，

　　　　　留下小本做经营。
　　　　　谁知为了医春宝，
　　　　　又把小本也用尽。
　　　　　无奈何只好钱庄去借贷，
　　　　　却不料高利打滚似催命。
　　　　　如今身上又背债，
　　　　　只好向你把手伸。
妻　　啊，一百块大洋都用完了？
夫　　早就用完了，今天我就是来向你借钱的！
妻　　向我借钱，我是谁？我哪里有钱借给你？春宝爹呀春宝爹，你叫我又有什么办法呢？
夫　　我也是为了我们的儿子春宝嘛，总不能等到你三年期满回到家，春宝他已经病死了吧？
妻　　那……你要我为他做什么？
夫　　钱，就是钱，有了钱就什么都不用愁了。
妻　　可是，我没有钱呀？
夫　　没有钱，那怎么办？嗳，你手上的戒指不是可以换钱吗？来，你给我吧。
妻　　不，这个戒指不能给你。
夫　　春宝娘，你还是给我吧！
　　　〔大娘又探了一次头。
妻　　春宝爹，你还是回去吧。
夫　　唉，春宝娘，我走了！（急急地下）
妻　　慢，春宝爹，你还是把戒指拿去吧！春宝，春宝，我可怜的儿呀……
　　　〔妻压抑着哭声，秀才喜滋滋地上。
秀　才　给小娘子请安！
妻　　（下意识地转头扑向他）老爷……

秀　才　嗳嗳嗳，小娘子怎么哭了，是不是大娘又欺负你了？

妻　　不是……

秀　才　不是？哦，我懂了，你是多吃了酒，心里高兴就哭了。人啊，就是这样，伤心的时候想哭，开心的时候也想哭，我现在就想哭，哭……（故意放声嚎哭）

妻　　老爷，你不要这样，不要这样嘛。

秀　才　（哈哈大笑）哈哈哈……你还当我真哭？

妻　　老爷开玩笑。

秀　才　对，开玩笑！秋宝婶娘，我还有一个玩笑要对你开呢！

妻　　老爷还要开什么玩笑？

秀　才　（扶她坐下，一本正经地）我想加五十块现洋，再典你两年。

妻　　（一怔，马上立起身）加五十块现洋，再典我两年？

秀　才　对呀，我想让你把秋宝再带带大，也想让你再陪陪我，我还想再生个儿子呢！

妻　　老爷，请你不要说了，我是不会答应的。

秀　才　为什么，难道你还是忘不了从前的家？

妻　　是的，我忘不了从前的家，忘不了自己的丈夫和儿子。我还以为老爷真的想把我长远留下来，其实，老爷根本就没有把我当成一个人！

秀　才　（愣了一愣）嗨，我不是说了嘛，这是一句玩笑，你怎么当真了？

妻　　老爷说的都是实话。

秀　才　你看看，你看看，居然把玩笑当真了。不要忘了，秋宝的名字还是你取的呢，而我明明知道你的那个儿子叫春宝，还是用了秋宝的名字，我的心思难道你还不懂吗？

妻　　老爷又是什么心思呢？

秀　才　娶你过来呀！日后连同春宝也一齐带过来，这不就圆满了吗？

妻　　老爷真是这样想？

秀　才　当然啦，我还准备把这只白玉戒也送给你呢。

———甬剧《典妻》 〉〉〉〉〉

妻 （久久看着他，还是笑出了声）哈哈哈……老爷说的每一句话，连老爷自己都不会相信，哈哈哈……

秀才 （叹一口气）唉，其实我也不知道我的话里，有几句是真，几句是假。

〔一阵乱锣，大娘扭送夫上，黄妈好奇上，刘妈抱婴儿亦上。

大娘 老爷，抓住一个窃贼！

夫 秀才老爷，误会了，我没有偷你们的东西。

秀才 是你？这是怎么回事？

夫 老爷，我是来向你们道喜的。

秀才 你，道喜？

大娘 道什么喜，分明是贼，老爷你看！（抬起夫的一只手）

秀才 我的青玉戒，秋宝婶娘，你……

夫 秀才老爷，这青玉戒可不是我偷的，是我老婆送给我的。

秀才 （看着妻）真是你送给他的？

妻 是我送给他的，老爷，我的儿子春宝要钱治病，我让他拿戒指去换钱。

大娘 好哇，千好万好前夫好，你竟敢把老爷送给你的戒指送给他，你呀你，枉费了老爷的一片心！

妻 老爷，对不起。

秀才 （一挥手）不要说了！算我瞎了眼睛，养了一条白眼狼！

夫 老爷，你不要骂人。

秀才 （拉下脸）我骂了，怎么样？我出了你一百块大洋，我就是她的老公，不要说骂，我还要打！

大娘 对，打，打死这个吃里扒外的小女人！

秀才 不，我不打，我舍不得打。（故意搂住妻，阴阳怪气地）嘿嘿，我要她陪我睡觉，为我养儿子，带宝宝，你嘛，只好看着！

夫 你——老畜性！

秀才 （大笑）哈哈……

妻　　春宝爹，你走，你快走吧！

夫　　春宝娘，你也跟我一同回家吧。

秀　才　回家，没那么便宜，三年典期还没到呢！哈哈哈……

夫　　春宝娘，我好后悔呀！

妻　　春宝爹，你快走吧，你要把春宝的病治好，等着我回家！

秀　才　把他赶走！

夫　　春宝娘！

〔夫被赶下，妻倒在地。

大　娘　黄妈、刘妈，放一条被子在灶披间，把小妇人搬过去。从今以后，什么苦事脏事都派给她做！

刘　妈　这……

大　娘　还有，除了给秋宝喂奶，再不许她碰我的儿子！

刘　妈　是……

大　娘　老爷，客人还等着，我们抱秋宝去收礼钱吧？

〔大娘从刘妈怀中抱过婴儿，婴儿又是大哭，大娘顾自用力拍打着，下。刘妈跟下。

秀　才　（又换一副面孔）秋宝婶娘……（见妻低头不语）其实，我也是一时之气，要知道，我心里还是疼你的。（见妻避开他，叹了口气）唉，古人说得不错，唯女人和小人最难养，此言不谬，此言不谬啊……（摇头晃脑地下）

〔秋宝哭声传来，妻更揪心。

妻　　秋宝……秋宝……

〔爆竹声又响，红灯笼大亮，妻无力栽倒。

〔幕内唱：

　　　　镜花水月成泡影，

　　　　惘顾四周皆无情。

　　　　满眼一片黑漆漆，

　　　　唯有儿啼连着心。

———甬剧《典妻》

第四场

〔字幕：三年期满，妻回家的日子。
〔景同前场。
〔秀才显见衰老了，大娘为他捶着背，刘妈、黄妈侍陪着。妻孤零零地立在一边，腋下仍夹着来时的伞，妻也失去了光泽。
〔幕内秋宝的叫声："婶娘，婶娘，要婶娘！"
〔妻敏感地抬起了头。
〔幕内唱：

  三年典期期已满，
  待要走时却也难。
  秋宝声声叫得切，
  听得婶娘泪潸潸。

大　娘　黄妈，带秋宝到别人家去玩，等小妇人走了再带回来。

黄　妈　秋宝婶娘，我就不送你了。

妻　　　黄妈保重。

〔黄妈抹泪下。

大　娘　刘妈，再把小妇人身上摸一摸，不要带走东西。

刘　妈　大娘，不是摸过了嘛。

大　娘　叫你摸你就摸。

刘　妈　秋宝婶娘，对不起了。（上下摸遍）大娘，除了剩下一把骨头，什么都没有。

大　娘　那就好。刘妈，我让你雇的轿子雇好了吗？

刘　妈　雇好了，马上就到。

大　娘　轿子有篷无篷？

刘　妈　照大娘吩咐，无篷。

大　娘　无篷就对了。按规矩只能把她送到半程，剩下的应该是她前夫来

|接。刘妈，你到门外等着，轿子一到马上就送她走。

刘　妈　秋宝婶娘，我去等轿子了。

　妻　辛苦刘妈。

〔刘妈也抹泪下。

大　娘　小妇人，你过来，我再关照你两句话。

　妻　大娘子就请讲吧。

大　娘　第一句，从今以后你与老爷两无相干。

　妻　这我知道。

大　娘　知道就好。第二句，一生一世不许来看秋宝。

　妻　这……

大　娘　怎么，秋宝虽然是你生下来的，可他是我的亲儿子，你懂吗？

　妻　我……懂。

大　娘　好了，你还有什么话要说吗？

　妻　让我再看一眼秋宝。

大　娘　何必呢，回家去看你的春宝，看一个够。

秀　才　（忽然不耐烦地）该死的轿夫怎么还不来！

大　娘　是啊是啊，等得人心烦！

秀　才　大娘，你去看一看。

大　娘　啊？也好，我亲自去催。

〔大娘急急下。秀才挪近妻，伸出一只手。

秀　才　秋宝婶娘，拿去吧。

　妻　什么？

秀　才　五块钱，还有那只青玉戒。

　妻　钱我收下，戒指不要。

秀　才　秋宝娘，其实我是舍不得你走呀。

　妻　老爷，事到如今，还说这些话做什么。

秀　才　秋宝婶娘啊！

　　　　（唱）我知你一颗心已飞回家，

———甬剧《典妻》 >>>>>

    我也知身子好留心难留。

    纵然是三年多有亏待处，

    "饱暖"二字总无忧？

妻 秀才老爷说得不错。

  （唱）"饱暖"二字是无忧，

    无奈做人总低头。

    人前吞下汤和饭，

    人后独自把泪流。

秀 才 （唱）我知你一把泪水流那边，

    一把泪水流这头。

妻 （唱）还有一把流自己，

    一直流到心里头。

秀 才 （唱）你不念秋宝孩儿年尚幼，

    你不念他叫唤婶娘泪长流？

妻 （唱）我也念春宝孩儿年也小，

    我也念他日里叫亲娘叫到夜里头。

秀 才 （唱）你不怕回到穷家苦难受，

    你不怕吃了上顿下顿愁？

妻 （唱）无奈我生来就是贫贱命，

    我只求穷苦人家长聚头。

秀 才 （唱）你不怕前夫恶习总难改，

    你不怕他穷极之时把你典卖到青楼？

妻 （唱）我亲夫原本心地也善良，

    我料他不会再将我辜负。

    倘若他果然丧心似禽兽，

    我情愿怀抱春宝把湖投。

秀 才 说一千，道一万，你是舍不得你的春宝。

  妻 是的，我舍不得，舍不得。

1067

秀　才　难道秋宝就不是你的儿子？

　妻　不是，我只是秋宝的婶娘，是老爷和大娘的佣人。可春宝他叫我亲娘，我是他的姆妈。

秀　才　秋宝婶娘，不，春宝姆妈，假如我答应你把春宝也一同带来，你能死心塌地留下来，带好我的秋宝吗？

　妻　那我算什么呢？还是婶娘，还是下人，还是不能亲自己的儿子，不能听他叫我一声"姆妈"吗？

秀　才　那我就正式娶你过来，让你当这两个儿子的姆妈。

　妻　那大娘呢，大娘又算什么？

秀　才　我可以去求族长，让族长做主，休了大娘。总之，只要我的秋宝能平安长大，我什么都可以去做，你信不信？

　妻　我不信。

秀　才　你不信？

　妻　不信。我不信秀才老爷会为了我休掉元配夫人，我更不信秀才老爷能容得了我和前夫生的儿子。老爷，你就不要再哄我了！

秀　才　既然如此，我还能说什么呢？我唯有等你那不争气的丈夫养不活你，再来求我；等你熬不住苦日子，自己找回来；等你那儿子的病治不好——

　妻　（高声地）不要说了！我就是饿死也不会再回来，你死了心吧！

秀　才　可是，那秋宝终究是你肚皮里养出来的，你就是死了恐怕也放不下他吧，啊，秋宝婶娘？

　妻　（捶打自己）我真恨哪……

秀　才　来，拿着这枚戒指，看见它就如同看见我，看见了你的儿子秋宝。

〔妻不情愿地由秀才把戒指戴上。

〔大娘上。

大　娘　轿子已在门外等着了，小妇人，快走吧。（见妻欲下，忽又生疑地）把手伸给我！

〔妻自己捋下戒指，抛还给她。

大　娘　（戳着秀才脑袋）老东西！

〔秀才大步下，大娘追下。

〔幕内又传来秋宝的叫声："婶娘，婶娘，要婶娘！"

妻　秋宝，秋宝，秋宝……

〔大门在妻身后掩上。

第五场

〔字幕：妻回家的路上。

〔青山绿水，山道弯弯。

〔唢呐声。

〔轿夫甲、乙抬妻上，妻仍撑着那把旧伞，行轿。

〔幕内唱：

　　满腹苦水向谁吐，

　　伤心走上归家路。

　　去时一把旧雨伞，

　　回时两个老轿夫。

妻　（唱）轿杠悠悠泪悠悠，

　　行到途中又回头。

　　如闻秋宝叫婶娘，

　　如见秋宝涕泪流。

　　想春宝，往前走，

　　三岁离儿心愧疚；

　　想秋宝，总回头，

　　从此母子两干休。

　　这一边呀情难舍，

　　那一边呀人难留；

　　　　　一边是愁，

　　　　　一边是忧，

　　　　　我心头总是怨愁两幽幽。

　　　　二位老哥哥，停轿，停轿。

　　　　〔停轿。

轿夫甲　二位老哥哥，半程已到，你们请回吧。

妻　　　二位老哥哥，半程已到，你们请回吧。

轿夫甲　小娘子接下去的路，怎么走？

妻　　　我的丈夫他会雇轿子来接我的。

轿夫甲　你的丈夫他会雇轿子来接你？

妻　　　是啊。

轿夫乙　小娘子，你就不必要面子了，你那丈夫雇不起轿子，他也不会来接你的。

妻　　　那，我就自己走回家。

轿夫乙　走回家，那怎么行？我看小娘子怪可怜的，干脆我们把你送到家吧。

轿夫甲　对，秀才无义，亲夫无钱，我们送你回家。

妻　　　如此，辛苦二位老哥哥。

　　　　〔雷声滚过。

轿夫乙　小娘子，快上轿，就要落雨了！

　　　　〔行轿。

妻　　（唱）天上滚滚雷声响，

　　　　　地下漫漫道路长。

　　　　　我的两脚悬着空，

　　　　　我的魂灵何处放？

　　　　　嫁了一个人，

　　　　　生了一个郎；

　　　　　做了一回妻，

　　　　　当了一回娘；

　　　　　破了一个家，

———甬剧《典妻》

断了一回肠；

迈出了一道旧门槛——

飘飘忽忽，悠悠荡荡，浑浑噩噩，踉踉跄跄，

无知无觉，若生若死，一脚又跌进了新门墙。

新门墙，魂难放，

心头总是一个慌。

陌生一个老秀才，

横拉竖拖就上床。

来年生下了儿秋宝，

这秋宝儿从此牵住了我心房。

离旧家，儿哭娘；

别新家，娘哭郎；

我把一个儿抛下；

又把一个撇一旁！

天哪天——

我是万般伤心总无奈，

这世上哪有亲娘舍得亲儿郎？

我冤啊冤，

我悔啊悔，

我恨啊恨，

我痛啊痛，

我是双手捧着一颗心，

不知能在何处放？

〔有儿童戏闹声，俄顷弥漫一片。

妻　　二位老哥哥，停轿，快停轿！

〔停轿。

妻　　二位老哥哥，你们看，你们看呀！

轿夫甲　是一群孩子做游戏。

轿夫乙　大大小小，三五成群。

　　妻　（寻找着）春宝，谁是我家的春宝？春宝！春宝！

　　　　〔春宝的叫声响起："姆妈！姆妈！姆妈！"

　　妻　（追逐着）春宝！春宝！春宝！

　　　　〔春宝的叫声远去："姆妈，姆妈，姆妈……"

　　　　〔秋宝的叫声又响起："婶娘！婶娘！婶娘！"

　　妻　啊，秋宝，我家的秋宝追来了，秋宝！秋宝！秋宝！

　　　　〔秋宝的叫声也远去："婶娘，婶娘，婶娘……"

　　妻　秋宝，春宝！春宝，秋宝！

　　　　〔雷声炸响，妻惊倒在地。

轿夫甲　小娘子，你怎么了？

轿夫乙　小娘子怎么倒在地上？

　　妻　（茫然地）啊，二位老哥哥，我这是在哪里呀？

轿夫甲　在你回家的路上。

轿夫乙　就快到你自己的家了。

　　妻　我在回家的路上，就快要到我自己的家了？

轿夫甲　是啊，你看，要落雨了。

轿夫乙　快上轿吧。

　　妻　上轿……回家……（忽地爬起来）二位老哥哥，我们快走吧！

　　　　〔雷声轰鸣，轿夫急行，妻情绪亢奋。

　　妻　（唱）急急盼呀急急行，

　　　　　　前面就是自家门。

　　　　　　我看见春宝爹在将我等，

　　　　　　我听见春宝儿在叫娘亲。

　　　　　　我把那三年悲苦都忘尽，

　　　　　　我还要亲亲热热热热亲亲一家人！

　　　　春宝爹，春宝！春宝，春宝爹！我回来啦，我回来啦——

　　　　〔行轿如飞……妻的叫喊声响彻天地……

──甬剧《典妻》 》》》》》

尾 声

〔字幕：妻从前的家。
〔蛙噪蝉鸣，欲雨黄昏，春宝病重弥留。
〔妻急步上，兴奋地撞进家门。

妻　　春宝爹，为何不上灯？
夫　　没有油了。
妻　　为何不生灶？
夫　　没有柴了。
妻　　为何不做饭？
夫　　没有米了。
妻　　春宝呢，为何也听不到他的哭声？
夫　　病得重，已经治不好了，就等你回来看一眼。
妻　　啊，春宝爹，我这里有五块钱，你快拿去买吃的，买好吃的，一定要让我们的春宝吃饱，吃饱了！
夫　　哎，我去给春宝买吃的，我去买！（抱着酒壶急下）
　　　〔妻靠近春宝，春宝似在躲避她。
妻　　春宝，是姆妈回来了，姆妈回来了呀！
春宝　（陌生地）姆妈……
妻　　（抱紧他，难过地不能自已）春宝，我的儿，姆妈对不起你，对不起你……
春宝　姆妈，你还走吗？
妻　　姆妈不走，姆妈永远不走了！
春宝　（搂住她，死死地不肯放松）姆妈，我不饿，我不冷，我身上也不疼……
妻　　姆妈知道，春宝饿，春宝冷，春宝身上疼，可是姆妈……
　　　〔忽然，春宝僵硬地撒开了手，他死了。

妻　　啊！春宝，春宝，春宝啊……

〔雷声，雨声，风声……

〔妻僵硬地抱着死去的春宝坐到雨前，脸上神情麻木。

妻　　（喃喃地）春宝，姆妈不走了，姆妈死也和你在一起……

〔幕内唱：

　　　　睡吧，睡吧，

　　　　我的小宝宝。

　　　　宝宝好，宝宝乖，

　　　　宝宝抱在亲娘怀。

　　　　宝宝抱娘抱得紧，

　　　　娘抱宝宝不松开。

〔大雨如注，妻浑然不觉。

〔剧终。

精品提名剧目·淮剧

太阳花

编剧 卢冬红

人物

方大姑　四十三岁，方家主妇。

方剑雄　二十三岁，方家次子。

白燕坪　二十岁，省城女子，方剑雄未婚妻。

方剑豪　二十五岁，方家长子。

娟　红　二十四岁，方大姑长媳。

村民、学生、日本兵等

———— 淮剧《太阳花》 >>>>>

〔故事发生在抗日战争时期。
〔苏北乡下麒麟村。
〔天幕上是一幅浓墨重彩的水墨画。铺天盖地的太阳花，折射着顽强，铺陈着辉煌。
〔麒麟河似一条绿色的缎带穿过花丛，飘然而来……
〔清波漫涌的麒麟河、铺天盖地的太阳花……（主题歌）

　　太阳花，花太阳，
　　一年一度又辉煌。
　　天上太阳有一个，
　　花开遍野是太阳。

〔方大姑上。

方大姑　（唱）方大姑一片虔诚祭拜花神，
　　　　　　　祈花神多保佑降福麒麟村。
　　　　　　　躲病灾避战乱逢凶化吉，
　　　　　　　众老少得康宁太平一生！

〔一阵尖厉的飞机声呼啸而来。
〔光渐暗。
〔方剑雄拉着白燕坪跑上。

白燕坪　剑雄！
方剑雄　燕坪，快跑。
白燕坪　剑雄！
方剑雄　燕坪，你没事吧，摔伤了没有？
白燕坪　剑雄，刚才可真的把我吓坏了。
方剑雄　现在不要怕了，我们到家了，家乡的花神会保佑我们的。

白燕坪　我们到家了？

方剑雄　对！燕坪，你看——那清清的小河，就是我常说的麒麟河。

白燕坪　麒麟河？

方剑雄　那前面的村庄，就是我的家乡麒麟村。

白燕坪　麒麟村？

方剑雄　这满坡遍野的花儿——

白燕坪　就是太阳花？

方剑雄　对，太阳花又叫死不了，我们这一带人，都奉它为花神！

白燕坪　花神？这里真是太美了！剑雄，要是没有这场战争，那该有多好啊！

方剑雄　燕坪，我们回家吧！

白燕坪　回家？剑雄，你说过，你们方家的家规很严，你的娘能接受我吗？

方剑雄　我娘她、她……

白燕坪　你说呀！

方剑雄　我娘是一个很有主见的人，我想她会喜欢你的吧！

白燕坪　为什么？

方剑雄　因为……因为我娘最喜欢我呀！

白燕坪　剑雄，你放心，我也会像你嫂子那样孝敬你娘！今天一进门，我就叫她一声"妈妈"！

方剑雄　不对。按照我们这里的风俗，应该叫"婆婆"！

白燕坪　这怎么叫得出口呀？

方剑雄　你先叫一声给我听听。

白燕坪　我不叫。

方剑雄　你就叫一声嘛！

白燕坪　……婆婆。

方剑雄　你不是叫出来了吗？

白燕坪　剑雄，你放心，我会永远永远地爱着你！

———淮剧《太阳花》 〉〉〉〉〉

方剑雄　燕坪，太阳花作证，我们将永远相爱，生死不离！

白燕坪　太阳花作证，我们将永远相爱，生死不离！

方剑雄
白燕坪　生死不离！

〔飞机声呼啸而来。

白燕坪　日本人的飞机。

方剑雄　燕坪，你不要怕，我会用生命保护你！

〔光渐暗。

〔方家，香烛缭绕。

方大姑　（唱）麒麟河年年流淌腾细浪，
　　　　　　　太阳花岁岁开放吐芳香。
　　　　　　　我方家世代悬壶名声响，
　　　　　　　麒麟村年年岁岁太平庄。
　　　　　　　又谁知，无风陡起三尺浪，
　　　　　　　太平庄成了风雨飘摇庄。
　　　　　　　天上时闻飞机响，
　　　　　　　噩耗频频传进庄。
　　　　　　　多少地方已沦陷，
　　　　　　　日寇凶残丧天良。
　　　　　　　逃难的人群一趟趟，
　　　　　　　悲伤的泪水一行行。
　　　　　　　草药纵然能治病，
　　　　　　　治不了乱世鬼猖狂！
　　　　　　　清香缭绕烛火亮，
　　　　　　　唯有虔诚求上苍。
　　　　　　　保佑剑雄题金榜，
　　　　　　　保佑剑豪守田庄，
　　　　　　　保佑家园无风浪，

　　　　　　　保佑乡亲免兵荒。
　　　　　　　方大姑今生今世无奢望，
　　　　　　　只祈求，硝烟散尽，赶走豺狼，
　　　　　　　剑豪剑雄，无灾无恙，
　　　　　　　麒麟河水，平风息浪，
　　　　　　　太阳花儿，四季芬芳，
　　　　　　　从此后，世道太平，百姓安康，
　　　　　　　方家祖业继世长！
　　　　〔娟红上。
　　　　〔方剑豪丧魂失魄地上。
娟　　红　剑豪。
方剑豪　娟红。
娟　　红　你上哪里去啦？
方剑豪　我——（难言地）
方大姑　剑豪啊，这兵荒马乱的不要到处乱跑，我们家打的新井今天出水啦！
方剑豪　出水？
方大姑　你把神台上那杯酒拿去倒在井里！
方剑豪　倒在井里？
方大姑　据说这样可以使井水甘甜，四季平安！
方剑豪　娘！
方大姑　快去吧！
方剑豪　噢。
方大姑　慢，先去把手洗洗干净，脏手是对神灵的不敬。
方剑豪　脏手？娘！
方大姑　剑豪，你怎么了，出了什么事？
娟　　红　你快说，你快说呀！
方剑豪　娘……

————淮剧《太阳花》 〉〉〉〉〉

方大姑　你哭什么？

方剑豪　娘！

　　　　（唱）孩儿被骗上赌场，
　　　　　　　谁知赌场网一张。
　　　　　　　输去钱物押地契，
　　　　　　　药草地从此不姓方！

方大姑　剑豪，你？

方剑豪　娘，孩儿有罪，你就责罚孩儿吧！

娟　红　娘，剑雄回来了！

　　　　〔幕后传来白燕坪的声音："剑雄，剑雄，等等我！"

方大姑　（对剑豪）还不快起来。

　　　　〔方剑雄上，白燕坪随上。

方大姑　剑雄！

方剑雄　娘！我向你介绍一下——

方大姑　剑雄啊——我正在与你大哥商量事情哩，请这位客人到厢房先休息一会儿，好吗？

白燕坪　剑雄？

方剑雄　娘？这……好吧！

　　　　〔方剑雄疑惑地引白燕坪下。
　　　　〔方大姑凝坐着，娟红示意方剑豪复跪。
　　　　〔方剑雄复上。

方剑雄　（向娟红）嫂子，家里发生了什么事情？

娟　红　剑豪他……（转身掩面）

方剑雄　哥哥，你怎么跪在地上？你说啊！

方剑豪　我将家中的药草地全赌输了！

方剑雄　（着急地）你！

方剑豪　（跪步向着方大姑）娘——孩儿有罪，任凭母亲责罚。

娟　红　娘，求您饶恕他这一回吧。（亦跪下）

〔方大姑半晌说不出话来。

方剑雄　娘，你怎么不说话！你说话呀，娘！

三　人　娘，你说话呀，娘……

方大姑　（缓缓地走到祖宗牌位前，跪下）祖先啊，我有罪，我有罪啊！

（唱）一声悲啼跪祖先，
　　　方大姑，有悖祖训，有辱祖先，教子无方，治家不严，
　　　苍天降下夺命剑，家祸跟着国祸添，
　　　无情岁月未去远，
　　　为什么，苦难伴我二十年？
　　　想当初，丈夫暴病撒手去，
　　　抛下了孤儿寡母受熬煎。
　　　为活命，娘开垦屋后一片地，
　　　拼将荆棘化良田。
　　　种下药草一片片，
　　　慢慢培育把心悬。
　　　一天要去看几遍，
　　　四季祷告香火燃。
　　　春华秋实成果见，
　　　历尽艰辛兴家园。
　　　这块地，救了母子三条命，
　　　这块地，成了方家的活命田。
　　　这块地，能解乡亲疾病苦，
　　　这块地，又把方家勤劳为本、乐施行善的美名添！
　　　儿啦儿啦，
　　　你想一想，掂一掂，
　　　你不是输了一块药草地，
　　　你将为娘一生希望，你将方家祖德家声毁于一旦化云烟！

〔方剑雄、娟红扶方大姑坐下，剑豪也跪在母亲的面前。

———淮剧《太阳花》 >>>>>

方剑豪　（拉住方大姑衣襟）娘，娘……

方大姑　（愤然地）别碰我，你的手太脏了！

〔娟红给方大姑端茶。

方剑豪　（羞愧地举着双手）我的手……太脏啦！

（唱）娘兴家，十指血茧摞血茧，

儿败家，一双脏手毁家园。

娘兴家，汗水浸透药草地，

儿败家，信手一挥毁了娘兴家创业二十年。

这双手是撕碎娘心的无情剑，

这双手是毁家毁人的恶之源。

七尺男变成了丧家犬，

方剑豪，羞对娘亲，愧对祖先，

辱没家声，悔恨万千，

麒麟河水洗不清我的大罪愆！（急冲下）

〔方剑雄扶方大姑坐下。

〔突然幕后传来方剑豪的一声惨叫："脏手！"

〔方大姑忽地起身。娟红、方剑雄冲下。片刻，二人搀扶着断指后的方剑豪上。

方剑豪　（"扑通"一声跪在方大姑面前，递上一浸染鲜血的布包）娘，孩儿今后再也不敢啦！

〔伴唱：儿指犹温娘断魂，

心血随着指血淋……

方剑豪　娘！

（唱）剑豪如今悔又恨，

辜负娘亲养育恩。

断指只为留警训，

断指只为除祸根。

拜求娘亲多保重，

　　　　　　　等待儿重新做人尽孝心。

方大姑　（无比心疼地）剑豪！你不该这样，你不该这样啊！（从娟红手中接过纱布替方剑豪包扎）

　　　　　（唱）我儿断指明心志，
　　　　　　　如剁娘心儿可知。
　　　　　　　可喜我儿已觉醒，
　　　　　　　浪子回头终不迟。

　　　　　〔方大姑在一块纱布上写上"以血洗耻"几个字。

　　　　　〔伴唱：慈母为儿写壮志，
　　　　　　　以血洗耻，以血洗耻！

方剑豪　娘，儿已无颜呆在村中，儿想找娟红她大哥一道出去闯一闯，等哪天孩儿有出息了，再回来侍奉您。

方大姑　也好。让娘替你收拾收拾去！

方剑豪　不……

娟　红　娘！我们自己来吧！

方剑雄　娘！你坐，你坐吧！

　　　　　〔方剑豪、娟红下。

　　　　　〔方大姑一阵晕眩，方剑雄急扶，替方大姑捶背。

方大姑　剑雄啊，你的学业怎么样了？

方剑雄　娘！这次考试，孩儿我考了第一名。

方大姑　你说什么？

方剑雄　第一名。

方大姑　你大声些！

方剑雄　娘——你看我考了第一名。（展示奖状）

方大姑　（无比激动地接过奖状）第一名，第一名啊！（走到神台端上一杯酒）剑雄，娘平时不让你们喝酒，今天你考了第一名，娘敬你一杯，喝吧！方家光宗耀祖全指望你啦！

　　　　　〔方剑雄接过酒杯欲饮。

方大姑　慢，(关心地)慢慢喝，不要呛了。

方剑雄　哎！(饮酒)娘，我再给你看一样东西。

方大姑　什么？

方剑雄　你看。(取出一把精制短剑)

方大姑　剑？哪来的短剑？

方剑雄　(自豪地)这是校长给我的奖品。

方大姑　校长为什么奖你短剑？

方剑雄　我的名字不是叫剑雄吗，校长他希望我成为东方之剑，他说要收我为义子呢！还说要保荐我到国外深造，帮助我完成学业。

方大姑　你这位校长是干什么的？

方剑雄　他是一位精通医道的学者。

方大姑　精通医道？(满意地点点头)好，这就是缘分哪！(突然想起)噢，我们家好像来了位客人？

方剑雄　娘，她不是客人。

方大姑　怎么不是客人呢！

方剑雄　(顿了顿)她……是我的同学。

方大姑　哎，剑雄啊，现在兵荒马乱的，你大老远地把一个女同学带到我们这乡下来，万一……

方剑雄　娘！我们可不是一般的同学，我们已经相爱啦！

〔白燕坪上。

方大姑　(不悦地)你还在求学期间，咱们方家的祖训是先立业后成家，难道你忘了？

方剑雄　娘……

方大姑　剑雄！

　　　　(唱)方家世代名声响，
　　　　　　书香门第出栋梁。
　　　　　　你功未成，名未就，
　　　　　　学子怎恋脂粉香？

方剑雄　（唱）慈母对我抱厚望，
　　　　　　　我岂能在娘滴血的心头再添霜？
白燕坪　（唱）顿觉寒意袭心上，
　　　　　　　莫非剑雄已彷徨？
方剑雄　（唱）叫声燕坪莫多想，
　　　　　　　娘正为家事添惆怅。
白燕坪　（唱）为让老人心欢畅，
　　　　　　　我还是亲亲热热叫声娘！
　　　　　　　娘——
方大姑　（唱）亲热的称呼叫得响，
　　　　　　　初来乍到怎称娘？
白燕坪　哦，对了，按你们这里的规矩，我该叫你——婆婆！
方大姑　婆婆？
　　　　（唱）你我陌生无来往，
　　　　　　　一声"婆婆"更荒唐。
　　　　　　　穷乡僻壤少贵客，
　　　　　　　请问小姐来自何方？
方剑雄　（唱）省城白府独生女……
白燕坪　（唱）祖父为官父经商。
方大姑　（唱）豪门府第千金体，
　　　　　　　何故屈尊麒麟庄？
方剑雄　（唱）她与儿相爱两年整……
白燕坪　（唱）我伴随剑雄回故乡。
方大姑　（唱）不见媒人不见帖，
　　　　　　　不见花轿与伴娘。
　　　　　　　千金小姐须自重，
　　　　　　　莫留笑柄在异乡。
　　　　　　　剑雄，你还是送她回去吧！

白燕坪　剑雄！

方剑雄　娘，省城的家，她是回不去了！

方大姑　啊？你们这是私奔哪！

白燕坪　不是私奔，是抗婚！

　　　　（唱）爷爷眼中权势重，

　　　　　　　爹娘爱财仰慕富商。

　　　　　　　不嫁官宦纨绔子，

　　　　　　　抗婚来到麒麟庄。

方剑雄　（唱）豪门权贵她不嫁，

　　　　　　　偏爱清贫读书郎。

　　　　　　　天仙下凡我不要，

　　　　　　　只爱清纯好姑娘。

白燕坪　（唱）朗日为媒天作证，

　　　　　　　太阳花丛凤求凰。

方大姑　天哪！

　　　　（唱）天作证，凤求凰，

　　　　　　　无知孩儿太轻狂，

　　　　　　　祖训如磐难违抗，

　　　　　　　清白家声怎染脏？

白燕坪　你，剑雄，送我走！

方剑雄　（劝阻）燕坪！（对方大姑）娘！燕坪的父亲发誓不认她这个女儿了，现在又是兵荒马乱的，你叫一个女孩子走到哪里去呀？

　　　　娘——

　　　　（唱）声声唤娘哀哀跪，

　　　　　　　你棒打鸳鸯儿怎不伤悲？

　　　　　　　孩儿长到二十三岁，

　　　　　　　从未将娘意愿违！

　　　　　　　儿与她三载同窗朝夕会，

儿与她情投意合敞心扉！

豪门之女品德美，

抗婚离家头不回。

花神庙前双双跪，

太阳花，做红媒，生死紧相随。

娘啊娘，

你设身处地想一想，

她抗婚出逃，泼水难回，

怀揣希望，来把儿陪，

一声娘，笑微微，

一声婆，头低垂，

煮粥添她一瓢水，

厨房为她挡风吹，

兵荒马乱，战火纷飞，

娘让她一叶漂萍依靠谁?!

白燕坪　剑雄！

方剑雄　燕坪！

方大姑　（深深地叹息）唉，既然如此，那她就留下吧……

方剑雄　谢谢娘。

方大姑　那你……

方剑雄　娘？

方大姑　娘的心思你还不明白吗？

方剑雄　我明白，我明白！娘，儿这次回来，本来就是想把燕坪安顿好以后，就即刻动身前往省城，完成我的学业！

方大姑　即刻动身？剑雄啊，既然回来了，就多住几天吧……

方剑雄　不，我的老师还在省城等着我呢。

方大姑　这……

　　　　〔方剑豪、娟红上。

——淮剧《太阳花》 >>>>>

方剑豪　娘，孩儿向你辞行来了！
　　　　〔方大姑面对神台。
方大姑　祖先啊！保佑我的儿子们吧！
方剑豪　（对方大姑）娘，您要多保重。
方大姑　（摘下手镯分交两人）你们走，娘没有什么给你们，只有这对银镯，就让娘的心伴着你们上路吧！
　　　　〔方剑豪、方剑雄向方大姑鞠躬，双双缓缓离去，双双回头，两对人齐齐向方大姑跪下。
　　　　〔伴唱：刚团圆，又分手，
　　　　　　　语凝噎，泪长流。
　　　　　　　娘心儿心都是苦，
　　　　　　　再重逢，不知是春是秋，是喜是愁…………
方大姑　儿啦！
　　　　〔一束光打在送儿子远去的方大姑身上。
　　　　〔两年后，秋。
　　　　〔飞机轰鸣声回荡，炸弹轰响，花神庙已成断壁残垣。
　　　　〔白燕坪伫立在断裂的校牌旁，默默地向远方遥望……
白燕坪　（唱）又是一度花开放，
　　　　　　　又是一年雁成行。
　　　　　　　伫立村前长相望，
　　　　　　　不见剑雄回故乡。
　　　　　　　剑雄啊，
　　　　　　　我办学教书两年整，
　　　　　　　花神庙作课堂。
　　　　　　　喝的是麒麟水，
　　　　　　　吃的是百家粮。
　　　　　　　乡亲亲似亲骨肉，
　　　　　　　乡情情比河水长。

　　　　　又谁知，麒麟河难将战火挡，
　　　　　日寇轰炸麒麟庄。
　　　　　学校断了书声响，
　　　　　课堂成了废墟场。
　　　　　又听说省城已沦陷，
　　　　　不知剑雄在何方？
　　〔娟红拎着篮子上。
娟　红　燕坪，白燕坪！
白燕坪　娟红姐！
娟　红　给！
白燕坪　又是好吃的？
娟　红　学校都炸成这个样子了，不行，你今天一定要跟我回去。
白燕坪　回去，回哪去？
娟　红　回家呀！
白燕坪　家？我哪里有什么家？
娟　红　是婆婆让我叫你回家的！
白燕坪　她又不认我。
娟　红　燕坪，你知道，这菜是谁给你做的吗？
白燕坪　是你呀！
娟　红　是婆婆。
白燕坪　婆婆，这是真的？
娟　红　你这衣服，又是谁给你做的？
白燕坪　也是你呀！
娟　红　不，也是我们的婆婆。
　　　　（唱）自从你住到花神庙，
　　　　　娘为你日夜操尽心。
　　　　　怕你饿，怕你冷，
　　　　　怕你劳累病缠身。

———— 淮剧《太阳花》 〉〉〉〉〉

  怕你孤独想父母，

  怕你难挨相思情。

  你不熄灯她不睡，

  每晚扶门望燕坪。

  两年来，你四季衣裳件件新，

  针针都是慈母情。

  可口菜，她亲手做，

  更似亲娘疼亲生。

  婆母纵有一时错，

  她刀子嘴，豆腐心，对你早注婆媳情！

白燕坪　娟红姐，你说的都是真的吗？

娟　红　是真的，好妹妹，跟我回家吧！

白燕坪　不，我要在这里等着剑雄回来，我要风风光光地回家。

娟　红　也好，那我先走了。

白燕坪　哎，娟红姐，你上哪去？

娟　红　听说我大哥带剑豪参加了新四军。

白燕坪　剑豪参加了新四军？娘知道吗？

娟　红　知道了，娘要我回家一趟，打听他们的消息。

白燕坪　娟红姐，兴许有什么好消息等着你哩，你快去吧。

娟　红　哎，我先走了。（下）

白燕坪　娟红姐，路上小心。

娟　红　知道了。（白燕坪目送娟红）

  〔小安平（小学生）背书包上。

小学生　白老师，白老师！

白燕坪　嗳！小安平，你怎么来了？

小安平　我来上学。

白燕坪　你——不怕吗？

小安平　我不怕！

白燕坪　好！来，老师为你上课，课堂都已经被炸了……

小安平　白老师，我们就在这儿上课吧！

白燕坪　好，今天老师就给你一个人上课。

小安平　起立！

白燕坪　同学们好！

小安平　老师好！

白燕坪　请坐下，今天老师给你讲什么呢？

〔长空雁鸣。

白燕坪　小安平，你看，那天上飞的是什么？

小安平　（指向天际）是大雁。

白燕坪　（遥望长空）小安平，你看——那大雁儿排的队形，像一个什么字啊？

小安平　像一个"人"字！

白燕坪　对！

〔方大姑上，倾听。

白燕坪　人——

小安平　人——

白燕坪　中国人！

小安平　中国人！

白燕坪　我爱我的祖国！

小安平　我爱我的祖国！

〔白燕坪动情地将小安平搂在怀中。

〔飞机盘旋声。

小安平　（愤怒地看着飞机的方向）白老师，日本鬼子又来啦！

白燕坪　不要怕，来，老师送你回家。

〔白燕坪背着小学生下。

方大姑　好样的！好老师，好媳妇，婆婆对不起你……剑雄，你在哪里呀？剑豪，你又在哪里啊？

——淮剧《太阳花》

（唱）两载离别情不断，
　　　思儿盼儿心难宽。
　　　天涯儿郎两无影，
　　　我魂牵梦绕眼望穿。
　　　村前大路望了细，
　　　屋后小河望了宽。
　　　太阳花开一度度，
　　　我抚花等儿踏归途。
　　　多少回梦见剑豪回家转，
　　　母子们花地重逢笑声欢！
　　　多少回闻听剑雄把娘唤，
　　　母子们花地相拥泪婆娑！
　　　我一颗心儿掰两瓣，
　　　念着儿的寒、挂着儿的暖，
　　　想着儿的吃、惦着儿的穿，
　　　望儿不见、抚儿不着，
　　　恨不能飞越千山万道河。
〔伴唱：一腔情长天作纸写不尽，
　　　　一腔爱大地当舟装不完。
〔娟红手里拿着信失魂落魄地上。

方大姑　娟红，你回来了？
娟　红　（慌乱地藏信于背后）娘，你怎么在这里？
方大姑　噢，我是来看看燕坪的。剑豪有消息吗？
娟　红　有……没有……（摇手）
方大姑　（发现书信）哎，那是什么……是剑豪的信吧？
娟　红　是的……（又想改口）啊——不、不、不……
方大姑　娟红——给娘看看吧……啊……
娟　红　娘——你……你还是不要看吧……

方大姑　（恳求似地）娟红，给我！

娟　红　（已无法回避）娘……（递过信件）你可要经受得住啊……

方大姑　……

〔娟红首先从大信封中取出银镯……

方大姑　银镯！

〔方大姑双手颤抖地从信封中取出信纸，展开——

〔一束光打在方剑豪身上："娘，当你见到这封信的时候，孩儿已经不在人世了。娘，你叫儿以血洗耻，儿才知道什么叫耻，有身耻、家耻，而更大的是国耻，日本强盗，正在屠杀我们的同胞，孩儿我别无选择地拿起了枪。今天马塘一战，三千日本鬼子将我们包围了，为了掩护乡亲们转移，我们决心和他们以死相拼。娘，鬼子又上来了，我们的子弹都打光了，孩儿身上绑满了手榴弹，我要冲上去了，永别了娟红，永别了，我那受苦受难的亲娘！"

〔枪炮声、爆炸声、冲杀声……

〔飞机盘旋声。方大姑、娟红仇恨地仰视天空。

方大姑　（缓缓地）娟红，快回去备酒，我要为我的儿子壮行。

娟　红　娘……

方大姑　快去。

〔娟红离去。

方大姑　剑豪——娘不该让你走，不该让你走啊……不……你走得对，走得好哇，你是方家的好子孙，你是堂堂正正的中国人……儿啦，你一路走好，你一路走好……（爆发般地）儿啦！

（唱）天地间声声呼唤儿英魂，

　　　儿啦，回家吧，回家吧，

　　　可知娘，站在村头，遥望儿影，

　　　一年四季，不分晨昏，

　　　风霜雨雪，难撼娘心，

————淮剧《太阳花》 〉〉〉〉〉

盼儿等儿踏归程!
问我儿抛下妈妈心何忍,
怎忍心让娘为你先垒坟?
赠儿的一只银镯回故里,
却为何只见银镯不见人?
娘不该那日盛怒将儿逼,
儿走牵着娘的一颗心。
月缺月圆两年整,
方家半掩一扇门。
白天盼望儿音讯,
夜听儿的脚步声。
乡邻儿郎将娘唤,
我跌跌爬爬应连声。
盼得花开花又盛,
盼得草枯草又青。
盼得月儿轮轮圆,
盼得雁去雁回程。
盼得忧心如焚,
盼得泪流满襟。
盼得神散形瘦,
盼得白发频生。
盼来盼去盼不见,
盼来了一纸血书传噩耗,
儿的英姿永在娘的梦中存!
儿啦儿,回家吧,回家吧,
你再让妈妈搂一搂,
你再让为娘亲一亲。
娘生下你们两兄弟,

两兄弟是娘人生两盏灯！
剑豪儿憨厚本分，
剑雄儿满腹经纶。
一个是方家子孙守祖训，
一个是娘的希望耀门庭。
兄弟俩硬硬铮铮抵住娘的腰，
貌貌堂堂撑住方家门。
现如今，两盏灯，熄一盏，
两根桅，断一根。
世上有多少人家遭不幸，
怎比我，方大姑，早年丧夫，老来失子，
一门双寡，频遭厄运，新灾旧难不断根！
手捧我儿绝命信，
悲泪化作热泪淋。
我的儿国难当头挺身起，
一腔热血写忠诚。
断头流血雪国恨，
不向日寇让半分。
身耻、国耻一起洗，
断指儿成勇士，七尺男儿铁骨铮铮，
为国尽忠，为娘尽孝，
儿不愧是方家子孙！
堂堂正正的中国人！
儿啦，回家吧，回家吧，
阴阳界上等一等，
娘用心血点燃长明灯。
为儿回家把路引，
照亮儿回到麒麟村。

————淮剧《太阳花》 >>>>>

　　　　娘用皮肉捻成线，
　　　　咬断牙齿磨成针。
　　　　缝好儿手，十指齐整，
　　　　母子重聚，在红红的花地，弯弯的田埂，火火的谷场，
　　　　茵茵的乡村，
　　　　兴家业，承祖训，日坐堂，夜出诊，
　　　　春执药锄，夏听蝉鸣，秋采野菊，冬焐火盆，
　　　　骨肉团聚，乐享天伦，生生死死，永不离分！

〔光渐暗。
〔紧接前场。
〔方家庭院，院中设一供案，灵牌、杯盏、酒菜。
〔娟红在瓦盆前焚烧纸钱。

娟　红　（唱）灵堂上纸灰飘飘烛泪流淌，
　　　　断肠人满眼悲秋声声哀腔。
　　　　想不到夫妻一别竟成绝唱，
　　　　天降无情棒，拆散两鸳鸯。
　　　　熄去了岁月长夜一束光亮，
　　　　断去了人生路上一架桥梁。
　　　　叹今生白头偕老夫唱妇随已成梦想，
　　　　娟红我，身陷苦海，无舟无桨，
　　　　风筝断线，沉浮茫茫，
　　　　相思债，今难偿，
　　　　心已灰，魂已丧，
　　　　夫妻团圆，今生无望，
　　　　阴阳相隔，月冷夜长，
　　　　倒不如九泉寻夫天老地荒。

〔娟红向灵牌跪拜磕头。取出一包药犹豫着。
〔方大姑上。

1097

方大姑　娟红，你在干什么？

娟　红　我（慌乱地藏药于身后）……

方大姑　把药给我！

娟　红　什么……

方大姑　毒药！

娟　红　不……

方大姑　娘配的药是给人治病的，不是让你轻生的。

娟　红　娘！

方大姑　当初你公公去世的时候，娘也想走这条路啊！……活着的好，还是活着的好啊，娘孤孤单单的离不开你呀！

娟　红　娘！（扑向方大姑）

〔方大姑紧紧抱住娟红，二人含泪相视。

〔急促的音乐声中白燕坪捧着一个血书包急急奔上，跌进院中。

白燕坪　娟红姐！

娟　红　燕坪！

白燕坪　娟红姐，鬼子他们追过来了！

（唱）我背学生把村进，

　　　半路遇见日本兵。

　　　强盗行凶无人性，

　　　无辜孩童丧了生。

　　　刺刀鲜血未擦净，

　　　犬吠狼嚎追燕坪。

　　　救救我！救救我！

方大姑　（揽白燕坪入怀）有娘在，不要怕！

〔鬼子的砸门声。"开门"，"开门"。

娟　红　（以身体挡门）娘，我和他们拼了！

方大姑　我们拼不过他们！

娟　红　娘，我们可不能让他们糟蹋啊！

———淮剧《太阳花》 〉〉〉〉〉

〔方大姑闻之一震。

〔娟红上前与燕坪紧贴在一起,二人同时喊出——

娟　红
白燕坪　娘,我们宁愿死!

〔方大姑激动地将她们二人紧紧揽在怀中。

方大姑　我的好女儿啦!

〔在鬼子们一阵紧似一阵的砸门声和嚎叫声中,方大姑将毒药倒入壶中,急急晃动后倒下三杯毒酒,可是,还未等她们拿起酒杯,一名日本军曹和一个鬼子兵已经破门而入。

军　曹　不许动!不许动!你们的什么的干活?

娟　红　祭奠我男人。

军　曹　他是怎么死的?

娟　红　他——

方大姑　(抢先地)被疯狗咬死的。

军　曹　(打量方大姑)你们的——皇军的见过?

方大姑　见过。

军　曹　在哪里?

方大姑　你不就是吗?

军　曹　你的狡猾狡猾的,昨天,在这一带我们有六名皇军消失得无影无踪。

方大姑　麒麟河水深,该不会喂鱼了吧?

军　曹　(抽刀)你的,不老实的……

娟　红　住手!

军　曹　哟唏!(很好)花姑娘的,快快地过来,慰劳皇军的干活!

〔日寇扑向燕坪和娟红。

方大姑　慢!

军　曹　嗯?!

方大姑　(对日寇)让我们先把这祭奠亡灵的酒喝了吧……

1099

军　曹　酒？（夺过酒杯）嗯——好酒、好酒！（对鬼子兵）皇军的咪西咪西！

〔日本军曹二人饮酒。

〔白燕坪、娟红紧紧依偎。

方大姑　（旁白）苍天有眼——苍天有眼哪——

军　曹　花姑娘的，快快的过来，你们要做我们日本人的良民。

方大姑　（冷冷地）良民？我们是中国人为什么要做你们日本人的良民？

军　曹　我们是伟大的民族，是这片土地的征服者！

方大姑　中国有句古话，蛇再毒，也吞不了象！

军　曹　我倒要看看到底吞不吞得下你们！（抽刀欲砍方大姑）

方大姑　等等！

军　曹　（逼向方大姑等）等什么？

方大姑　（迎上前，从容地打量着日本军曹）等着给你们收尸！

军　曹　啊哟！（捧腹）

〔军曹二人拔刀枪。

〔方大姑三人与军曹二人抢夺刀枪。

〔伴唱：野兽落陷阱，

　　　　苍天显神灵。

　　　　庭院作坟场，

　　　　井台葬仇人！

〔军曹二人捧腹嚎叫，旋即倒地。

娟　红　娘，他们死了……

方大姑　死了？死了！快，快把他们扔到井里去！

〔婆媳三人将日本兵拖下，复上。

方大姑　（方大姑将第三杯毒酒倒入酒壶。双手捧壶，感慨万分）列祖列宗，列祖列宗！你们显灵啦，你们显灵啦！

〔婆媳三人同跪在"先祖"面前。

〔传来急促的敲门声。

〔方大姑、白燕坪、娟红吓得瘫坐于地。

〔方剑雄着风衣、戴礼帽上。

方剑雄　娘！

三　人　（惊喜地）剑雄！剑雄！

〔切光。

〔伴唱：一根红绳系秋水，

　　　　两情相悦何需媒，

　　　　三生石上心儿醉，

　　　　四面长风伴郎归……

〔紧接前场。

〔方家厢房。

〔方剑雄拥着白燕坪缓缓走向帷帐。

白燕坪　剑雄，我不是在做梦吧？

方剑雄　燕坪！等了两年了，我终于等到了今天……

白燕坪　今天？！

〔方剑雄将燕坪的红纱巾披盖在燕坪头上。

白燕坪　（背唱）虽无鞭炮一阵阵，

　　　　　　　　却有喜乐心底生。

方剑雄　（背唱）佳人佳景非佳境，

　　　　　　　　难理思绪乱纷纷。

白燕坪　（背唱）偷看床上鸳鸯枕，

　　　　　　　　火热的两腮飞红云。

方剑雄　（背唱）香风微微且慢醉，

　　　　　　　　军机大事须用心。

白燕坪　剑雄，你在看什么？

方剑雄　没有什么。（猛然放下白燕坪）燕坪，赶快收拾收拾，我们要离开这里！

白燕坪　走？哪里去？

方剑雄　到省城。

白燕坪　省城不是已经被日本鬼子占了吗，怎么能说进就进？

方剑雄　别人进不去，我方剑雄进出自由！

白燕坪　你……凭什么？

方剑雄　凭……凭我这个人！

白燕坪　我不懂！

方剑雄　燕坪！

　　　　（唱）辞母别家离燕坪，

　　　　　　　义父荐我去东瀛。

　　　　　　　两载苦读勤发奋，

　　　　　　　东方之剑已铸成。

白燕坪　（唱）铸的什么剑？

　　　　　　　读的何书文？

　　　　　　　国难当头，你出国深造，

　　　　　　　难道是为了抗战去东瀛？

方剑雄　（唱）东亚病夫何足论，

　　　　　　　富士山下育精英。

　　　　　　　中日亲善前景好，

　　　　　　　东亚共荣与共存。

　　　　　　　我已入编日军册，

　　　　　　　医官提升为翻译官，

　　　　　　　协助圣战，曲线救国，光宗荣祖得升腾！

白燕坪　（大惊）你？！

　　　　〔伴唱：一张兽皮包得紧，

　　　　　　　　当年书生失人形。

白燕坪　（唱）他变了一个人，

　　　　　　　我碎了一颗心。

　　　　　　　望断秋水两年整，

———淮剧《太阳花》 〉〉〉〉〉

     相见恨顿生！

方剑雄 （背唱）见她面容骤变冷，

     剑雄不由起寒噤。

  （唱）快快还我相思债，

     良宵一刻值千金。

白燕坪 （背唱）说什么爱，道什么情？

     我魂断心碎泪纷纷。

     人与兽岂共枕！

〔方剑雄上前搂紧白燕坪。

白燕坪 （接唱）好似毒蛇缠我身！

方剑雄 燕坪，听话。

白燕坪 非得明天走吗？

方剑雄 过了明天就来不及了！

白燕坪 为什么？

方剑雄 因为皇军要来扫荡了！

白燕坪 "扫荡"？（试探地）剑雄，告诉我，什么是"扫荡"啊？

方剑雄 就是报复，就是血洗！

  （唱）六名皇军无踪影，

     我奉命前来查地形。

     明天大兵即压境，

     皇军血洗麒麟村。

白燕坪 （唱）闻听血洗心儿颤，

     似闻四面杀戮声。

     太阳花地要遭蹂躏，

     麒麟河中要闻血腥。

方剑雄 燕坪，快，再不走就来不及了。

白燕坪 剑雄，娘知道要走吗？

方剑雄 我们不告诉她！

白燕坪　不告诉她？

方剑雄　只要你跟我走，娘一定会送我们的，等到了船上，就由不得她老人家了！

白燕坪　好孝顺的儿子，连亲娘都要欺骗。

方剑雄　这怎么叫欺骗呢？

白燕坪　剑雄，你慌什么。你看离天亮还早，你先休息一会儿，我来收拾收拾。

方剑雄　有什么收拾的。

白燕坪　女儿家的事情，你就不要再管了，你快去吧！

方剑雄　那你快点。

白燕坪　等我。

〔一束光打在焦急的白燕坪身上。

〔野外，漆黑一片……

〔白燕坪急跑上。

白燕坪　（唱）快快跑，

　　　　　　　拼命奔。

　　　　　　　情势危急，

　　　　　　　分秒必争。

　　　　　　　豺狼已逼近，

　　　　　　　灾难将来临。

　　　　　　　村中多安静，

　　　　　　　燕坪心如焚。

　　　　　　　报警，报警，

　　　　　　　撞响警钟救乡亲！

〔白燕坪欲撞钟——

〔方剑雄突然狞笑着出现——"站住"。

方剑雄　你跑得好快啊！怎么，你想鸣钟报警？

白燕坪　方剑雄，你……你还是不是当年的方剑雄？

———— 淮剧《太阳花》 〉〉〉〉〉

方剑雄　是的。

白燕坪　你还是不是方大姑的儿子？

方剑雄　是的。

白燕坪　那你就鸣钟报警！救救麒麟村的父老乡亲，救救你儿时的伙伴，救救那些白发苍苍的老人，那些善良淳朴的妇女，和那些天真无邪的孩子！

方剑雄　不，不能！钟声一响，我们全家就完了！

白燕坪　你！

方剑雄　你不懂，我救不了他们，我能做到的是接走你们！

白燕坪　你也救不了我们！

方剑雄　为什么？

白燕坪　你到后院那口井里看看，有两个日本鬼子就永远地葬在那儿啦！

　　　　（欲走）

方剑雄　白燕坪！你要干什么？

白燕坪　鸣钟报警！

方剑雄　我以一个帝国军人的名义命令你，马上跟我走！（拔出短剑）不然的话……

白燕坪　怎么？难道你敢杀了我？

方剑雄　燕坪，麒麟村才几个人？就在前几天，我带领了三千日本官兵，血洗了马塘庄。因为这是战争，战争是无情的，是残酷的，是血淋淋的……

白燕坪　（击方剑雄一耳光）败类！

方剑雄　（扬起短剑）你不要逼我！

　　　　〔白燕坪欲走。方剑雄强阻，推搡中，短剑误刺白燕坪。

方剑雄　啊！（扑向白燕坪）燕坪，燕坪，我不是有意的。

白燕坪　（挣扎起身）呸！汉奸！（大声喊叫）来人哪！

　　　　〔情急中方剑雄又刺白燕坪。

　　　　〔白燕坪含恨倒地。

〔方剑雄不知所措地望着白燕坪。

方剑雄　天哪！我干了些什么呀？（仓惶逃下）

白燕坪　方剑雄，你好狠的心。（挣扎着倒下）来……人哪！

〔方大姑、娟红急上，"燕坪！"

方大姑　（抱起白燕坪）这是谁干的？这是谁干的？

白燕坪　是……方剑雄！

方大姑　他怎么会杀你呢？

白燕坪　（拔出短剑）他……

方大姑　（惊诧地）天哪！真的是他？！

娟　红　燕坪！——

白燕坪　……马塘……马塘也是他……

娟　红　啊……

方大姑　孩子——

白燕坪　明天……明天鬼子……快、快、快去报……报……

方大姑　媳妇！

〔白燕坪死去。

方大姑　孩子！

〔方大姑将那条绣满太阳花的红丝巾为白燕坪盖上。

〔缤纷的花雨飘落……

〔伴唱：太阳花哟，花太阳噢，

　　　　一年一岁又辉煌。

　　　　天上太阳有一个，

　　　　花开遍野是太阳。

〔紧接前场。拂晓。

〔一束光打在方大姑身上。

〔回响起方大姑自我心灵的对话。

方大姑　苍天不可欺，善恶人尽知。列代祖先啊，我方家怎么出了这样的孽障啊，怎么办，怎么办呢？！方大姑主意你自己拿吧，你自己

———淮剧《太阳花》 〉〉〉〉〉

拿吧……

〔启光。

〔方家厅堂。

方剑雄　（失魂落魄地上）娘，刚才你们怎么不在家？

方大姑　你们不也是不在家吗？燕坪呢？

方剑雄　她，她先走了。

方大姑　走了？到哪里去？

方剑雄　讲好了，她先走一步，到省城去帮助我们布置房间，明天一早到江城码头去接我们。

方大姑　你就知道为娘一定舍得离开自己的家吗？

方剑雄　娘，我们还是要回来的，这是孩儿的一片孝心。

方大姑　你的手怎么抖得这么厉害？衣服穿得单薄了吧？

方剑雄　这……

方大姑　你的脸色怎么这么苍白？（忽然地）你丢了什么？

方剑雄　没有，没丢什么啊！

方大姑　（示短剑）你看这是什么？

方剑雄　剑，短剑。

方大姑　燕坪她没有走，她在花神庙里躺着呢。

方剑雄　什么，燕坪她没有死？

方大姑　（证实了）死了。可是她没有闭眼哪。

方剑雄　没有闭眼？那她……不会说什么吧？

方大姑　说了！

方剑雄　说什么？

方大姑　说出了杀她的凶手！

方剑雄　谁？

方大姑　你！

方剑雄　（语无伦次地）娘，我不会杀她的，我怎么会杀她呢？我不会杀她的……

方大姑　你看着我，看着我！我问你，你为什么如此狠心、如此绝情？

方剑雄　娘，我不杀她不行啊！

方大姑　为什么？

方剑雄　明天皇军就要来扫荡，可她偏偏要鸣钟报警。

方大姑　报警？……（转对娟红）娟红，你不是说要到你娘家去吗？（示意）天色不早，快去呀！

〔娟红欲下。

方剑雄　（拦阻）站住！关键时刻，谁也不能走！

娟　红　我娘家人等我，我一定要回去！（欲下）

〔方剑雄拔枪。

方大姑　你敢吓唬你嫂子！有能耐你把枪口对准你娘！娟红——

方剑雄　你们不要逼我！

方大姑　（对娟红）……看来我们都得听他的啦。去，收拾收拾，让我们母子俩说几句话。

〔娟红下。

方剑雄　娘，我知道，你是最疼我爱我的，我从小吃鱼，你老总是把鱼舌头挑出来给我吃。

方大姑　你还记得？！

方剑雄　记得，记得！我铭刻在心哪！

　　　　（唱）儿行千里母盼望，

　　　　　　　孩儿思母也挂肠，

　　　　　　　长夜梦断星月冷，

　　　　　　　手捧银镯念亲娘。

　　　　　　　今日接你把富贵享，

　　　　　　　从此后福寿绵绵长，

　　　　　　　一旦你头疼脑涨，

　　　　　　　儿为你煎药端汤，

　　　　　　　一旦你郁闷不爽，

——淮剧《太阳花》 >>>>>

  儿为你解开愁肠,

  逢得娘的生日,

  儿为你祝寿排场,

  逢得清明祭扫,

  儿隆重祭祖还乡。

  儿是娘的希望,

  儿保娘的安康,

  养育之恩没齿不忘,

  一辈子孝敬,一辈子侍奉儿的亲娘。

方大姑 那好,娘养你二十多年,今天只想听你一句真话。

方剑雄 您想听什么话?

方大姑 你去过马塘吗?

方剑雄 马塘?

方大姑 有人说你去过。

方剑雄 谁?

方大姑 燕坪,死人是不会说谎的,你要是再骗娘,你就亏心啦。

方剑雄 娘,儿子是一名军人,军人就应该服从命令。

方大姑 这么说,你去过马塘?

  〔方剑雄点点头。

方大姑 你怎么变得这么有出息?

方剑雄 是义父,是我的义父。

方大姑 你不是说他是个精通医道的学者吗?

方剑雄 我的义父是一位由天皇陛下亲授菊花勋章的日本军人!是他培养我去东洋留学,也是他使我懂得了什么是光宗耀祖的神圣事业。

方大姑 我明白了,原来是那个日本人造就了你这把东方之剑。

方剑雄 娘,儿的今天,不正是娘所期望的吗?

方大姑 (一怔)我?

方剑雄 娘要儿光宗耀祖,儿如今都做到了呀!

方大姑　……

方剑雄　娘，中国人愚昧落后，靠医道是救不了中国的。(掏出怀表) 娘，不早了，我们赶快动身吧。

方大姑　好，走！不过，你得先向一个人辞行！

方剑雄　谁？

方大姑　你的哥哥！

方剑雄　哥哥？娘，我哥哥他在哪里？

方大姑　他在这里。(示灵牌)

〔娟红上。

方剑雄　啊？我哥哥死了？嫂子你告诉我，我哥哥是怎么死的？

娟　红　(愤恨地盯视着方剑雄) 被人杀死的！

方剑雄　你告诉我是谁杀？我一定要为他报仇！

方大姑　剑雄，你听着，你哥哥他是条汉子，他死得值得啦！

　　　　(唱) 日寇凶残来侵犯，

　　　　　　黎民百姓遭摧残。

　　　　　　多少人流离失所家难返，

　　　　　　多少人横遭枪杀死得惨。

　　　　　　是仇终需报，

　　　　　　是债当偿还。

　　　　　　剑豪儿身赴国难上前线，

　　　　　　断指人成了抗日好儿男。

　　　　　　马塘遭遇——

方剑雄　马塘？！

方大姑　(接唱) 被围困，

　　　　　　敌众我寡枪声寒。

　　　　　　你哥哥，他们人人气概冲霄汉，

　　　　　　个个同仇歼敌顽。

　　　　　　剑豪他连中数弹身不倒，

———淮剧《太阳花》 〉〉〉〉〉

男儿血染红江河起波澜。

雪了身耻雪国耻,

英灵含笑鬼门关。

方剑雄　（哭喊着）哥哥！哥哥啊！

方大姑　剑雄,你要替你哥哥报仇啊！

方剑雄　报仇？报仇……

方大姑　为娘就拜托你了！

方剑雄　（歇斯底里地）娘,我们赶快离开这个鬼地方吧！

方大姑　……好！听我儿子的。

〔方大姑走至供桌前,从酒壶里倒下一杯毒酒……

〔娟红见状,心中不忍,从方大姑手中夺过酒壶、酒杯……

〔方大姑一阵晕眩……手扶供桌……

娟　红　娘?！

〔方大姑的手碰到了供桌上放着的那个带血的小书包,心中一阵颤抖,耳边又响起小安平在白燕坪指教下读书的声音——

白燕坪　人！

小安平　人！

白燕坪　中国人！

小安平　中国人！

白燕坪　我爱我的祖国！

小安平　我爱我的祖国！

〔方大姑毅然决然地又从娟红手中将酒壶、酒杯夺回,端着酒杯,走向剑雄——

方大姑　剑雄,我们这一走,恐怕再也回不来了（双手端起供案上的酒壶斟酒）来,你饮了这杯酒,向列祖列宗,辞行吧！

方剑雄　列祖列宗……（接杯欲喝）

方大姑　（急拦）慢！

方剑雄　娘,你?……

方大姑　娘怕你呛了……

方剑雄　噢……

　　　　〔飞机盘旋声。

方剑雄　娘，你不要怕，是我们的飞机。

方大姑　（强忍着）是你们的！

方剑雄　是我们的。

方大姑　喝吧！

方剑雄　娘……

方大姑　你喝了这杯酒，娘就跟你走！

　　　　〔方剑雄将杯中之酒一饮而尽。

方大姑　剑豪、燕坪，娘给你们报仇啦！

方剑雄　娘，你这是什么意思？

方大姑　我今天要我这个孝顺儿子的命！

方剑雄　怎么？你在这酒里下了毒？

方大姑　三杯毒酒，只剩一杯……这是天意啊！

方剑雄　娘，我不能死，我不能死啊！

方大姑　马有垂缰之义，狗有湿草之恩，你这个没心肝的东西！娟红，快去鸣钟报警！（一阵晕眩）

娟　红　（急扶）娘！

方大姑　（怒吼）鸣——钟——报——警！

　　　　〔娟红欲下。

方剑雄　（持枪对准娟红）站住！

方大姑　（以身挡住娟红）二十多年了，为娘等的就是这一天吗？你开枪吧，（怒吼）开枪啊！

方剑雄　（一怔，枪落地）……（捧腹）

方大姑　娟红，快鸣钟报警！

娟　红　娘！

方大姑　快走！

———淮剧《太阳花》 >>>>>

〔娟红急下。

方剑雄　（哀求）娘，你就救救孩儿吧！

方大姑　你药的毒性已经发作，谁也救不了你啦，娘唯一能做到的就是在你上路后，替你剥下这身兽皮……

方剑雄　娘，有道是虎毒不食子啊！你就可怜可怜孩儿吧……你就救救孩儿吧……娘……娘……（见方大姑仍不肯救他）你……好狠心啊！

方大姑　（唱）孽子休要怨亲娘，
　　　　　　怨只怨，你自酿苦酒，自饮自尝，自己挖坑，自我埋葬！
　　　　　　不杀你，招来鬼子大扫荡，
　　　　　　不杀你，全村老少遭祸殃。
　　　　　　不杀你，剑豪英灵难告慰，
　　　　　　不杀你，对不起燕坪好姑娘。
　　　　　　不杀你，清白方家出孽障，
　　　　　　不杀你，我是世上糊涂娘。
　　　　　　不杀你，国恨家仇都不让，
　　　　　　不杀你，方家子孙，叛国投敌，
　　　　　　引狼入室，为虎作伥，残害亲人，丧心病狂，
　　　　　　千人咒，万人骂，世世代代，被戳脊梁！
　　　　　　孩儿断气娘断魂，
　　　　　　断不了血肉相连母子情长。
　　　　　　儿再恶也是娘的儿，
　　　　　　娘再狠仍是儿的娘。
　　　　　　娘也和天下的母亲一个样，
　　　　　　儿女是自己放飞的希望，一生的期盼和梦想！
　　　　儿啦！
　　　　　　你一岁在娘的怀中惯，
　　　　　　两岁甜甜喊亲娘。

三岁跟娘把儿歌唱,

四岁与娘捉迷藏。

五岁聪明识好歹,

六岁听话懂短长。

七岁读书把学上,

八岁帮娘写处方。

九岁辨药能算账,

十岁背下诗千行。

先生常将你夸奖,

说方家要出状元郎。

从此娘存梦想,

决心要你成栋梁。

待儿长到十八岁,

送到省府大学堂。

你考头名带回奖状,

为娘我,颤颤巍巍,捧在手上,轻轻抚摸,热泪盈眶,

端端正正贴上墙,

四乡八村齐声夸赞娘!

想不到啊,想不到,

"东方之剑"是魔杖,

恩师竟是一豺狼。

为娘一生教子梦,

神差鬼使付东洋。

苍天菩萨你把话讲,

列祖列宗你开开腔。

同是方家亲后代,

却为何正邪两道各一方?

憨厚儿成了报国英雄将,

———淮剧《太阳花》 〉〉〉〉〉

  聪明儿反倒叛国投异邦？
  弟兄双双离人世，
  方大姑痛心疾首遗恨绵长！
  别时再将儿魂唤，
  听娘对你寄衷肠。
  儿到阴曹地府，
  从头反省一场。
  不要怨天尤人，
  自己割瘤剜疮。
  经得小鬼刑棍，
  过得阎王大堂。
  莫要喊冤，莫要悲伤，牢记祖训，不负娘望。
  洗心革面，弃恶从良，脱胎换骨，转世还阳，
  知天怒，识人怨，赎罪愆，休彷徨，
  娘为我的儿，祭坛又烧香，叩求列祖宗，送儿早还乡，
  我儿从此，正正堂堂，读书行医，忠孝善良，浪子回头，重新做人，为娘来世依然还是儿的亲娘！

〔钟声响起……
〔"太阳花"的主题歌起——
  太阳花，花太阳，
  一年一度又辉煌。
  天上太阳有一个，
  花开遍野是太阳！
〔歌声中缤纷的花雨飘飘洒洒……
〔歌声中红色的霞光铺满舞台……
〔剧终。

精品提名剧目·花鼓戏

走近阳光

编剧　彭铁森

时间

快过年的时候。

地点

湖南。长沙。

人物

宋云剑　男，二十六岁，来自雪峰山下的一个小县城，是四海纯净水配送站的送水工，后来，偶然的机会使他成了英雄；接着，又成了经典房地产公司的副老总；接着，一切又回到起点。他说，回到起点，就是走进阳光。走了几年冤枉路，弄清一个道理，值！

胡　蓉　女，二十四岁，来自安化一个叫柳溪的小镇。是芙蓉餐馆的小老板。与宋云剑恋爱两年，一直拿不定主意，等她拿定主意的时候，情况又变化了。她骂道，宋云剑，你这个混蛋，等等我！

徐　芳　女，三十岁，经典房地产公司的老总，偶然间成了劫匪的人质，被宋云剑救出来后，遇到了新的麻烦！她想了个主意，可是到底也没成事。她十分感叹：唉，自己做的套，自己钻不出来啊。

舅　舅　男，五十岁，胡蓉的舅舅，到长沙来，专门为的是胡蓉的婚事，他觉得副镇长能看上胡蓉，那真是胡蓉的福气，可也在无奈之中接受现实。他认为，小宋能这么说出来，也算得上一条汉子！

铃　儿　女，二十岁，徐芳家的保姆，宋云剑和她是老乡，她叫宋云剑宋哥。成了见义勇为先进典型的宋哥，比纯粹是老乡的宋哥更让她想入非非。要是能和宋哥来一个"夫妻双双把家还"，那有几多好，几多光彩！她坚决反对徐芳的计划，真的假的让她觉得很不舒服。她十分明确地表示，对男人来说，天天喊着减肥的城里姑娘并不理想，像自己这样的农村姑娘最好，身上要什么有什么。

刘四海　男，四十岁，纯净水配送站的小老板，也算得一个顺水推舟的高手，对宋云剑可说是有知遇之恩，宋云剑有苦只能对他说，可他给宋云剑出的主意往往并不高明。

主持人　女，二十六岁左右，应该是电视台的当家花旦，当然很阳光。她很讲究措辞，很讲究煽情。

服务员们　女，都是二十岁左右，她们是芙蓉餐馆"一道亮丽的风景"。她们一个个都羡慕老板找了个好老公，只要老板说一声放弃，她们就会一拥而上，可是老板不说这句话，于是乎她们就只有"摇呀摇，摇到外婆桥"了。

婆婆姥姥们　小区居委会的热心肠，她们说，居委会也代表一级政府，小区出了小宋这样见义勇为的典型，是小区的光荣。这也与小区平常深入宣传、发动群众有很大的关系。

警察、群众

————花鼓戏《走近阳光》 〉〉〉〉〉

序　幕

〔主题歌：

里子莫绷，

面子莫撑，

做人要的是一尺十寸。

吃唆螺莫讲是吃海味，

炒蕨菜莫喊是炒山珍。

下河街的鞋子金苹果的衣，

穿干净照样显精神。

第一场

〔某银行。过年前一个月左右的某一天下午。

〔电脑声音：请八十五号到三号窗口，请八十六号到二号窗口。

〔宋云剑匆匆抢到前面，徐芳皱着眉头连忙让到一边——

宋云剑　取五百，全部取出来，五百！

〔宋云剑和徐芳到柜台窗口——

〔这时，一个蒙面人闯了进来，腰上绑着炸药，手中挥舞着手枪，一下就将正在取钱的徐芳挟持做了人质，把一个蛇皮袋往柜台上一扔，口吃地大喊——

劫　匪　抢……抢劫！

（唱）不不就不准动，

　　　　　　抢抢就抢银行，
　　　　　　腰间就绑炸药，
　　　　　　手里就就就有枪，
　　　　　　要是你们调皮的话，
　　　　　　就就就送你们上天堂。
　　　　〔警车鸣叫声。
记　　者　各位观众，阳春路储蓄所发生抢劫，劫匪劫持了一名人质，主持人随刑警正赶赴现场，请注意收看。
徐　　芳　（哭了起来，拼命地挣扎，苦喊着）放开我！放开我！救救我！
　　　　〔好多群众围在外面。有扛着摄影机的记者也挤在中间——
劫　　匪　（大喊）站开些！（对宋云剑）不许动！（指着钱）我的。
宋云剑　这是我自己个人的钱咧。
劫　　匪　想得美咧，这些钱都是老子的。
　　　　（唱）我搂着这漂亮堂客就就做鸳鸯。
　　　　莫动！钱！
　　　　〔宋云剑盯着劫匪的枪口，慢慢地，很不情愿地将钱放到地上——
　　　　〔劫匪想将钱捡起来。突然，宋云剑猛地扑了过去，把劫匪压在身下。
　　　　〔警察和保安一拥而上，将劫匪抓住了。
　　　　〔宋云剑从劫匪口袋里将自己的钱拿了出来，收好。
记　　者　（激动地）观众朋友们，观众朋友们，刚才，发生了惊心动魄的一幕！就是这位年轻朋友，在关键时刻，为了保护国家财产，为了人质的安全，勇敢地扑向劫匪，奏响了一曲我们时代英雄的凯歌！请问英雄，刚才在地上捡的钱，是你自己的吗？
宋云剑　（刚刚还很有点自豪，马上就恼了）不是我的还是他的？五百块钱都在这里！我刚从银行取出来的！
　　　　〔突然传来吼叫声——

————花鼓戏《走近阳光》 >>>>>

劫　匪　（咆哮着对宋云剑）我不走！我就是要，要，问他说一句话！你们要是不让我问的话，我就不走，我就不招，我就不吃饭！（看警察）叔叔呃，我只问一句话咧，求求你们咯，（警察同意了）谢谢叔叔啊，满哥呃，你就蛮冒失呀，你就硬晓得我手里拿的是一支——假枪啊？

记　者　什么啊？假枪？

劫　匪　是啊，假枪！

记　者　（问宋云剑）那你知道吗？

宋云剑　（一怔，连忙解释）我，就只晓得你手里有枪，怎么可能是玩具枪？绝对是真枪！真枪！在我眼里，那就是真枪！

劫　匪　我明明拿的是假枪……

警　察　就算你拿的是假枪，可你绑在腰上的炸药可是真的呀！要不是他扑住你，那大家和整座大楼不会被你炸飞了?！（对劫匪）走！

〔警察押着劫匪走了。

宋云剑　（呆呆地、喃喃地）啊耶！他腰上还有炸药呀？

第二场

〔暗转中，紧接着传来胡蓉的喊声："云剑！"宋云剑回答的声音："胡蓉！"

〔胡蓉带着宋云剑一路高高兴兴地走来，她把宋云剑拉到亮处，上上下下把他检查了一番——

胡　蓉　（唱）闭目朝天谢观音，
　　　　　　　你汗毛也没有掉一根，
　　　　　　　看到你英勇斗劫匪，
　　　　　　　我真的觉得好光荣。

宋云剑　（唱）你觉得光荣我幸福，
　　　　　　　那就是心有灵犀一点通。

胡　蓉　云剑，走咯，芙蓉餐馆正准备欢迎你。

宋云剑　真的啊？

胡　蓉　真的咧。

〔芙蓉餐馆。

服务员　欢迎！欢迎欢迎，热烈欢迎，欢迎宋哥，凯旋归来！

宋云剑　大家好！大家好！

服务员　老板，我们都看了电视，一眼就认出来了，见义勇为的那个人就是宋哥。

胡　蓉　好好好！看电视的时间算加班，给你们发双倍的加班费。

服务员　谢谢老板。宋哥，坐咯！

　　　　宋哥，我好替你担心咧！

　　　　宋哥，你没受伤吧？

　　　　宋哥，你真的没受伤吧？

胡　蓉　嗨！有点喧宾夺主呀！

服务员　小气什么咯，看一下又不要你的。

胡　蓉　你们呀，看也是白看。

服务员　老板，你这句话里面有内容呀。

胡　蓉　不关你们的事，做事去。

服务员　晓得咯！小气！

〔众服务员下。

胡　蓉　（不好意思地笑笑）蠢宝呃，坐咯。（两人亲亲热热地坐在一起讲心里话）告诉你咯！

　　　　（唱）你一天几次往我这里跑，

　　　　　　那份爱全挂在眼角眉梢，

　　　　　　蠢宝都看得出来嚯，你就是不开口。

宋云剑　告诉你咯！

　　　　（唱）九个字憋得我满嘴起泡，

　　　　　　怕你顺手就是一汤瓢，

　　　　　　　　蠢宝都晓得我配不上你，我也想讲咧，不敢噻！

胡　蓉　别个一般都是三个字，你的为什这么长咯，你讲噻，是哪九个字咯？

宋云剑　（很艰难地）就是，就是，就是——

胡　蓉　讲噻——

宋云剑　就是，就是——我讨你做堂客要得啵？

胡　蓉　慢点慢点，再讲一次咯，我没数得清咧！

宋云剑　就是——我讨你做堂客要得啵？

胡　蓉　这九个字，就真的是实在呀，云剑，其实我一直在考验你咧。

宋云剑　考验我呀。

胡　蓉　（唱）你真的有了九十九个好。

宋云剑　那还有哪点没到位呢？

胡　蓉　（唱）就是那男子汉气概不达标，
　　　　　　没想到你今天突然露真相，
　　　　　　竟然是顶天立地一英豪。

宋云剑　胡蓉，看样子，我是曙光在前了。

胡　蓉　蠢宝咧，什么曙光在前咯，是阳光灿烂咧！

宋云剑　真的呀？

胡　蓉　哪个骗你咯。

宋云剑　崽呀！都两年了，今天终于看见太阳了。

胡　蓉　我这个决定作得不容易，你就千万莫辜负我哪！

宋云剑　（马上对天发誓）我发誓——
　　　　（唱）我若负胡蓉，
　　　　　　天打五雷轰！

胡　蓉　（唱）我不要毒誓我要你的心，
　　　　　　我要一份真感情。

宋云剑　真感情！真感情！绝对是真感情！胡蓉！
　　　　胡蓉，我亲你一下要得啵？

胡　蓉　那如果你硬要亲的话咧，那你就像鸡啄米一样的，啄一下要得啵？
宋云剑　鸡啄米呀，那也要得咧，就算是厨房师傅试下盐味咯！
　　　　〔扯过桌布——
　　　　〔桌布底下传出湖南民歌——
　　　　　　亲就亲，
　　　　　　不怕周围尽眼睛，
　　　　　　口对口来心对心，
　　　　　　刀砍斧剁不能分。
舅　舅　（高声大喊）蓉妹子！
服务员　（发布警报）舅老爷来哒咧！
胡　蓉　（连忙掀开桌布，不好意思地）舅舅，你来了！
舅　舅　（故意地）你在干什么啦？
胡　蓉　试盐味咧。
舅　舅　试盐味？又出哒特色菜呀，我也来试试看！
胡　蓉　舅舅，怎么也不把个信就来哒？（示意服务员掩护宋云剑撤退）
舅　舅　来不及了！有关你的终身大事，分秒必争！
服务员　终身大事啊！
舅　舅　（得意地偷看一眼桌布）我给你们带来了天大的喜讯！
胡　蓉　什么天大的喜讯咯？
服务员　什么喜讯？快讲嚏！
舅　舅　（讲给胡蓉和服务员听，也故意讲给桌布后面的人听）那你们就给我听好了！
　　　　（唱）我们家乡柳溪镇，
　　　　　　镇长名叫李满生，
　　　　　　镇上的妹子都爱他，
　　　　　　围着他就像一群绿头蝇。
　　　　　　咯个喊，
　　　　　　满生哥咧进屋喝杯茶咯，

　　　　　　还有芝麻豆子落花生，
　　　　　　那个叫，
　　　　　　李镇长咧陪我游下子河堤噻，
　　　　　　月光下的资江好迷人。
　　　　　　这些个妹子他都看不起，
　　　　　　硬是下定决心爱胡蓉，
　　　　　　李满生手拍胸脯作保证，
　　　　　　责无旁贷罩我们，
　　　　　　无人敢欺负，
　　　　　　见人高三分。
　　　　　　她爹娘笑得满脸稀巴烂，
　　　　　　派我来接她回去就成亲。

服务员　（七嘴八舌）舅老爷，李满生帅啵咯？
舅　舅　帅！肥头大耳，虎背熊腰！
服务员　舅老爷，李镇长酷啵咯？
舅　舅　裤啊？一个镇长不穿裤，那像个什么样子咯！
胡　蓉　舅舅，我现在慎重地向你介绍，这就是我的男朋友，叫宋云剑。就在刚才他经受了一场严峻的考验。铁的事实证明，他是一个十分有责任感的男子汉！
服务员　对！
舅　舅　男子汉啊？我看看，唉！你们看你们看，他哪一点像个男子汉咯，这就是你经常讲的那个送水工吧！
胡　蓉　舅舅——
舅　舅　我们早就讲了不同意！
服务员　老板要是放弃哒，宋哥，你就就地取材，在我们中间随便选一个！
胡　蓉　（对服务员）做你们的浏阳梦去！舅舅，镇长再好，我对他没感觉，我就是喜欢云剑，你要是再逼我，我就跟云剑私奔！走！

舅　舅　站着，你这是威胁我，我跟你讲呀，我是受你娘老子的委托来的，娘亲舅大！

胡　蓉　（一看，叫起苦来）舅舅，都二十几年哒，还留着当宝贝做什么咯！

舅　舅　你也晓得怕？这是你娘老子亲手交给我的！

胡　蓉　（把胸脯一挺）你打噻！你打噻！

舅　舅　你以为我不敢打你呀！（挥起楠竹桠子就打）

宋云剑　（拦住）舅舅，你硬要打，就打我咯。

舅　舅　你怕我不敢打你？（挥起楠竹桠子就打）你皮发痒呀！

宋云剑　胡蓉，他真的打咧！

胡　蓉　舅舅，要打就打我。

宋云剑　不！要打就打我！

〔服务员们一片唏嘘，却只是站在一边看热闹——

服务员　好感人呀！

舅　舅　我，我两个人一起打！

〔舅舅追着打，服务员追着拦——

〔突然，锣鼓喧天，一大群婆婆姥姥涌了进来——

谢主任　小宋呃，终于把你找到了！

宋云剑　找我呀？

谢主任　小宋啊！

　　　　（唱）你的事迹很感人！

老爷爷　（唱）真的很感人！

谢主任　（唱）是我们小区的好典型，

众　人　（唱）真是好典型。

谢主任　（唱）领导激动得一挥手，
　　　　　　　强调你是全城的光荣，
　　　　　　　立即决定要开表彰会，
　　　　　　　给你披红挂彩发奖金。

舅　舅	唱得好，唱得好！
宋云剑	（很兴奋）真的要开表彰会呀？
老爷爷	那当然，你是英雄哒。
乙姥姥	在区政府的表彰大会之前，我们小区居委会提前给你发奖金！
谢主任	对！（十分认真地）现在，颁奖仪式正式开始！
老爷爷	奏音乐！

〔又是一阵喧天的锣鼓。

谢主任	经我们小区居委会研究决定，对于宋云剑同志的见义勇为，奖励现金八百元！
乙姥姥	小宋，接红包！
宋云剑	（想接过红包，又有些犹豫）这英雄——这钱——
众　人	小宋，接着啊！
宋云剑	胡蓉，你看咧？
胡　蓉	晓得了！我来！（接过红包来）感谢谢主任，感谢各位大妈、大婶、大伯、大叔，这奖金，我代表英雄表个态，捐给希望工程！

〔宋云剑在后面有些着急，但也无可奈何——
〔热烈的掌声——

谢主任	这位同志是英雄的——
服务员	未婚妻！
谢主任	英雄的未婚妻到底是英雄的未婚妻啊！英雄有了这样的未婚妻，我们这些老同志也就放心了！

〔正在这时，刘大海急匆匆地找来了——

刘大海	云剑、谢主任！
宋云剑	老板！
刘大海	快跟我走！电视台的记者在送水站等你，要采访你，我已经把你的情况作了初步的介绍！
宋云剑	（有点担心）老板，你没乱讲啵？
刘大海	（毫不在意地）我又怎么会乱讲呢？各位各位，他叫宋云剑，雪

峰山来的咧。堂堂大学毕业生，他是我们大海纯净水公司的副老总，我是正老总咧。

宋云剑　（大吃一惊）你还没乱讲啊，我那大学生——

胡　蓉　云剑，你是大学生，又是副总经理，怎么也没有听你对我讲过咯？

舅　舅　蓉妹子，他是小宋吧！

刘大海　云剑，莫在这里啰嗦哒！快跟我回送水站去！我硬是强调，那里是英雄学习和工作的地方，我将详细地介绍是怎样把你培养成英雄的经过，才把记者们留下的。谢主任，要不，你们也去捧捧场？

谢主任　去！怎么样把小宋培养成英雄，我们小区居委会也是有很多经验可以介绍的嘛！

　　　　〔众人继续议论——

　　　　〔舅舅、胡蓉和宋云剑三个人慢慢到一起——

　　　　〔胡蓉突然站住，呆呆地看着宋云剑，宋云剑也站住了，呆呆地看着胡蓉，舅舅也停住脚，呆呆地看看这个又看看那个——

胡　蓉　（惊异地）云剑，你就，咯样，成了，英雄呀？

宋云剑　（疑惑地）啊？我也不晓得啊！

舅　舅　那是这样，小宋，现在我基本上可以代表全家作决定，蓉妹子呃春节带着小宋去提亲。不过，你要提前作好准备呀！

宋云剑　晓得咯。

舅　舅　那你要准备好三万块钱呀。

宋云剑　做什么呀？

舅　舅　做人情钱呀！小宋，这点子钱对你当当响的副老总，那还不是像我在后园子里掐一根葱咯。

胡　蓉　舅舅，这根葱，也太贵了点儿吧？

　　　　〔宋云剑愣住了。

舅　舅　小宋，不会有问题吧？

————花鼓戏《走近阳光》 >>>>>

宋云剑　（回过神来）啊，没问题。

舅　舅　没问题就好，我马上去打电话，向老姐姐作一个汇报！

胡　蓉　那我陪你去！

〔胡蓉拉着舅舅走了——

宋云剑　（一下就蹦了起来）

（唱）走出黑夜天边出太阳，

鸭子起飞泥鳅游过江。

从此后再也不必贴着墙根走，

从此后昂首挺胸目视正前方。

唉呀！

正前方就是那三万……

（插白）我的个爷！三万咧！你怕少啊！爷一生，崽一世，什么时候见过咯样多的钱咯！（仔细一想）刚才被胡蓉捐了八百，我身上还有一千多，就按三万算，差两万——唉！算个鬼咧，有什么区别咯！舅舅咧——

（唱）你这根葱像房梁。

第三场

〔徐芳家。紧接前场。

铃　儿　（打电话）是大海纯净水公司吗？我是温泉别墅九号，请给我们送一桶水来，对！等等，一定要那个姓宋的送来，别个送来的我不得要呀。快点。

（唱）刚才看电视我脔心乱跳，

泪珠子掉地上弹起好高，

表姐遇上劫匪吓得晕倒，

宋哥哥英雄救美大家喊好。

一下子我的脔心开了窍，

猛然间就有了爱情目标。

我要用乡情将小宋哥哥绕，

想办法来一个美女出奇招。

我要把宋哥哥弄得五迷三道、灵魂出窍、阴阳颠倒、云遮雾罩。我要他肏心里头麻辣火烧，我要他脑壳里头鸡飞狗跳，我要他三天睡不着觉，我要他天天都眉开眼笑。这绝配本来就是郎才女貌，这姻缘本来就是天设地造。从此后，我和宋哥哥年年是月圆花好，岁岁都福星高照。生个女儿轮着亲，生个儿子争着抱，一百年缠缠绵绵玩情调，一百年恩恩爱爱乐逍遥。

〔就在铃儿想入非非的时候，徐芳回家了，急切地踢掉高跟鞋，坐在沙发上。

徐　芳　铃儿，跟我倒杯茶来。

铃　儿　（倒茶端过来）表姐，我都看了电视了，你今天，真的好险！那劫匪，又有枪，又有炸药！那硬是一副和你不能同年同月同日生，一定要和你同年同月同日死的架势哒！

徐　芳　那又怎么样？我一点也不怕！你晓得这叫什么吗？临危不惧！

铃　儿　吹，你就作死地吹！反正现在宋哥是见义勇为的典型，是英雄，没有哪个理你。

徐　芳　宋哥宋哥喊得这样亲热，是哪个咯？

铃　儿　表姐，你这样讲就要不得呀，人家刚刚救了你的命，你就把人家忘记哒?! 救你的就是宋哥，就是那个平时给我们送水的宋哥咧。我的老乡，雪峰山的老乡！宋哥！

徐　芳　什么？那个救我的就是给我们送水的，也还逗人喜欢的小宋？那得找个机会好好感谢他！（发现茶几上的那一捧鲜花）铃儿，跟你讲了好多次，姓杨的来了你莫开门！你怎么又让他进来哒？

铃　儿　表姐，你莫霸蛮咯！我要不让他进来，他门铃都按烂，门板都拍——

徐　芳　丢出去咯！

铃　儿　（有些舍不得）表姐，杨也哉千讨嫌万讨嫌，这鲜花总不讨嫌啵？

徐　芳　铃儿，是不是你自己对他有意思咯？

铃　儿　（急了）表姐，你怎么这么讲咧！杨也哉不就是有钱嚒！你看他那名字，杨——也——哉，除了他祖宗留下来的那个姓以外，也哉，这是什么意思咯，显得不实在，连你都看他不起，何况我这样正宗的黄花姑娘咧！

徐　芳　那你的意思是，我还不如你咯？

铃　儿　不不不！我哪里敢有咯种意思咯。表姐到底是表姐嚒！

〔铃儿丢花——

〔电话响了——

徐　芳　（接电话）甜甜，你怎么了，莫哭莫哭！妈妈也想你啊！妈妈晓得让甜甜受委屈了！甜甜乖，妈妈一定会回来看你的。听外婆的话，让外婆接电话咯。妈，我很好咧。什么爸爸急得住了医院？妈，莫哭！我晓得口水能淹死人，我——

〔对方挂了电话。徐芳放下电话，一脸的无奈——

铃　儿　（十分关心地）又是要你带着老公回去过年？

徐　芳　我女儿被小朋友嘲笑得不敢进幼儿园，躲在家里哭，我爸爸一气就住了医院！搞不好——

铃　儿　干脆，向全世界公开自己的秘密，我看没什么了不起的嘛！

徐　芳　（长长地叹了口气）其实，我也有了一个主意，找一个男人做我的假老公。

铃　儿　什么啊，你就敢想哪！

徐　芳　就是这个假老公，那也不是随随便便找得到的呀！

铃　儿　那就杨也哉呀，他那样爱你。

徐　芳　你莫乱讲咧，杨也哉也要得啊，他会像一张狗皮膏药一样地粘在身上，揭都揭不下来！你莫害我咯。

〔铃儿还要说什么——

铃　儿　（十分高兴）宋哥来了。你晓得你今天银行救的是哪个啵咯？

徐　芳　（相见）哦？没认出来？

宋云剑　（这才吃惊地仔细看了徐芳）搞了半天，还是你呀！

铃　儿　宋哥你坐咯，我去换水！

宋云剑　慢点，好重的！还是我来吧。

徐　芳　小宋，我叫徐芳。

　　　　（旁唱）这小宋清清秀秀蛮文静，

　　　　　　　　不高不矮不胖不瘦蛮适中。

宋云剑　（旁唱）没想到无意中救了个大老总，竟然还是个大美人。

徐　芳　（旁唱）厚道单纯脾气好，

　　　　　　　　看起来也还蛮聪明，

　　　　　　　　是非面前站得稳，

　　　　　　　　关键时却抖擞豪杰精神。

宋云剑　（旁唱）她两眼就像探照灯，

　　　　　　　　射得我眼睛都不敢睁。

徐　芳　（旁唱）我的主意已打定，

　　　　　　　　他就是我要找的人。

宋云剑　（旁唱）都讲有钱人格外一条筋，

　　　　　　　　我还是快点回去陪胡蓉。

徐　芳　小宋，莫急！铃儿，拿酒来。

铃　儿　（高兴地）好。

徐　芳　小宋，今天真的要好好地感谢你，要不是你，劫匪还不晓得把我怎么样咧。

铃　儿　那还能怎么样咯，肯定是劫财又劫色噻。

徐　芳　铃儿！小宋，来，为感谢救命之恩，敬你一杯。

铃　儿　宋哥，这是洋酒呀。

宋云剑　洋酒呀！（一口就干了）

铃　儿　宋哥，这洋酒后劲大。

徐　芳　小宋呀，你看，我也不知道说什么感谢的话才好，这样吧，这是五千块钱，就算我表示一点意思。

铃　儿　现在的宋哥怎么会要你的钱咯！

宋云剑　对对对，我怎么能要你的钱呢？我不能要。今天我们小区居委会，奖励给我一大笔钱，比你这五千块钱多多了，我随手一挥，就捐给了希望工程！

铃　儿　真的呀！我讲了他不会要你的钱咯。

徐　芳　（很真诚地点点头）赚点钱并不难，要像你一样，养就一份精神，就不容易了。

铃　儿　对！

宋云剑　其实，其实赚钱，也、也不是很易得咧。

铃　儿　嗯哪，你看你送水才赚得几块钱咯。

徐　芳　铃儿，今天我留小宋在这里吃饭，你到厨房去做几道好家常菜。

铃　儿　（这一下高兴了）好好！宋哥，你千万等着！我做几道雪峰山的家乡菜给你吃！（下）你一定要等着呀。

徐　芳　小宋，你来之前我就想好了，你如果不收这钱，我就有件事情要请你帮忙。不！不是我，是我的一个同学，要我帮她找一个人，我看你蛮合适。

宋云剑　我呀？那好，你先讲一看咯，只要我做得到的。

徐　芳　爽快，那我就跟你讲。

　　　　（唱）我同学大学毕业已八载，
　　　　　　　六年没回家去过年。

宋云剑　只怕她屋里蛮穷吧，没有钱买车票咯？

徐　芳　她是一家大公司的老总，有的是钱。

宋云剑　那就要不得噻？！

徐　芳　（唱）眼看年关又逼近，
　　　　　　　父亲生病住了院。

宋云剑　那就更要回去看看呀。

徐　芳　（唱）那一年她交了个男朋友，
　　　　　　　　生了个女儿叫甜甜，
　　　　　　　　有一天男朋友出门再没回，
　　　　　　　　据说现在在海南。
宋云剑　把他喊回来噻！丢下堂客小孩不管，这叫什么男人咯！
徐　芳　（唱）说是与她缘分尽，
　　　　　　　　他已重新结良缘。
宋云剑　良个鬼缘！他这是重婚罪哒，可以到法院去告他！
徐　芳　告？怎么告咯，他们又没打结婚证的！
宋云剑　非法同居呀！
徐　芳　（唱）家乡谣言四处传，
　　　　　　　　讲我赚的是邋遢钱，
　　　　　　　　还说她的女儿是野种，
　　　　　　　　父亲不止一个连，
　　　　　　　　害得她爹娘抬不起头，
　　　　　　　　在亲戚朋友中丢了老脸，
　　　　　　　　好几次肯求她，
　　　　　　　　夫妻双双回家转，
　　　　　　　　要用事实破谣言。
宋云剑　也是的咧，俗话讲得好，口水也能淹得死人咧！！
徐　芳　就是哪，我那个同学想了个没有办法的办法。
宋云剑　什么办法咯？
徐　芳　找一个男人，做她的假老公，陪她回去过年，既安慰了父母，也破了谣言。
宋云剑　做假老公呀——这个办法——霸也霸点蛮咯。
徐　芳　什么呀？小宋，你赞同这个办法，那好，我实话告诉你，什么同学不同学，我讲的那个人，就是——我自己咧。
宋云剑　你呀？

徐　芳　（唱）一个月的假老公你来扮演，

　　　　　　　陪我回家去过年。

宋云剑　（听蒙了，醒过来）你要我来当假老公？那不行咧！我跟你讲咯，我是有未婚妻的人了，就是芙蓉餐馆的老板胡蓉，我们都商量好了，一个月以后我就和她回老家订亲了。徐总，你还是另请高明。

徐　芳　我另请不到高明，就是你了！

宋云剑　（起身就走）也不知道你们这些有钱人是怎么想的，居然想出这样的主意，这太离奇，太不可思议了！我走。

徐　芳　（一把拉住他）我也晓得这不是一件十分正常的事情，我刚才讲了是没有办法的办法，我只要一个月呀！

宋云剑　一天都不行！

徐　芳　你既然救了我一次，你就不能再救我一次吗？

宋云剑　今天无意之中救了你，大家都讲我是英雄了，既然是英雄了，做这种事情传出去不好听啵？

徐　芳　见难不帮，那不就是见死不救！要是传出去，不是更不好听？更有损英雄的形象呀。（宋犹豫）再说，我也不会让你白干，我还会给你劳务费。

宋云剑　这还有劳务费呀？几百块钱咯？（徐伸出手指）三百呀？

徐　芳　三万。

宋云剑　好多呀？

徐　芳　三万块钱。

宋云剑　正好三万？！

徐　芳　什么正好？

宋云剑　（犹豫了）慢点，你让我想一下，我去找胡蓉商量一下。

徐　芳　你糊涂了？这件事能和她商量得？任何女人都不会答应的，只能瞒着她！

宋云剑　瞒着她呀，那不行咧，我天天和她在一起，那会穿帮的，再说我也不想骗她，我也不能骗她。

徐　芳　那是这样行不行，只要你答应，你就到我经典房地产公司做名义上的副老总！一个月以后，假老公一做完，你要是真的有实力，我就正式聘用你！

宋云剑　（犹豫着）真的呀。那要是一个月以后，你没给钱给我那又怎么办咯？

徐　芳　你还信不过我？

宋云剑　也不是信不过，你不晓得，我是捏了粑粑等火烧。

徐　芳　那我们总不能签个假老公的合同吧？那不是开玩笑？！

宋云剑　我不是开玩笑咧。要不写个条子好啵？

徐　芳　好好好！不过，要加上一句，如果你没有好好完成这份工作，也要赔我的钱，也是三万，好啵？

宋云剑　要得！

徐　芳　那我就写！

宋云剑　（还是有点犹豫，扳着手指头算着唱）

　　　　　一个月的假老公，

　　　　　换来个大公司的副老总，

　　　　　再加三万救急钱，

　　　　　条件真的蛮诱人，

　　　　　就是讲起来不好听，

　　　　　有损英雄的好名声。

徐　芳　（把条子给宋云剑）小宋，你看，一式两份，你签个名。

宋云剑　徐总，那有些话我们要先讲好，这个副老总的事情，你要是看得起，来真的，我还是蛮欢喜的；这扮演夫妻的事情，那就一定是假的，千万不能来真的！

徐　芳　一言为定！现在踏实了吧？

宋云剑　（小心地收好纸条）现在就踏实了。

徐　芳　小宋，为了不露出破绽，需要磨合磨合，明天你就要搬到这里来住。

宋云剑　什么？还要住到一起啊？

徐　芳　那就早上来，晚上走，这总可以吧？

宋云剑　那还莫管它咯。

徐　芳　（十分高兴）铃儿，快来。

铃　儿　（出来）哎。

徐　芳　（把铃儿拉到一边，递纸条）你看咯。这是小宋自己签了名的。

铃　儿　（看纸条）这是写些什么乱七八糟的东西咯！

〔徐芳对铃儿示意，让她俯耳过来。

铃　儿　什么？你怎么想出这样的馊主意？！

徐　芳　你叫什么叫？是我来当主演，又不是让你来演这场戏！

铃　儿　要是让我来当主角，那还差不多！

徐　芳　你给我好好配合，到时候发奖金！

铃　儿　奖金就不要了，我就怕你弄假成真！

徐　芳　（火了）给我！（连忙将纸条抢了过来）带他去换套衣服。

铃　儿　（嘟哝着）把我骗到厨房去，我的菜还没做好，你们的饭就煮熟了！（没好气地对宋云剑）走噻。（宋走错）那是厨房！

〔铃儿领着宋云剑进了内室。

徐　芳　（打电话）妈，我和甜甜的爸爸已经商量好了，过年就回来。你告诉甜甜，好，再见！（刚刚放下电话，电话又响起来了）是杨总啊，我好忙的，我们准备明年五一结婚。最近，我要和小宋回趟老家，就是在银行把我从劫匪手中救下来的那个小宋，他也是兴城的大学毕业啊！（放下电话，长嘘一口气，十分轻松了，很有些得意）一箭双雕！

〔里面传来铃儿的惊呼："哎呀咧！"

徐　芳　什么事一惊一乍的？！

铃　儿　（领着焕然一新的宋云剑出来）徐姐，你看宋哥咯。

徐　芳　（也看呆了）真是一表人才！

徐　芳　（将照相机塞进她的手中）铃儿，给我和小宋拍张照片。小宋，
　　　　快来，（铃儿有意捣乱）近点！（不情愿）这也太近了吧？
铃　儿　靠得这么近，搞得跟真的一样。
徐　芳　（生气了）喊你照就照！照！
　　　　〔铃儿闭上眼睛按照相机，闪光灯一闪——

第四场　一段

　　　　〔街心花园。几天后。
　　　　〔穿戴一新的宋云剑在溜达，有几分得意，几分紧张——
宋云剑　（唱）真的像做了一个梦，
　　　　梦里头在看万花筒。
　　　　那里面树长得青枝绿叶，
　　　　那里面花开得万紫千红。
　　　　我在树尖上唱起花鼓调，
　　　　我在花瓣上练起少林功。
　　　　哎呀呀，
　　　　真的头发晕。
刘大海　哎！云剑！我的个崽呀，真的是你呀！几天没见，面貌一新哪！
宋云剑　（打量着自己周身上下）怎么样咯，还可以吧？
刘大海　何止是可以？简直是太可以了！
　　　　（唱）皮鞋锃锃亮，
　　　　西装刮刮挺，
　　　　满脸泛红光，
　　　　全身显精神。
　　　　这是给你印的新名片，
　　　　大学生副老总——都写明。
　　　　不过话得跟你讲清楚，

———花鼓戏《走近阳光》

　　　　　　副老总的工资不能加一分。

宋云剑　这大学生也印在名片上，有点不伦不类。

刘大海　那有什么咯？你那文凭本来就是——

宋云剑　（连忙捂住刘大海的嘴）讲了不要乱讲呀！

〔谢主任和两个老头上。

谢主任　哎呀，小宋，你在这里呀！

老头甲　找得我们要死咧！

老头乙　我讲了他在这里吧。

宋云剑　（不断地躲开）谢主任，你找我有事？

谢主任　最近群众对你有些反映，我们老同志是专门来找你谈一谈的呀！

宋云剑　有什么事情你就照直讲。

谢主任　反正刘老板也不是外人，那我就照直讲了。小宋，

　　　　（唱）你现在算得上公众人物，

　　　　　　大事小事都不能疏忽，

　　　　　　香蕉皮你往路边顺手一丢，

　　　　　　马上就有人网上贴图；

　　　　　　你一口痰吐在草地上，

　　　　　　随即就有人大声惊呼；

　　　　　　还有人说你见了人爱理不理，

　　　　　　故意低起脑壳装糊涂。

　　　　　　小宋啊——

　　　　　　这些同志都是在真心爱护你，

　　　　　　你务必要小心谨慎莫马虎，

　　　　　　扣起稳重些。

老头甲　刘老板。你说我们讲的是不是有道理？

刘大海　哪里只是有道理呢！简直就是真理。

宋云剑　（白了刘大海一眼，有些委屈）谢主任，搞了半天还是这些事呀。

谢主任　（打断他的话）我刚才说了，现在你已经是公众人物，大家的眼

睛都盯着你，把你做榜样。小毛病就是大毛病了，你自己多多注意。刘老板，你说呢？

刘大海　真理！绝对是真理！

宋云剑　谢主任，刚才你们讲的这些，我一定改。

谢主任　好，态度决定一切！我们老同志就放心了！我们也非常忙，那我们就走了。

刘大海　请领导放心。

〔谢主任和老头下。

〔宋云剑陷入沉思。

刘大海　（一拍他的肩膀）云剑呀，这几天你都没到我那里上班，做什么去了？

刘大海　（接过名片）经典房地产公司副总经理！

宋云剑　（拿出徐芳签名的纸条）你先看看这个咯！

刘大海　（接过纸条念）宋云剑为徐芳总经理特殊工作一个月，对外名为副总经理，劳务费三万。如果宋云剑不能好好完成任务，应赔付徐芳三万。徐芳。宋云剑。（笑了起来）云剑，这条子写得蛮有含义呀。

宋云剑　你莫想歪哒哪。

刘大海　到底发生了什么事？能不能跟我讲一下！你就跟我讲下噻！

〔锣鼓唢呐的吹打中，宋云剑向刘大海诉说经过——

刘大海　（长叹一声）唉！我怎么就遇不到这样的好事咯！

宋云剑　要不，我介绍你去当这个假老公咯？

刘大海　就是你答应，那人家也不会答应噻，云剑，这是好事情，好事情呀！

宋云剑　好，好什么好咯！

（唱）那徐总年轻又漂亮，

　　　你晓得不咯？

刘大海　（连声答）我晓得。

——花鼓戏《走近阳光》 >>>>>

宋云剑　（唱）那徐总有钱又大方，
　　　　　　　你晓得不咯？

刘大海　我晓得。

宋云剑　（唱）那徐总气质几多好，
　　　　　　　你晓得不咯？

刘大海　我晓得。

宋云剑　（唱）那徐总笑起来像花一样，
　　　　　　　你晓得不咯？

刘大海　我晓得。

宋云剑　（唱）我是英雄但也是血肉男人，
　　　　　　　你晓得不咯？

刘大海　我晓得。

宋云剑　（唱）我怕自己会站不住桩，
　　　　　　　你晓得不咯？

刘大海　我晓得——等等，我不晓得，你，你这是什么意思？

宋云剑　你想想看，这些天来，呆在她的别墅里，还一天到晚在一起，那徐总她又那样漂亮，我也怕我把握不住咧，这万一弄假成真，那不就……

刘大海　怕她懒得！就汤下面！

宋云剑　那不行！那不行！我不能做那样的人！

刘四海　有了楼房有了汽车，有了真正的副老总地位，这里子已经绷得很足了，面子，暂时放一放噻！哪种人还不是一个做呀！

宋云剑　你做好事咧！我宁肯不要这里子，我也要撑住这面子！

刘四海　我虽然有点佩服你，但还是要送你三个字。

宋云剑　哪三个字咯？

刘四海　蠢得死！你蠢得死咧！

宋云剑　老板呃！我现在好为难的咧！一方面对不起胡蓉，一方面我觉得，也，也不是英雄该有的作为嘛！你看这算怎么回事咯！还有

1143

刚才谢主任说了，就是随地吐痰、乱扔果皮这样的小事，都会引起大家的关注，要是这件事情传出去了，那还得了呀？

刘四海　那你就只砍三板斧，只踢前三脚，你能赚到三万块钱，正好给你去订亲哪！

宋云剑　我宁肯不要，大不了明年拼命挣钱。

刘四海　那算哒！靠你送水一年赚三万？等你能赚到三万，胡蓉早就成了镇长夫人！好了，莫讲哒！为了你的爱情和前途，为了公司的发展，也为了我这个朋友的利益，你一定要挺住！你晓得不咯？！

宋云剑　挺住？

刘四海　对！挺住！

宋云剑　哦——

第四场　二段

〔芙蓉餐馆。第二天上午。

胡　蓉　（到门口张望唱）

　　　　　不是每一树芙蓉都鲜艳，

　　　　　不是每一个老总都有钱。

　　　　　舅舅说准备人情开销近三万，

　　　　　云剑当时就哽得翻白眼。

　　　　　一定是暂时手头紧，

　　　　　悄悄备款帮他渡难关。

〔胡蓉下。

宋云剑　（收拾得十分整齐地上）各位，大家好。

服务员　（忽地围了上去唱）

　　　　　哇噻！帅呆了！酷毙了！

　　　　　我们全体都晕倒。

　　　　　个个都像在云里飘，

飘呀飘，摇呀摇，

梦里头来到了外婆桥。

舅　　舅　这样子，倒是和镇长有一拼了，有拼才有赢。

众　　人　宋哥！

宋云剑　你们老板咧？

服务员　估计是到美容院做美容去哒！英雄的未婚妻是经常要上镜头的！咯段时间，老板去美容院的次数，那硬是大幅度上升咧！

宋云剑　你们赶快叫一个人把她找来。

服务员　好！

〔胡蓉从另一边上。

胡　　蓉　看什么看咯？没看见过帅哥是啵！都给我做事去！

〔大家一哄而散——

胡　　蓉　（上下打量宋云剑，疑惑地）你，你这是——

宋云剑　（递上一张名片）这是新的，是现在的身份。

舅　　舅　（看名片）经典房地产公司副总经理。

服务员　（一片惊呼）哇噻！经典房地产公司啊！好有名的哒！

胡　　蓉　（瞪一眼服务员）云剑，这到底怎么回事？

宋云剑　（故意装得很随意）其实也没什么大事——

　　　　（唱）经典公司的徐老总，

　　　　　　那一天亲自找上门，

　　　　　　磨破嘴皮恳求我。

　　　　　　态度显得好诚恳。

　　　　　　她说是：

　　　　　　人民的英雄人民爱，

　　　　　　人民的公司爱英雄，

　　　　　　要我先当副老总，

　　　　　　锻炼两年再提升。

　　　　　　暂定月薪是三万，

1145

　　　　　　我只好勉强来应承。
胡　蓉　（有些疑惑）云剑，你讲的都是真的吗？
服务员　宋哥，我们不是在做梦吧？
舅　舅　当然是真的噻，有几个做梦发了财的咯。
宋云剑　（接电话）徐总，好好好，就来就来！我马上就来！胡蓉、舅舅，老板找我，我先走了！拜拜！
舅　舅　（看着宋云剑离开的背影，十分感叹）这人变起来真快，眼睛一眨，老母鸡变鸭！
胡　蓉　（有些怀疑）这也太快了点儿吧？
服务员　是的。
舅　舅　（很认真地）蓉妹子！你要把他看紧了，要不然煮熟的鸭子它又飞了。
胡　蓉　哪个要是敢从我手里抢走他，我就跟她拼命！
服务员　老板，尽管你不能做到有福同享，我们也要做到有难同当！一起拼命！

第五场

　　　　〔徐芳家。几天后。
铃　儿　（很不满，一个人在家里嘀嘀咕咕）"阿嚏"！这是哪个在背后讲我的坏话！烦躁！
　　　　（唱）原以为宋哥是真正的男子汉，
　　　　　　谁知道也绊倒在票子面前。
　　　　　　宋哥啊宋哥，
　　　　　　好姑娘在身边你有眼不见，
　　　　　　气得我舌头邦硬牙齿软。
　　　　〔正在这时，徐芳回来了。
徐　芳　小宋啊，你马上回来呀！我在屋里等你啊！铃儿！

——花鼓戏《走近阳光》 〉〉〉〉〉

铃　儿　表姐，你回来哒！（连忙接过徐芳的包，不断地看她的身后）

徐　芳　把这些葡萄洗一下。

铃　儿　酸吧？

徐　芳　还可以。（感叹地）铃儿，这一向，我硬真的有一种感觉，这这家里啊，有一个男人，才真的像家的感觉。以前下了班我怕进这家门，现在，我硬是盼着进这个门。

铃　儿　（往她的痛处戳）表姐，莫忘记了，他是假的。

徐　芳　（有些不高兴了）我没说他是真的。铃儿——

　　　　（唱）这段日子感觉好奇妙，

　　　　　　就像是六月天凉风把我绕。

铃　儿　（讽刺地）小心感冒咧！

徐　芳　（唱）真希望天天雨如帘，

　　　　　　好和他伞下相依语悄悄。

铃　儿　（嘟哝着）还蛮晓得韵味哒！

徐　芳　（唱）真希望夜夜月如纱，

　　　　　　花径低语轻拢腰。

铃　儿　（不满地）他还抱你的腰呀！

徐　芳　我是这样想一下噻，不行呀，你又不懂！

徐　芳　（唱）希望生活定格人不老，

　　　　　　温馨的浪漫曲缠绵谐调。

　　　　　　我真的希望，

铃　儿　（唱）你就是希望石板上面开红花，

　　　　　　你就是希望茄子树上长辣椒。

徐　芳　铃儿，这个俗话说，女大三，抱金砖。要是女这个大五——

铃　儿　（紧接）那就太离谱！

徐　芳　如果，我是说如果，如果我把这假戏真做了，铃儿，你会觉得有哪里不妥吗？

铃　儿　哪里不妥？我看简直哪里都不妥！你不像我，我配宋哥还差不多，要是你——

徐　芳　你觉得小宋配不上我？

铃　儿　那我讲实话了！

徐　芳　说！

铃　儿　你配不上他！

徐　芳　什么呀？你莫乱讲呀！

铃　儿　反正，喂猪的，吃肉的，你们不是一路的。打渔鼓，唱道情，我和宋哥才是一路人。

徐　芳　（想了想，怀疑地看着铃儿）铃儿——

　　　　（唱）我好像觉得你对他情意绵绵，
　　　　　　　要不要我给你把这红线牵？

铃　儿　（唱）我有意思又能怎么样，
　　　　　　　人家根本就看不上眼。

徐　芳　（唱）我让他跟那姓胡的断了线，
　　　　　　　你这里再慢慢地跟他缠。
　　　　　　　我的假戏一唱完，
　　　　　　　你的真戏就在台前。

铃　儿　（大吃一惊，有些喜出望外）真的？（接着她就十分反感了）不行！要不得！

　　　　（唱）真的假的搅一起，
　　　　　　　真真假假分辨难。
　　　　　　　你跟他肩并肩我看不入眼，
　　　　　　　我跟他手拉手你又难堪。
　　　　　　　哪一天真的成假假成真，
　　　　　　　到时候你说我冤不冤？

〔两人还要说什么，宋云剑急急忙忙地进来了——

宋云剑　徐总。

铃　儿　宋哥，（看看徐芳）我洗葡萄去！

徐　芳　不要老是徐总徐总，夫妻之间有这么称呼的吗？人家一听，就露哒马脚嘛！

宋云剑　你讲喊什么咯？

徐　芳　叫芳芳，或者叫阿芳！

铃　儿　（端着葡萄边吃边上）呸！揪酸的。

徐　芳　（自己也有点不好意思）不是有首歌叫村里有个姑娘叫小芳嘛！对！叫小芳，叫小芳好！

铃　儿　城里的姑娘又不能叫小芳！何况，你也不是姑娘了！

徐　芳　你多什么嘴？云剑！

宋云剑　啊，徐总——

徐　芳　叫小芳！

宋云剑　（为难地）有点叫不出口！

徐　芳　怎么？不自然吗？

宋云剑　不是不自然，觉得不蛮协调。

〔这时，宋云剑的手机响了——

宋云剑　（接电话，谨慎地）老板正在找我谈事，等下打给你好吗？算了吧，好好，可以了吧。

徐　芳　小宋，你能不能这段时间割断与胡蓉的联系和来往呢？

宋云剑　纸条上没有定这一条呀！

徐　芳　那好吧，我们就都遵守诺言吧！

〔手机又响了，宋云剑不敢接了。干脆把手机关了。

徐　芳　（点点头）铃儿，给我放水洗澡。（下）

〔宋云剑看她一走，又把手机打开——

铃　儿　早就放好了。（转身）宋哥！你要走啊？

宋云剑　不走咧！

铃　儿　不走就好。宋哥——

　　　　（唱）其实你也不要急，

　　　　　　爱你的姑娘会有的。

　　　　我看噻，

　　　　真的假的都莫要，

　　　　找一个特别纯朴特别实在特别健康特别懂味

　　　　的妹子做你的妻。

　　　　天天减肥的妹子要不得，

　　　　一阵风就吹到了半空里，

　　　　像我这样丰满健康最是好，

　　　　这身上要么子有么子一套数齐。

　　　　都讲我这样的女人最会生崽，

　　　　就像我屋里那只最会下蛋的桃源鸡，

　　　　不就是结婚生崽过日子，

　　　　雪峰山人就讲究九九归元一个一。

　　（回头一看，宋云剑不见了，生气了）宋哥！没想到你也撮我！啊……（哭）

第六场　一段

　　〔台中。

　　〔音乐声中，宋云剑急急忙忙地往芙蓉餐馆跑。

宋云剑　（满头大汗地跑了进来）胡蓉，我来了——

　　（唱）我接到电话就往这里奔，

　　　　你看我跑得汗直淋。

胡　蓉　三分钟，

　　（唱）两天见你的影，

　　　　你竟然说只有三分钟。

　　　　你以为我不晓得是吧？

　　（唱）经典房地产的老板叫徐芳，

　　　　三十出头风韵存，

　　　　　你给她当了副老总，

　　　　　是不是把我忘到了九霄云？（哭了起来）

宋云剑　莫哭，莫哭咯！

　　　　（唱）我爱的真的只有你，

　　　　　有半句假话我不是人。

胡　蓉　坐咯，你那三万块钱——

宋云剑　为了你，这三万块钱，没有问题。

胡　蓉　真的呀，那就好！

　　　〔宋云剑的手机响了——

宋云剑　（接电话）铃儿哦，请你无论如何帮我圆好这个场！

胡　蓉　什么时候又冒出个铃儿来哒？

宋云剑　胡蓉，有些事情，现在跟你讲不清楚，我以后告诉你好啵，实在是对不起，老板又找我，我又要走了！

胡　蓉　云剑，你要注意身体。

宋云剑　我晓得。

第六场　二段

　　　〔徐芳家。徐芳端一杯酒犹豫地踱步——

　　　〔画外音：妈妈，我又在梦里看到你了，上次你讲要回来看我，我天天都在盼你回来，我听外婆说你要和爸爸一起回来。妈妈你们快点回来看甜甜咯，妈妈！

　　　〔徐芳坐在地上，默默流泪。铃儿上。

铃　儿　表姐，这是速递公司寄来的快件。你，怎么了？

徐　芳　没事。（挥挥手）晓得了，你去忙你的吧。（铃儿下，徐芳翻看信封里的东西，越看越生气，把那些东西狠狠一扔，拨电话）杨也哉，你也真下功夫啊，几天时间，居然就把2000年前后三年，兴城所有大专院校的新生查了个遍。你说，你什么意思？你有什么资格去调查宋云剑？对我负责？我的婚姻大事凭什么要你负责？宋云剑到底是什么人，那是我的事情！我只要知道他是我的救命恩人，我就选定了他！如果你能保密，我们还能做朋友。什么？好吧。（徐芳狠狠挂了电话，坐在沙发上生气）什么东西！

〔宋云剑气喘吁吁地进来了——

宋云剑　徐总，我回来了。

〔徐芳紧紧盯着他，不说话——

宋云剑　（十分紧张）我只去了一趟芙蓉餐馆，没耽误什么事吧！

〔徐芳还是那样紧紧盯着他，不说话——

宋云剑　（更紧张了）徐总，小芳，阿芳，你怎么老是这样看着我咯，好吓人的咧。

徐　芳　（收回目光，随手将那信封收了起来）你又没做亏心事，怕什么？是这样行不行，我去跟胡蓉交涉，请她把她的未婚夫让给我一个月。

宋云剑　（连忙告饶）莫咯莫咯！我找个称心如意的未婚妻真的不容易，我追了她两年了，她一直都不肯松口，好不易的我，她才——

〔宋云剑的手机又响起来了。

徐　芳　（一把夺过手机，对着电话）请你在这段时间不要再找宋云剑。

第六场　三段

〔芙蓉餐馆。紧接前场。

〔胡蓉握着电话呆呆地坐在那里，眼泪就是那样无声地流着。一群服务员围在身边安慰她："说不定是办公室的人接的。""宋总正在开会，不能接电话。""刚才的电话一定是女秘书接的。"

舅　舅　管他什么人接的，不理他就是了。反正镇长在那里等着，现成的！

———— 花鼓戏《走近阳光》 >>>>>

胡　蓉　("哇"地大哭起来）到底是怎么回事，怎么回事呀？
　　　　（唱）那接电话的到底是什么女人？
　　　　　　她有什么权利对我那样凶，
　　　　　　宋云剑是不是在旁边看热闹？
　　　　　　他是不是听着很开心？
　　　　　　宋云剑你跟我回来！
徐　芳　（唱）小宋啊莫忘了我们的合同！
胡　蓉　（唱）你给我回来！
徐　芳　（唱）我们的承诺！
胡　蓉
徐　芳　（唱）回来！

第六场　四段

〔中间的路上。
〔追光打着宋云剑往来奔跑于两家之间。

宋云剑　（唱）这边喊来那边叫，
　　　　　　哭的哭来闹的闹，
　　　　　　一边真，一边假，
　　　　　　苦处只有我自己才知道。
　　　　　　刚想和胡蓉说几句亲热的话，
　　　　　　徐芳又叫我去谈发展目标。
　　　　　　正要去陪胡蓉逛商场，
　　　　　　徐芳又喊我陪她去做健身操。
　　　　　　这边是李子那边是桃，
　　　　　　这边是包子那边是糕。
　　　　　　这边的我不能丢，
　　　　　　那边的我也想要。

（插白）咯又何得了咯！我现在硬变成哒磨心哒！清早爬起来我就两边跑，脚杆子都跑细哒。其实咧，我也想过，要不干脆把徐芳丢了，不行！丢了徐芳就丢了三万块钱，没有这三万块钱，不就提不成亲，提不成亲，不就是把胡蓉也丢了。不如干脆和徐芳，那不行咧，要是那样的话，我宋云剑成什么人呀！

两堆大火把我烤，

谢主任又来火上把油浇：

说什么电视台邀我去做客，

英雄和观众聊一聊。

聊什么怎么聊？

心里发虚乍汗毛。

还要我表彰会上作报告，

在大众面前把底交。

身世经历爱情样样要讲到，

突出一个芝麻开花节节高；

还告诉我中央台也要现场做报道，

说我立马就成重量级的大英豪。

谢主任亲切地拍着我肩膀，

要我牢记小区的好，

说老同志个个如父母，

说居委会那是心血耗尽育新苗。

谢主任，

我这棵新苗眼看就断根断杆断枝条，

捱得了今晚我是躲不过明朝。

第七场　一段

〔徐芳家。徐芳正在做美容。

〔宋云剑回来了。

宋云剑　徐总，我真的不能玩下去了。

徐　芳　不能玩下去了？

宋云剑　你怎么这个样子咯？

徐　芳　小宋，

（唱）尽管没有签合同，

　　　我们已经讲分明，

　　　到现在你随便就撒手，

　　　你到底讲不讲良心？

宋云剑　（唱）我要是在你这里讲良心，

　　　对胡蓉我的良心就是被狗吞，

　　　反正我的良心要丢一半，

　　　我只能丢掉假的保住真。

徐　芳　告诉你，你那条子上写得清清楚楚，如果你不好好地完成这份工作，你也得赔我三万块钱哪！

宋云剑　（一惊）我赔，赔，我慢慢赚钱赔给你。

徐　芳　慢慢赔？

宋云剑　我会拼命赚钱。

徐　芳　靠你送水赚钱！笑话！看样子你是下定决心了。（拿出那个信封来）好吧，你看看，这是什么？

宋云剑　（看材料，大吃一惊）你，你这是从哪里搞起来的？

徐　芳　这你就不要问了，我还不得做这种事。

宋云剑　徐总，你一定要帮我这个忙，当年只怪我太不懂事了。现在不能让这些穿帮啊。

徐　芳　你以为你成了英雄，就人人都爱你、帮你、捧你？不见得吧，实话告诉你，这份材料，就是厌你、恨你、忌妒你的人搞来的，要是明天拿到表彰会上，连同纯净水发到每个人的手中，那就——

宋云剑　不是我不愿意帮你的忙，我实在是有我的难处噻。

徐　芳　我已经把我们两个的照片发回去了，我母亲已经翻印了上百张，到处送人。要是这次带回去的不是你，街坊邻居不更加有话讲。我女儿会怎么看我，我父亲他在临终前只希望能看到我有一个完整的家庭，这是他唯一的心愿啊！

宋云剑　那我就更玩不下去了。

徐　芳　你自己考虑吧！

宋云剑　我的个娘呃！这又怎样收场咯！

第七场　二段

〔胡蓉餐馆。

〔宋云剑在陪舅舅喝酒。

舅　舅　小宋，好事好事，明天的表彰会一定会在全省的电视台播出，为你回我们老家打下了良好的基础！来……喝酒！

宋云剑　喝酒啊？我不会喝酒！

舅　舅　不会喝酒像个什么男子汉咯！

胡　蓉　舅舅，云剑喝不得酒就莫霸蛮咯，云剑，这是我特意给你炖的参汤。

舅　舅　参汤就参汤。小宋啊，过两天去老家订亲，你除了要准备好三万块钱之外，你还得准备两样东西。

宋云剑　还要两样什么啊？

舅　舅　第一是名片，你把你那经典房地产公司副老总的名片，给我印它几百上千张，到了我们老家，除了八十岁以上和八岁以下的，见人就给我发一张。

胡　蓉　舅舅，天女散花呀！

舅　舅　你晓得什么？这叫打开香门！大造舆论！另外，你把你的大学毕业文凭随身带，必要的时候，就拿出来让人家扫一眼。

胡　蓉　舅舅，没有必要咯。

舅　　舅　怎么没有必要咯，这叫什么呀，这叫口说无凭，验明正身呀。

胡　　蓉　云剑，你为何一脑壳的汗咯？莫喝酒哒咯！

舅　　舅　没得病吧？鬼崽子呃，要喝也不是这么喝的噻。

宋云剑　莫管我。

胡　　蓉　云剑，你这是为什么呀？

宋云剑　我也不晓得为什么。

徐　　芳　小宋，你喝什么喝成这样，你要为你的行为负责，（宋脱下西装）你这是要干什么？

宋云剑　我能干什么呀？我什么都干不好。

胡　　蓉　云剑，你是不是有事瞒着我，可以讲出来吗？

宋云剑　胡蓉，其实我真的有好多好多的话想告诉你。

徐　　芳　小宋，你不要把事情做绝了，你莫逼我好啵。

宋云剑　莫吓我咯，我无所谓咧。

徐　　芳　小宋，其实我们可以弄假成真，我们可以在一起，夫妻在一起，好好地经营公司，享受生活，小宋，什么都是有可能的啊。

宋云剑　徐总，我真的好累咧。

胡　　蓉　云剑，你还记得我们当初的誓言吗？

宋云剑　我记得，我若负胡蓉，天打……

胡　　蓉　莫讲了。

宋云剑　其实我有好多话想对你们讲。

胡　　蓉
徐　　芳　讲呀。

宋云剑　面对你的真情，面对你的难处，我讲不出口，讲不出口。（哭了起来）

铃　　儿　宋哥，我跟你讲过，真的假的你都莫要，你看你现在好难过咯。

舅　　舅　哭什么哭嘛，你就不能做一个男子汉呀！你听到没有，你要像个男子汉！

宋云剑　男子汉！哪个讲我不是男子汉！请你们都听好了，今天晚上，我在电视里把所有的话都讲出来，我把什么都告诉你们。

〔三个女人与舅舅面向台前目送宋远去。

第八场

〔紧接前场。

〔台左台右的两处人都聚在一起看电视——

〔舞台一角，街道的婆婆、姥姥们也在看电视——

〔舞台的另一角，刘大海和两个送水工也在看电视——

〔台中。

主持人　观众朋友们，告诉大家一个好消息，我们见义勇为的典型，城市英雄宋云剑同志，在百忙之中，今天来到了我们电视台，现在让他给广大观众说几句话。

宋云剑　各位观众，各位朋友，我，我叫，宋，宋云剑。

主持人　别紧张，大胆地说！

宋云剑　我不是什么英雄，你们都错爱我了，我宋云剑根本就不是什么见义勇为的典型。所有人啊！

（唱）借酒壮胆到这里，
　　　来向大家诉真情，
　　　我来自雪峰山下一小镇，
　　　从小学习很认真，
　　　谁料高考差三分，
　　　名落孙山气死人。
　　　不愿意被邻居指背脊，
　　　不忍心看父母泪纵横，
　　　谎称是大学已录取，
　　　人家开学我进城。
　　　进城应聘不容易，

————花鼓戏《走近阳光》 〉〉〉〉〉

见面就要看文凭,

没奈何找人买了个毕业证,

心想到时候好蒙人。

可每次都不敢拿出来用,

碰到它我就脔心乱跳手抽筋。

大海水站收留我,

做了一名送水工。

从此后,

男子汉养成了一副兔子胆,

我年年不敢回雪峰。

又是年关近,

父母问归程,

我只得到银行取点钱,

寄回家孝敬双亲。

却不料遇劫匪,

顿时我就慌了神,

五百块钱对我也算是巨款,

平日里我能省一分是一分,

让劫匪夺去我心疼。

就在劫匪把枪甩向我的一刹那,

一滴水飞向我的嘴唇,

看来他用的是假枪,

曾经买过送外甥。

马上就疯狂地扑过去,

忘了他腰间的炸药可是真,

现在想起都冷汗淋淋。

〔舞台一角,婆婆、姥姥们十分吃惊,议论纷纷。

谢主任　（唱）看来我们有点乱追捧。

姥姥乙　（唱）我看照样是英雄。

老头甲　（唱）反正劫匪没得逞。

老头乙　（唱）还得给小宋记一功。

〔芙蓉餐馆。

〔服务员们争了起来——

服务员甲　（唱）我看是助人为乐。

服务员乙　（唱）应该算是活雷锋。

服务员丙　（唱）我看是见义勇为。

服务员丁　不管别人怎么讲，

服务员合　（唱）宋哥反正是算英雄。

〔徐芳家。

〔舞台一角。

刘大海　（十分遗憾地）云剑老弟啊！你怎么就不记住我的话呢？我跟你说过——

　　　　（唱）里子靠绷，面子靠撑，

　　　　　　　过日子靠的是咬牙根。

　　　　　　　你怎么就不能挺一挺，

　　　　　　　挺过去天气就放晴。

送水工甲　刘总，我要成了英雄，我就让这些事情一辈子烂在肚子里！刘总，你说呢？

刘大海　我要是搞得清这些事情，还会是现在这个样子！

〔芙蓉餐馆。

胡　蓉　（抹着眼泪）云剑，有什么话我们回来讲好啵？

　　　　（唱）你把一切都说清，

　　　　　　　我的心里好感动。

　　　　　　　那三万我已经替你悄悄备下，

　　　　　　　你何必瞒着我苦苦硬撑。

〔徐芳家。

———花鼓戏《走近阳光》 〉〉〉〉〉

徐　芳　小宋，我对不起你。

（唱）我本想一解难处二报恩，

没想到把你逼进了水火中。

我欲向你借勇气，

唉，难啊！

有几个能做得这样坦荡从容。

铃　儿　（感动得一塌糊涂）宋哥，你真的好淳朴的，好可爱的，好——的！我要是真的能嫁一个咯号男人，咯一世那还有么子空话讲咯。

〔台中。

宋云剑　（唱）我今天就要回雪峰，

一定要在阳光下进家门，

跪拜父母求严惩，

跪拜乡亲求宽容。

向我爱的姑娘，

再说声对不起，

我辜负了你的一片真情；

向爱我的老乡妹子，

说声惭愧，

你一定能找到好老公；

向大妈大婶大伯大叔，

说声感激，

你们让我知道了，

社会需要真正的英雄；

还得对那个请我帮忙的朋友，

说声珍重，

你一定能让生活充满光明！

胡　蓉　宋云剑，你这个蠢宝！不管怎么样，我都喜欢你！

徐　芳　小宋，我对不起你！

铃　儿　宋哥，带我一起回去！回到家乡，你耕田来我织布，你挑水来我浇园……

刘大海　宋云剑，我还是要送你三个字——"佩服你"。

舅　舅　（感叹地）不错，能够勇敢地讲出来，你就是个男子汉。

谢主任　小宋呀，告诉你，你还是一个好伢子。

宋云剑　谢谢！谢谢你们！

　　　〔台中。

主持人　观众朋友们，有关宋云剑的故事，到这儿就结束了，非常感谢大家！观众朋友们，再见。

　　　〔幕后合唱：里子莫绷，
　　　　　　　　面子莫撑，
　　　　　　　　做人要的是一尺十寸。
　　　　　　　　吃唆螺莫讲是吃海味，
　　　　　　　　炒蕨菜莫喊是炒山珍，
　　　　　　　　吃唆螺莫讲是吃海味，
　　　　　　　　炒蕨菜莫喊是炒山珍。
　　　　　　　　走进了阳光一声吼，
　　　　　　　　一辈子就图个坦荡从容。

　　　〔剧终。

精品提名剧目·曲剧

正红旗下

编剧　王新纪　李龙云

人物

父亲、母亲、大姐、福海、姑母、大姐婆婆、云翁、正翁、大姐夫、二姐、查老二、索老四、多老二、多老大、老白姥姥、十成、大舅母、老王掌柜、索太太、说书先生、男女众旗人

第一乐章

〔纱幕：青花蓝色的老舍头像。

〔音乐中，老舍的画外音：我是满族人，姓舒，叫舒舍予。我家隶属正红旗，祖上最有名的据说是清王朝的开国元勋。不过，经过三百年的养尊处优，到我父亲，就已经混成了月饷只有三两银子的马甲（纱幕后出现父亲和挺着大肚子的母亲），在我还在母亲肚子里打把式的时候，我的二姐盼着来的是个小弟弟（二姐出现，欣喜地贴在母亲肚子上听着），似乎有声明一下的必要，我生得迟了些，而大姐又出阁早了些（大姐出现，大姐婆婆出现，大姐用火柴给婆婆点烟），所以我一出生，大姐已有了婆婆。……哎呀，我忘了一件大事！我赶上的是大清朝的残灯末庙。我落生在公元一八九九年二月三号，也就是旧历戊戌年的腊月二十三……

〔纱幕隐。

〔空寂的舞台中自远而近传来有节奏的踩芝麻秸声。

〔起光。

〔二姐和少女们脚踩芝麻秸（只有声音）玩耍着出场。

少女们　（唱）二十三，糖瓜粘，

　　　　　　　请香放炮过小年。

　　　　　　　芝麻秸，撒满院，

　　　　　　　灶王爷骑马上西天。

〔少女们下，收光。

〔二姐上。

〔旗兵手提灯笼巡城。老舍父亲也在其中。

男　声　（唱）正红旗飞展飞动，

　　　　　　　众将士威武威风。

　　　　　　　三百年梦迷梦醒，

　　　　　　　守皇城风中雨中。

父　亲　（唱）小年夜巡皇城，

　　　　（伴唱）巡皇城

　　　　　　　满耳是送灶的鞭炮声。

　　　　（伴唱）巡皇城

　　　　　　　我天天在那神佛面前把香敬给我的老儿子，

　　　　（伴唱）守皇城

　　　　　　　让舒家香火有传承。

　　　　（伴唱）守皇城。

　　　　〔旗兵下。

二　姐　爸，爸！

父　亲　二姐，你妈怎么样？爸正当值，回不去。你快回去照顾你妈！

　　　　〔父亲下。

　　　　〔大姐拿棉袄上。

大　姐　二姐！二姐！

二　姐　哎！姐，爸巡城刚过去。

大　姐　妈是要生了。（给二姐穿上棉袄）二姐，快，去石虎胡同请接生姥姥来。

二　姐　哎！

大　姐　顺脚告诉我婆婆一声。

二　姐　我不去！

大　姐　去呀！

二　姐　不去！

———曲剧《正红旗下》 》》》》》

大　姐　听话！

〔大姐、二姐下。

〔大姐婆婆家起光。大姐婆婆已在台上，划火，点烟不着。

大姐婆婆　来人！来个人哪！把烟给我点上！人都死哪儿去了？

〔二姐上。

二　姐　亲家奶奶！

大姐婆婆　过来，把烟给我点上。

〔二姐点烟。

二　姐　亲家奶奶，我姐让我来跟您说一声儿……

〔一阵急促的拍门环的声音，湮没了二姐的话。

大姐婆婆　听你说的这样儿啊，你妈呀，准是中了煤气！你们穷人，大概 其就喜欢中煤气，老爱中煤气。没事儿，我有偏方。

〔拍门声越来越大越急。大姐婆婆跳起来。

大姐婆婆　干吗的？干什么？哟，要账的！没到年根儿就堵家来啦？一群没家教的东西！怎么啦？怎么啦？是！一条街都让我赊遍了！赊遍了怎么了？你们听着，我们家种着铁杆庄稼，俸银禄米到时候就放下来。欠了日子欠不了钱！什么？不赊给了？嘿！好小子！打今儿往后，我要是再赊你一个烧饼，算我没人味儿！滚！滚！

正　翁　太太，才走的那拨儿，是来干吗的？我瞧那个细高挑儿那两步走，怎么像天泰轩饭庄的伙计……

大姐婆婆　干吗的？要账的！

正　翁　噢，怪不得呢，我这儿还纳闷儿呢，心说，我今儿没叫饭呀！

〔大姐夫上。

大姐夫　谁呀？怎么碴儿？想动手儿是怎么着？

正　翁　（极轻松地）一群要账的。

大姐夫　噢，要账的！（转而对母亲）您呀，犯不上跟他们致气。您记住喽，一个要账的，一个要饭的，这两路东西，没一个懂规矩的！

1167

明儿找他们掌柜的说去，再敢这么追到家里来要钱，就决不再上他们那儿赊东西！看他们的买卖还怎么做！

正　　翁　　对！

大姐婆婆　　呸，一对儿不要脸的东西！除了养鸽子、票戏、卖嘴皮子，还知道什么？弄得一个臭卖烧饼的，也敢平白无故跟我瞪眼珠子！

大姐夫　　又来了！

〔大姐夫与父亲相视一笑，大姐夫溜下。

大姐婆婆　　家里头大事小事，谁拿过一个鲜亮主意？全得我！全得我！你们就不想想吗？这个年关怎么过？

正　　翁　　噔根儿哩根儿噔！

大姐婆婆　　没皮没脸！

正　　翁　　噔根儿哩根儿噔！

大姐婆婆　　供桌上的糖瓜儿我可有数儿，四个带芝麻的，四个不带芝麻的！别当我是傻子。（拿桌上的干枣）二姐，拿着这个，咱们走！

〔大姐婆婆拉二姐下。

正　　翁　　咳咳，啊啊啊！

（唱）这条嗓子多么清亮多么有神，
　　　人都说它跟那"叫天儿"有一拼！
　　　要不是因为那个钱太紧，
　　　我早就耗财买脸，自组票社，傲里夺尊。
　　　怎么能跟个娘们儿瞎较劲儿，
　　　明儿还得到东城去唱《野猪林》。

〔众票友上。

众票友　　好好！

票　　友　　正翁，您先饮饮场！

正　　翁　　（唱）万一这条嗓子失了润，

众票友　别价儿!

正　翁　（唱）捧我的朋友们，朋友们得多伤心。

众票友　不能够!

正　翁　不能够?

众票友　不能够!

　　　　（唱）咱们是票友，
　　　　　　　规矩不能丢!
　　　　　　　生旦净末丑，
　　　　　　　艺海苦追求。
　　　　　　　咱旗人文武双全，
　　　　　　　玩票也得玩个够。
　　　　　　　最讲究切磋请益，
　　　　　　　携手更上最高楼。
　　　　　　　咱们是票友，
　　　　　　　不为生计谋。
　　　　　　　穷有穷讲究，
　　　　　　　富有富风流。
　　　　　　　甭管他是穷是富，
　　　　　　　祖宗的福分全都有，
　　　　　　　铁杆庄稼咱依时当令儿往家收。

　　　　〔大姐夫偷吃糖瓜。

正　翁　哎!小子，你不怕她撕你的嘴!

大姐夫　一个!

正　翁　爷儿几个!

众票友　呃!

正　翁　今儿个，二十三，糖瓜粘!一人一个。

众票友　得令啊!

　　　　〔大姐夫给票友分糖瓜。

众票友　（念）二十三，糖瓜粘，
　　　　　　　　请香放炮过小年。
　　　〔女旗人上。
　　　　　　芝麻秸，撒满院，
　　　　　　灶王爷骑马上西天。
　　　〔众票友、女旗人下。
　　　〔舒家起光。
　　　〔姑母抽着烟，大姐立一旁。
大　姐　姑姑，您看我妈这……
姑　母　生不下来，叫唤又有什么用！哼，这叫什么事儿啊？祭灶的时辰，家里连个男人都没有，偏还要生孩子，怪不得这日子越过越拉饥荒……
　　　〔大姐婆婆、二姐上。
大姐婆婆　我来了我来了。不就是中了煤气吗？我有偏方。俗话说偏方治大病！
姑　母　哟，亲家母！
大姐婆婆　哟，老姑奶奶。
　　　〔大姐扶婆婆，姑母和婆婆抢座，二人落座。
大　姐　婆婆！
大姐婆婆　滚！
　　　〔大姐暗下。
姑　母　生娃娃用不着偏方。
大姐婆婆　那也看谁生娃娃。
姑　母　谁生娃娃也用不着解煤气的偏方！
大姐婆婆　可要是中了煤气她就生不出娃娃！二妞，把干枣儿撂炉子上烤烤……
　　　〔二姐暗下。
姑　母　几个破枣，烤得煳了吧唧的，治病？好人都得熏出毛病来！

大姐婆婆　几个破枣？老姑奶奶，常言道瓜子不饱是人心！

姑　　母　哼！

大姐婆婆　我这人，心善，顶容不得人家欺负兄弟媳妇。

姑　　母　一个大姑子，不欺负兄弟媳妇，她还算什么大姑子？什么大姑子！我这个人，脸皮儿薄，顶不会死乞白赖赊东西了。

大姐婆婆　呸！不会赊东西，白做旗人！活到一百岁，也是白活！我这个人哪，不势利眼，不一门心思往上走亲戚。

姑　　母　一门心思往上走亲戚，那叫狗眼看人低！

大姐婆婆　对！要不然哪，我，子爵的女儿，佐领的太太，能要个穷旗兵的闺女当儿媳妇？

姑　　母　您忘啦？我们姑娘她大舅，可是正三品！亲家爹是几品？四品！四品！

大姐婆婆　四品怎么啦？架不住我们有后劲儿！到时候升上去，吓死你！

姑　　母　吓死我们了，吓死我们了！我们家老头子在世的时候，是正二品，红顶子！

　　　　　〔鞭炮声。

　　　　　〔姑母、婆婆二人搬椅子，对坐，挥舞着烟袋斗气。

　　　　　〔突然传来初生婴儿的啼哭。

姑　　母　亲家母，您那偏方还没使上，她就生啦！

　　　　　〔二姐急上。

二　　姐　我妈，妈她昏死过去啦！

　　　　　〔二姐下。

　　　　　〔姑母、婆婆下。

　　　　　〔收光。

　　　　　〔婴儿的哭声。一束追光照着抱着婴儿的大姐。

大　　姐　小弟弟！小弟弟，听姐姐的话。乖，不哭了！

　　　　　（唱）灶王爷升天你落了地，

　　　　　　　　日正辰良，上上大吉。

　　　　　　按理说你该有大来历，
　　　　　　可你一来，妈妈她就血流不止人昏迷。
　　　　　　小脸儿多周正，
　　　　　　肉皮儿多白皙，
　　　　　　满天花炮里，
　　　　　　小嘴儿轻轻啼。
　　　　　　妈妈生你不容易，
　　　　　　只因咱舒家的男丁稀。
　　　　　　愿神佛保佑我的小弟弟，
　　　　　　长大了成人成事有出息。
　　　　〔收光。
　　　　〔起光，景现舒家。二姐上。
二　　姐　福海二哥来了！福海二哥来了！
　　　　〔福海提着食盒跟蒲包上。姑母上。
姑　　母　福海来了！
　　　　〔福海请安。
福　　海　老姑奶奶，您吉祥。
姑　　母　福海，我就喜欢看你这副利落相儿！来就来吧！
　　　　〔姑母看着福海手上的东西，张手去接，福海把食盒与蒲包递给了二姐。
福　　海　二斤红糖，三十个鸡蛋。蒲包里是桂花缸炉跟槽子糕。收好了！
姑　　母　哼！
　　　　〔姑母扭身下。二姐朝福海一吐舌头。
二　　姐　生气啦。她呀，一看见盒子跟蒲包就想自己扣下。
福　　海　得了，快把东西给姑妈拿进去吧！
　　　　〔二姐下。
福　　海　姑妈，我在外头给您请安啦！（请安）姑妈，您吉祥！
　　　　〔母亲上。

———曲剧《正红旗下》

母　亲　福海！
福　海　姑妈，您怎么出来了？
母　亲　福海，有档子事儿……
福　海　姑妈，您说！
母　亲　唉！
　　　　（唱）你姑父朝思暮想天天盼，
　　　　　　　老舒家得有个人儿继香烟。
　　　　　　　你兄弟来在这世上多磨难，
　　　　　　　消灾去障，祝愿吉祥得办"洗三"。
　　　　〔二姐上。
母　亲　（唱）二姐她人小缺历练，
　　　　　　　你姑父没有主意挺为难。
　　　　　　　到时候七姥姥八姨儿来探看，
　　　　　　　怠慢了亲戚可惹麻烦，
　　　　　　　手边上又没有多少钱。
福　海　我明白了！
母　亲　福海！
　　　　（唱）拜托你鼎力承担，因陋就简，把这档子难事办周全。
福　海　您是说小兄弟的洗三！姑妈，您就交给我吧！放心，这洗三大典哪——
　　　　（唱）咱把它办得体面又简单，
　　　　　　　银钱上绝不叫您为难。
　　　　　　　老妈妈论咱不错半点，
　　　　　　　诸事我早就想周全。
　　　　　　　明儿来的多半是女眷，
　　　　　　　二姐你专门管倒茶点点烟。
　　　　　　　晌午饭，我来办，
　　　　　　　水酒一壶菜两盘儿。

腌疙瘩缨儿炒蚕豆，水煮肉皮多放盐。

有荤有素，有稀有干，

喝完酒热汤儿面咱就往上端。

有味儿没味儿的先甭管，

热乎乎闹它个水饱儿肚儿圆。哈哈哈！

吃完有愿意玩小牌的，咱们四吊钱一锅儿……

〔姑母急上。

姑　母　玩牌！好小子，来！就四吊钱的锅儿，姑奶奶我接着你！丫头，快把牌桌子支起来。

福　海　老太太，说的是明天。

母　亲　明儿个！

姑　母　明儿个？哟！坐月子时候怎么出来了，不要命了，快快！

〔姑母、母亲、二姐下。

姑　母　到时候，我接着你的。

〔收光。

〔小瘸子索老四左手一个蒲包，右手提双靴子，风摆荷叶般摇了上来。

索老四　二哥！

福　海　索老四。

索老四　（请安）今儿我给您报个喜信儿。坐，您请坐。前些日子劳您大驾，顶着我的名儿，校场上又是骑马又是射箭的。二哥，咱们那点儿事儿，拿下来啦！

　　　　（唱）要不是我当时正害眼，

我绝不会给您添麻烦。

您帮我把补缺的大事办，

俸银禄米，咱也能依时按令儿往家搬！

从此后天塌地陷都不用管，

小意思敬谢二哥恩重如山。

———— 曲剧《正红旗下》 >>>>>

福　海　兄弟，这头一个月的饷银，就都干了这个了吧？

索老四　头一年的我都赊着花出去了。唉，买卖地儿里赊东西，多么鲜亮的主意！除了咱旗人，谁还能想得出来！二哥，论骑术、论箭法，（伸出大拇指）您是这个！可咱们这点儿事，您千万别到外头说去。我倒没什么，我是怕外头知道了都找您来了，您劳不起那神！

云　翁　福海！

索老四　您家老爷子来了。

〔云翁摇着个大鸟笼子上。

云　翁　福海，你小子真溜得快，让我们追这儿来了。

索老四　云翁，您吉祥！

云　翁　老四啊！（看见索老四手里的东西，笑。要放鸟笼，忽又拿起）哎，这儿没猫吧？

福　海　没有。

索老四　没有！

云　翁　嗯，补缺虽是大事，猫若扑伤了我的蓝靛颏，事情可也不小。（放下鸟笼）过来呀！

〔小罗锅查老二上。

索老四　瞅瞅，来了！

查老二　二哥！

〔查老二抢前施礼。福海还礼，却想不起这是谁了，有些尴尬。

云　翁　知道这是谁吗？

查老二　您甭费劲了，咱兄弟没见过面，可我一说，您准知道。我爸爸，查涤生，亮蓝顶子。

云　翁　查家老二！

福　海　噢噢噢！

查老二　二哥，咱兄弟虽说没见过面，可您的本事，您的骑术、您的箭法，兄弟我早就如雷贯耳了。索四爷不就是经您帮衬，得了个……

索老四　第二名！

查老二　对！第二名！

索老四　（抽自己脸）谁说的这是？

〔查老二看云翁，云翁拉索老四。

云　翁　都不是外人！福海，正红旗不是要补缺了吗？你呀……

查老二　二哥，我今儿是和您讨教骑术箭法的。

索老四　讨教？

查老二　二哥，您瞧我这扳指，翠的！绿得一汪水似的，四九城儿头一份儿！

　　　　（唱）戴上它我叩着弓弦成天价练，

云　翁　（唱）这孩子就是身残志不残。

索老四　（唱）驼着脊背眯着眼儿，

福　海　（唱）他这番表演为哪般？

查老二　（唱）转身骑马那个发羽箭，

云　翁　（唱）百步穿杨把敌那个歼哪！把敌歼！

　　　　老二，有什么话就说！

〔索老四欲言又止。

云　翁　（唱）老二他年轻好脸面，

　　　　福海你再替他在那校场之上跑几圈！

福　海　（低声）我不是早跟您说了吗，这路子事……我再不管了！

云　翁　这么着！

查老二　云翁，既然二哥忙，我也就不难为你们爷们儿了。（双手一抱拳，转身便走）

云　翁　难为谁呀，替你办也是办，替别人办也是办。朝廷一共有多少份钱粮，是个死数，给了谁不是给。他有什么，不就是会骑个马、射个箭吗！他要没这两下子，咱们干吗找他。

查老二　云翁！老话说，人争一口气，佛受一炷香。二哥有一点儿不痛快，我查老二也绝不强人所难。不是我这人狗食，咱们旗人，什

——曲剧《正红旗下》

么都可以不要,就是不能不要脸哪!可惜呀,可惜我查老二这一身的学问本事!乾隆年间,大学士刘墉刘石庵,人称刘罗锅子。他长的是个多大的罗锅啊,后脊梁上就像是扣上了个大海碗,人不照样定国安邦吗?

云　翁　可说呢!

查老二　云翁啊,说句不怕掉脑袋的话吧。这以貌取人的规矩要再不改改,大清朝,那是非亡不可!

云　翁　老二!

查老二　岳飞——岳鹏举!干吗动不动就唱《满江红》啊?他那点儿滋味,我算是咂摸透了,他屈呀!

〔查老二一甩手,下。

云　翁　老二!老二!这孩子,啊,多大的志向!他这是宁折不弯啊!

福　海　我亲爸爸,您要是连这路身板儿的都说成是宁折不弯,那我可就不能不跟您抬抬杠了。

云　翁　住嘴!为官多年,怎么用人,我会不如你?这带兵跟养蛐蛐儿一个理儿:缺一抱爪儿,少个水牙,咬上就不撒嘴!打起仗来,更敢下家伙!福海,这旗兵补缺,是朝廷的大事。甭管什么样儿的,总得让军队凑够了数儿吧!就这么办啦!(回身提鸟笼)就这么办了!

〔云翁提鸟笼下。

福　海　就这么办了!

索老四　二哥,回见!

〔索老四行礼,风摆荷叶般下。

福　海　唉,就这么办了?难怪英法联军直入公堂地就火烧了圆明园呢!

〔起光。众旗兵巡城,旗兵从台口直走过场。收破烂儿的妇女从舞台另一侧上。舞蹈。

众旗兵　(唱)正红旗飞动,

众妇女　(唱)有破烂儿,我买!

众旗兵　（唱）众将士守皇城。

众妇女　（唱）有破烂儿，我买！

〔众旗兵下。老王掌柜上。

女　声　（唱）洋取灯儿。破烂儿，换洋取灯儿。

老王掌柜　哼！洋火，洋油，洋炉子，洋面，洋布，洋胰子，全成了洋的！您听听，连收破烂儿的都变了洋味儿了！

众妇女　（唱）洋取灯儿，破烂儿，换洋取灯儿，洋取灯儿！

老王掌柜　呸！走！走！

〔老王掌柜拿出烟袋，打着火镰。收破烂儿的划根火柴递过去。老王掌柜拒绝。

老王掌柜　走！走！走！（打着火）着了，走！

众妇女　走就走！

（唱）洋取灯儿，破烂换洋取灯儿，洋取灯儿！

〔多老大上。一见老王掌柜，急躲。

老王掌柜　多大爷！多老大！

多老大　哎哟，老王掌柜呀！您好哇？您买卖好吧？

老王掌柜　就冲尊驾您这样，光赊账，不还钱，他哪家的买卖能好得了！

多老大　得啦，再容我几天，我这就发财了。

〔多老二上。

多老二　大哥！（过来）你，你！你真入了洋教了？

多老大　灶王爷，财神爷，中国的神仙都不保佑我。凭什么就不能试试洋神仙呢？我跟您说，这洋神仙哪，还真有点儿意思！

多老二　咱们是旗人！

多老大　旗人怎么啦？旗人也得吃，旗人也得穿。

多老二　冻死饿死，也不能巴结洋鬼子！你再这么着，别怪我不让你进我们家的门！

多老大　哟嗬，我可是你哥哥，亲哥哥！我高兴几时去我就几时去！

多老二　你对得起祖宗吗？

———— 曲剧《正红旗下》 〉〉〉〉〉

多老大　祖宗？对呀，那天晚上，就是咱们的老祖宗，

　　　　（唱）给我托的梦。

　　　　　　让我去找上帝谋营生。

　　　　　　洋神仙还他妈的真孝敬，

　　　　刚说句"我有罪"，

　　　　（唱）他就大大方方解了我的穷。

　　　　　　四吊钱，白奉送，

　　　　　　还搭了本老厚的破书叫《圣经》。

　　　　　　再让你长点学问吧。

　　　　　　《圣经》上头说呀，这人，是土做的，土做的。哈哈哈！

　　　　〔多老大下。多老二气得直抖。

老王掌柜　入了洋教了，我说呢，原来他每回也就是赊个一二百钱的生肉，可现而今他敢拿整只的酱鸡。

多老二　老王掌柜，他欠了你多少钱？我还。

老王掌柜　多二爷，你们早就分开另过了呀。

多老二　分了家，他的祖宗也是我祖宗！丢人哪！

老王掌柜　这……

　　　　〔多老二掏银子塞给老王掌柜，下跪，下。

老王掌柜　都是一个爹妈生养的，怎么就……

　　　　〔王十成上。

王十成　爹！

老王掌柜　十成？你，你不好好在乡下呆着，怎么进城来了……

王十成　乡下的日子，没法过啦！（亮红腰带）爹！

老王掌柜　你这是？

王十成　我入了义和拳！

老王掌柜　啊！

　　　　〔老王掌柜捂住儿子的嘴，拉起便走。收光。

　　　　〔舞台前区起光。鸽哨声。大姐夫上。

大姐夫　（唱）开鸽栏把我的心肝喂养，

　　　　　　　当院里早撒上黑豆红高粱。

　　　　　　　鸽之美鸽之健就在羽毛翅膀，

　　　　　　　养鸽子最讲究品种优良。

　　　　　　　"墨环"是短嘴、金眼、凤头为上，

　　　　　　　"紫毽"要色如红铜锃锃闪光。

　　　　　　　"黑乌头"善翱翔骨格健壮，

　　　　　　　"四块玉"羽色鲜明体态修长。

　　　　　　　竹竿上拴红绸晃上几晃，

　　　　　　　半空里传来了鸽哨悠扬。

　　　　　　　宝贝儿们哪只都值一二两，

　　　　　　　这简直是满天的元宝在飞翔！

　　　〔大姐婆婆在大姐夫的唱段中，拿着烟笸箩上，坐下。

　　　〔舞台一侧，景现大姐婆婆家。大姐婆婆正呼噜呼噜地喝粥。大姐在一边伺候着。

大姐婆婆　臭鸽子，一天到晚，就知道得儿咕、得儿咕，一会儿我就拿刀

　　　　　剁了你们，让你们得儿咕！

大姐夫　您把我剁巴了得了！

　　　〔大姐夫下。

　　　〔鸽哨声远去。

　　　〔大姐光起。

　　　〔舞台另一侧，舒家的光区起。姑母上。以下是两个空间同时展现。

姑　母　今儿不是给她小兄弟洗三吗？姑奶奶怎么能够不来呀？

大　姐　这种时候，有哪个姑奶奶不想回娘家风光呢？我真想拔腿就走

　　　　啊！

大姐婆婆　我就是不叫她去！叫你们和美不成。（喝粥）你公公呢？

大　姐　去东城票戏去了。

大姐婆婆　成天价就知道在外头野！野！一对儿不要脸的东西！

———曲剧《正红旗下》

姑　　母　太阳都这么高了,大姑奶奶怎么还不露面?一定,一定又是让那个大酸枣眼的老梆子给扣住了。

大　　姐　妈!我……

大姐婆婆　嗯!

〔大姐婆婆眼一瞪。

姑　　母　我找她评理去!她要是不讲理呀,把她眼里的酸枣核抠出来!

〔姑母抬腿要走。

大　　姐　妈,妈,今儿个是我小弟弟洗三,您看……

大姐婆婆　啊,天底下,有这样的儿媳妇吗?

（唱）你,说你呢!

你到底还有没有个媳妇相,

成天价你就不觉着闲得慌。

我劳动不起你的大驾,可佛爷呢?佛爷你也敢轻慢?

莫非你没把眼睛长,

这佛前的五供有多么脏。

大　　姐　我已经擦过了。

大姐婆婆　（唱）还有这箱子、柜子、连三上的铜活儿,

过年了难道就不该见见亮,

什么事都得我这婆婆把嘴张。（打个哈欠,垂下头）

〔大姐婆婆呼噜打得山响。

大　　姐　小兄弟,你的洗三啊,大姐怕是去不成啦!

（唱）成天价忍气吞声把笑脸装,

我多想抱抱弟弟看看娘。

我婆婆她成心找碴儿偏不让,

家务事她恨不得铺排一百桩。

出嫁的女人,全都一个样,

除非是熬成了婆婆把家当。

心里头酸酸楚楚幽思漾,

　　　　　　　手底下利利索索不住忙。
　　　　　〔大姐婆婆的呼噜声。
大　　姐　耳听着婆婆的呼噜响，
　　　　　　心想着娘家的喜庆风光……
　　　　　〔收光。
　　　　　〔起光，老白姥姥急跑。
女　　声　（念）炕公炕母娘娘码，
　　　　　　　　大葱铜锁石榴花。
　　　　　　　　槐枝艾水早备下，
　　　　　　　　就等着姥姥快来家。
　　　　　〔众女客上。
老白姥姥　来喽！来喽！
　　　　　〔老白姥姥头戴石榴花上。
众女客　老白姥姥吉祥！
老白姥姥　吉祥！吉祥！小小子呢？
　　　　　〔二姐抱孩子上。
二　　姐　白姥姥吉祥！
老白姥姥　（接过孩子）铜盆！热水！
众女客　都预备好了！
　　　　　〔老白姥姥试水温。
老白姥姥　好喽！
　　　　　（唱）喷喷香的槐枝艾叶水儿，
　　　　　　　　倒进了黄铜的子孙盆儿。
　　　　　　　　白胖白胖的小小子儿，
　　　　　　　　没灾没病的长成了人儿！
　　　　　〔众人添盆，舞蹈。
老白姥姥　（唱）瓜子不饱是心意儿，
众女客　（唱）瓜子不饱是心意儿，

———— 曲剧《正红旗下》 〉〉〉〉〉

老白姥姥　（唱）贺礼添进了子孙盆儿。

众女客　（唱）贺礼添进了子孙盆儿。

老白姥姥　（唱）吉祥话儿说给胖小子儿，

众女客　（唱）吉祥话儿说给胖小子儿，

老白姥姥　（唱）大家伙儿盼你有出息儿！

众女客　（唱）大家伙儿盼你有出息儿！

众　人　（唱）大家伙儿盼你有出息儿！

〔老白姥姥洗三。

老白姥姥　先洗头，做王侯。

众女客　（唱）做王侯，先洗头。

老白姥姥　后洗腰，一辈倒比一辈高。

众女客　（唱）一辈倒比一辈高，就后洗腰。

老白姥姥　洗洗蛋，做知县。洗洗沟，做知州。

众女客　（唱）做知县，做知州，洗蛋洗沟沟！

老白姥姥　左描眉，右打鬓，寻个媳妇准四衬！

众女客　（唱）寻个媳妇要四衬，
　　　　　　　描眉毛打打鬓。

〔婴儿响亮的哭声。

众　人　（唱）响盆儿啦！
　　　　　　　响盆儿啦！
　　　　　　　响盆儿啦！
　　　　　　　响盆儿啦！

老白姥姥　大葱！

众女客　这儿呢！

老白姥姥　一打聪明！

众女客　一打聪明！

老白姥姥　二打伶俐！

众女客　二打伶俐！

老白姥姥　三打一辈子有福气！

众女客　三打一辈子有福气！

老白姥姥　把这根葱扔到房顶上去！

二　姐　我扔！

老白姥姥　别价！丫头，你这一接过去，你小弟弟这辈子可就聪明不起来啦！孩子爸爸呢？永寿，永寿！

〔老舍父亲在幕后答应了一声："哎。"

众女客　瞧瞧，早不来，晚不来，这时候回来了！

老白姥姥　这就是孩子的福气。

众女客　对！

〔父亲上。

老白姥姥　永寿，把这棵大葱扔到房顶上去！

〔父亲接过葱，走到台前。这时灯光暗下来。只照着他一个人。

父　亲　我这么一扔，大葱上了房。我的眼泪啊，哗就下来了。四十多岁的人了，我又有了老儿子！

〔一束光照着后区。老舍母亲抱着孩子出现在房子里。众人暗下。

母　亲　你还没怎么抱过他呢！

父　亲　皇城里的差事老没个消停。孩子她妈，你受苦了。为了这孩子，差点儿要了你的命啊！

母　亲　这有什么呢？抱抱你的儿子吧。

父　亲　这可是咱们第三个男孩子了。为了留住他们啊，我给头一个起了个女孩的名字，叫黑妞。还特意给他扎了一对耳朵眼儿。可是，小黑小子没能活多久……

母　亲　第二个是年三十儿吃饺子的时候，我到街门口叫回来的。"黑小子，白小子，来家炕上吃饺子。"转年的腊月还真就叫来了一个小白小子。可他没吃上几回饺子，也回去了。

〔突然，传来两声苍凉的"硬面饽饽"的吆喝声。接着，又是隐约的钟磬鼓乐，仿佛一支送殡的队伍正在经过。父亲一下子把孩子抱紧。两个人依在一处静听。

父　亲　（唱）硬面饽饽的吆喝好凄凉，

母　亲　（唱）还有那送殡的鼓乐檀梆？

父　亲　（唱）这年头儿多灾多难多魍魉，

母　亲　（唱）求神佛保佑我儿平安健康。

父　亲　（唱）不求他红蓝顶子封官赐赏，

母　亲　（唱）不盼他穿金戴银耀祖增光。

父　亲　（唱）只要他心地堂堂有脊梁，

母　亲　（唱）只要他自食其力人善良。

〔孩子突然哭起来。

父　亲　（唱）你听听他的哭声多么雄壮，

母　亲　（唱）满身都是槐枝艾叶的苦涩芬芳。

父　亲　（唱）我的老儿子你壮壮实实随风长，

母　亲　（唱）长到谈婚论嫁喜蛛儿忙。

父　亲　（唱）儿媳妇稳重能干跟你一样，

母　亲　（唱）生下的小儿小女成对成行。

母　亲
父　亲　（唱）咱舒家血脉绵长，后福无量，

　　　　　　　咱老了也有儿孙烧纸焚香。

父　亲　（唱）穷家小户无奢望，

母　亲　（唱）求祈神佛，

父　亲　（接唱）求祈上苍。

母　亲　（唱）从今后我按时按点把香上，

父　亲　（唱）年初一我开门就走对喜神方。

母　亲　（唱）好让他诸事亨通，无灾无恙，

父　亲　（唱）一辈子安安稳稳，顺顺当当。

〔收光。

第二乐章

〔纱幕。

〔音乐中，老舍的画外音：二百多年积下的历史尘垢，使一般的旗人既忘了自遣，也忘了自励。（起光。纱幕内，正翁双手提四个套罩的大鸟笼子摇笼遛鸟，云翁出现，与正翁见面，礼数周到地相互恭维着。随着鸽哨声，大姐夫手捧鸽子，专注地望着天上的鸽群，撞到了二翁，却毫不理会，二翁也不并不计较，而也为天上的鸽群所吸引）我们创造了一种独具风格的生活方式：有钱的真讲究，没钱的穷讲究。生命就这么沉浮在有讲究的一汪死水里。

〔鸽哨，蝈蝈叫声中，纱幕隐去。

〔鸽哨声渐隐，演区光起。

〔父亲坐在凳子上，二姐擦着椅子。

〔福海搬把椅子上。

〔福海擦椅子。

父　亲　哎！

福　海　姑父，实在不行就跟亲友们辞了吧。咱就跟他们说这满月酒不办了！

父　亲　这样也太对不住我的老儿子了。

二　姐　就是！好不容易才有了小弟弟，不办满月，那哪儿成啊！

福　海　姑父，我琢磨着，咱就是挨家挨户去辞，多半也拦不住。咱们旗人，就好这一套呀！不过这么一辞，咱们就好办了。

父　亲　怎么呢？

福　海　反正先说了不办满月酒，他们来了，咱正好清茶恭候。

父　亲　那也不能真就清茶恭候啊。

福　海　您哪，那不能够，好歹弄点东西吃吃，他们也不能挑理不是。

二　姐　哼，要不人都叫您二鬼子呢。

父　亲　这倒是个法子！

二　姐　那到时候要是……

福　海　放心吧，就这样，到时候哇，人也得来个满膛满馅儿！

众亲戚　那是！

〔众亲戚们上。

〔姑母上。

姑　母　各位亲友都来了！

众　人　老姑奶奶，给您贺喜了！

姑　母　同喜！同喜！

〔大姐夫提着一对用手绢包着的鸽子。

大姐夫　哎，各位，看看，看看我这一对宝贝儿吧。

福　海　哟，紫老虎帽儿。

众　人　嗯？

大姐夫　看这帽儿，一直披过了肩！

众亲戚　嗯！

大姐夫　多么好的尺寸！

众亲戚　嘿！

大姐夫　一点儿杂毛也没有！

众　人　好！

云　翁　多甫，哪儿淘换来的？

大姐夫　外头……

众　人　噢！

大姐夫　没地儿淘换去。

众　人　嗨！

大姐夫　庆王府里的秀泉秀把式从王府偷出来的一对蛋，到底是王府里的玩意儿，（又向福海显摆）您看看，孵出来的哪儿是鸽子，是一对凤凰哟！

众　　人　啧啧啧！

多老大　嗯，得送给秀把式一两八钱的吧？

大姐夫　眼拙了，一两八钱的，人家连看也不让你看一眼啊！靠着面子，我给了他三两。

众亲戚　嚯！

多老大　我看不值！

大姐夫　什么？（要打架）

福　　海　（拦住）这鸽子，是随心草儿。不喜欢的人，白给也不要；喜欢的人，倾家荡产也值！

众　　人　对对！

大姐夫　二哥哟，（瞪多老大一眼）天底下就您是个明白人哟！

多老大　哼！

大姐夫　哼！

父　　亲　诸位亲友，大家快请入座吧。

福　　海　请！请！

众　　人　请，您请！您请坐！

众　　人　（唱）咱旗人处处都礼儿最多，
　　　　　　　　什么事都讲个礼数和道德。
　　　　　　　　眼看着要入席可不能随便坐，
　　　　　　　　乱了规矩让人笑话，
　　　　　　　　这脸就没地方搁。

旗人甲　（唱）您先坐。

旗人乙　（接唱）您不坐下我哪儿能坐？

旗人甲　（唱）咱们俩儿，谁是哥哥？谁是哥哥？

旗人丙　（唱）论官职您高他一品错不错？

旗人丁　（唱）走亲戚就不能论这个！

众旗人　（唱）不论这个论什么？
　　　　　　　您坐！

　　　　　您坐！
　　　　　您坐！
　　　　　您坐！
父　亲　（对姑母）老姐姐，您看！
姑　母　有了，大姑奶奶，大姑奶奶，快出来给安顿安顿吧！
　　　　〔大姐上。给大家请个蹲安。她边唱着边把众人安排坐下。
大　姐　哎！
　　　　（唱）贺满月舅舅是正宾，
　　　　　　　首席当然得娘家人！
　　　　　　　公公您官居正四品，
　　　　　　　王掌柜，
　　　　　　　您虽不是亲戚可年纪尊。
　　　　　　　您几位依次入席名正言顺，
　　　　　　　多二爷您衙门办差有清音。
　　　　　　　您二位要打三奶奶姑舅那边儿论，
　　　　　　　我看这长幼就有了区分。
　　　　　　　您是我五婶儿侄儿的三表弟，
　　　　　　　您是我二姥姥表妹的四侄孙，
　　　　　　　虽说同年同月生，可还差着时辰，
　　　　　　　所以说不能不委屈您。
众旗人　小嘴吧吧的，评得还挺公道！
大姐夫　哈哈！
众旗人　嗯？哈哈！
多老大　我看就不怎么公道！
大姐夫　什么？
父　亲　多甫！
多老大　我，坐这儿，凭什么？
大　姐　多大爷，论官职，论辈分儿，您……

多老大　可我是教民！我跟着我们牛牧师出去，宛平县县太爷见了都得抢先拱手请安！让我跟个山东小力笨儿（指十成）同居末席！

〔大姐暗下。

王十成　在这儿，你也要借着洋人的势力耍威风？

老王掌柜　十成！

王十成　二毛子！我顶恨的就是你们这些二毛子！一狗上教堂，就想骑在中国人的脖子上拉屎啊！

老王掌柜　（过来拉住儿子）十成！

王十成　早晚有一天……哼！

老王掌柜　多大爷，都是朋友。

〔王十成一掀衣服，腰上露出了红腰带。

多老大　义和拳！

父　亲　多大爷，都是亲戚！都是亲戚！

多老大　他是义和拳！

〔众人站起。

王十成　我是中国人！爹，是他不是？赊你铺子里的酱鸡、肘子不说！还强着要借钱，不借，就拿洋和尚吓唬人！

多老大　那是抬举你！

王十成　呸！

多老大　你想怎么着？

多老二　大哥！你就给咱多家祖宗留点儿脸面吧！哪怕是一丁点儿呢。（跪）

大姐夫　（跳起来，逼上去）欺人太甚！

多老大　你，你要干什么？干什么？！

父　亲　别价呀！别价呀！

正　翁　多甫，别搅了亲家的满月！

众亲戚　对呀！

〔大姐夫不听，与多老大甩着膀子转着圈要打架。

多老大　（唱）欺负人欺负到我头上。

大姐夫　（唱）看你是身上痒痒欠得慌！

多老大　（唱）我让你尝尝我这铁砂掌！

大姐夫　（唱）我把你……（忽然空中传来一阵鸽哨声）鸽子在天上正彷徨。

〔大姐夫仰头去看，完全忘了打架。边说边往外走。

（唱）原来是一只落了单儿的铁翅儿真漂亮，

　　　孤单单想找落脚儿的地方。

　　　赶紧回家把鸽盘儿放，

　　　大正月裏下这元宝叫我开一回张！

〔大姐夫下。

多老大　（追大姐夫）嘿！

正　翁　亲家，把老儿子儿抱出来给大伙看看吧！（坐）

众亲戚　是啊！

〔众人坐。

〔收光。

〔起光。女旗人们上。行路，舞蹈。

女　声　（念）三月清明柳条风，

　　　东岳大帝摆驾行。

　　　中幡儿、高跷、五虎棍，

　　　欢声笑语满京城。

〔女旗人过场下。

〔二姐上，母亲上。

二　姐　妈，二月的钱粮领回来了？

母　亲　嗯！

二　姐　妈，索家下帖子了，说我五表姐下月二十八出门子，要大办！

母　亲　大办？

二　姐　您猜，他们请谁当送亲太太呀？

母　亲　请谁呀？

二　姐　就是您！这是多么有面子的事儿呀！这回呀，姑姑又该敲着烟袋锅子找碴儿撒气了。嫉妒管什么用？谁叫她不是全和人呢！

母　亲　二姐！去数数门垛子上的鸡爪子印，看咱们欠了多少水钱、炭钱，还有烧饼钱。

二　姐　妈，我早就数好了，十五挑水，四包炭，七十四个烧饼。还有……

母　亲　还有？

二　姐　还有，两，两小块酥糖。

〔母亲狠狠地剜了二姐一眼。

二　姐　妈，我，我再也不敢了。妈，我再不敢了……

母　亲　你看看，二月份的钱粮，现在才发。拢共三小块银子，还有一块掺了假。换钱，想多问几家，可偏偏银盘儿又落了，我从衙门口直跑到单牌楼，唉！反倒少换了五百文。你快十三了。咱家的日子什么样，你不是不知道！

二　姐　妈，我早就想，我都快十三了，能不能……能不能揽点活儿干？

母　亲　（笑了）你能干什么？

二　姐　纳鞋底袜底，扎花儿，钉纽襻儿，还有洗洗涮涮的，我全都会了。要是再能……

母　亲　那你姑母准得说：咱们是旗人，不是三河县的老妈子！

二　姐　您干吗老听她的呀！那我福海二哥，当着旗兵，还兼着油漆匠呢。我就是想不明白，她一个寡妇，白住在咱家，白使咱们的水，白烧咱们的炭，她还……

母　亲　我说，你今儿怎么这么多话呀！

〔父亲上。

父　亲　孩子他妈，别急。

母　亲　怎么能不急呢？家里头添丁进口，钱越来越不够使。这不，偏又得去当送亲太太……

父　亲　哟，谁家？

——曲剧《正红旗下》 〉〉〉〉〉

二　姐　索家。

父　亲　哦，那是人家看得起咱。

母　亲　那可得穿戴上成套的首饰衣裳：大缎子的绣花氅衣，真金的扁方、耳环，还有大小头簪……

父　亲　你放心！老姐姐有。过两天，等她高兴了，我出头帮你借。

二　姐　可索家那么远，咱也不能让妈拿脚量着去吧？要是不雇车，这一路上灰沙三尺的，到那儿还不成了土鬼呀？

父　亲　（与母亲对视）嗯！

二　姐　还有呢！万一人家临时要凑个十胡什么的，您也不能让我妈耷拉着脸不抻磕儿啊？

母　亲　（笑了）这丫头，就没有你不知道的！

父　亲　是啊，都得钱哪！可亲戚们为了这婚丧嫁娶，倾家荡产都不在乎，咱还能不舍命陪君子吗？

母　亲　那你看看咱们领来的这点钱，再想想那一屁股两肋的账。

父　亲　孩子她妈，我看车到山前必有路。我涮涮水缸去！

二　姐　爸，我也去！

〔二姐下。父亲回身。

父　亲　你呀，就安心算你的账吧。

〔父亲下。

母　亲　算账，唉！

〔母亲开始用铜钱算账。来回地搬动着铜钱。

母　亲　（唱）拿起铜钱当算盘，
　　　　　　　左边是欠账，日用摆右边。
　　　　　　　"鸡爪子"账，不能欠，
　　　　　　　挑水的，担炭的，卖菜的，比咱更穷更艰难。
　　　　　　　粮店那儿能不能少还点儿？
　　　　　　　油盐钱再欠就太难堪。
　　　　　　　这日子怎么越过越惨？

1193

　　　　　逼得人低三下四尽把腰弯。

　　　　　真怕见铺子伙计的包子眼，

　　　　　宁愿挨饿也把账还。

　　　　　下个月婚丧嫁娶好几件，

　　　　　人情债高过白塔大于天！

　　　　　左盘算，右盘算，

　　　　　胸口发燥嘴发酸。

　　　　　老天爷您睁睁眼，

　　　　　看一看，

　　　　　看看我们过得多艰难！

　　　　〔父亲、二姐拿茶盅上。

二　姐　妈。

父　亲　喝口热茶吧！依我看哪，就先尽着还账吧。

二　姐　对，往后咱都省着点儿，还了账啊，心里舒坦！

　　　　（唱）这个月锭儿粉，头油一概都免，

　　　　　平日里多喝稀的少吃干。

　　　　　不炒菜，拿把小葱把豆腐拌，

　　　　　不要烧饼，只把豆汁端。

　　　　　灶王爷的供献也减上一减，

　　　　　香，每回就点一炷，

　　　　　这不也能省点儿买香的钱！

母　亲　让灶王爷受委屈，于心不忍哪！

父　亲　唉，咱家这点难心事啊，

　　　　（唱）灶王爷全都是亲眼得见，

　　　　　想必他不会为这把脸翻！

　　　　　平日里多做好事多行善，

　　　　　问心无愧苦也甜。

　　　　　一家人同舟共济精打细算，

———曲剧《正红旗下》 〉〉〉〉〉

　　　　熬几年总能翻过这穷山。

　　　　到那时咱大大方方再还愿，

　　　　把香烛灯火摆满神坛！

　　〔孩子的啼哭声。

父　亲　哟，老儿子是嫌咱们尽顾了自己说话，没人理他啦！

母　亲　哪儿啊？那是他饿了。

　　〔收光。

第三乐章

　　〔纱幕。

　　〔枪声起。

　　〔音乐中，老舍的画外音：母亲没有奶，而肚子一空，我就知道哭。孩子的饥啼是大风暴的先声。别忘了（起光。父亲为福海送行。）这是庚子年啊！义和团进了北京。清军也奉命围攻使馆。帝国主义列强终于有了瓜分中国的借口。八国联军打来了，而我们的八旗子弟啊，却已然跟顺治康熙朝的将士大不相同了。

　　〔收光。

　　〔起纱幕。

　　〔起光。

　　〔众旗兵换岗。

旗　兵　（唱）正红旗飞展飞动，

　　　　众将士威武威风。

　　　　三百年梦迷梦醒，

　　　　守皇城风中雨中。

　　　　守皇城，

　　　　守皇城。

　　〔收光。

〔零落的枪声。

〔起光。大姐夫已在台上，正埋头看书。小罗锅查老二唱着《空城计》上。

查老二　（拿着刀）我站在城楼观山景，耳听得……哟，多甫，怎么改看《薛仁贵征东》啦？

大姐夫　过去我一直看《五虎平西》，想学狄青，到时候一直往西打，往西打！打到西洋去。可昨儿才听说，洋人要来，敢情是打东边来。可不得改看《薛仁贵征东》了吗？

查老二　您圣明！

大姐夫　我核计着，我爸爸，还有我，一个佐领，一个骁骑校，我们爷儿俩，要是练得跟薛仁贵、薛丁山似的，那皇上得少着多少急呀！

查老二　那是，那是！

〔鸽哨声响起。

大姐夫　哟，老二，你盯着点儿，我得家去一趟，喂我的鸽子！

〔大姐夫下。正翁迈着四方步上，他是这儿的指挥官。

正　翁　差点儿耽误了正事！老二，炮凉了没有？要是凉了就再来它几下。

查老二　回正翁，甲炮差不离了，乙炮摸着还跟热饼铛似的。要不甲炮单来两下？

正　翁　绷绷儿，再绷绷！

〔云翁上，手托一盘面人。索老四手托着个蒙着白布的木托盘，风摆荷叶般跟随其后。

索老四　正翁，正翁。

查老二　哎！老四，有事吗？

索老四　参领大人到！

正　翁　不知参领大人前来，卑职……

云　翁　这套俗礼还是免了吧。

正　翁　您这是……

——曲剧《正红旗下》

云　翁　忙，忙得厉害！

正　翁　忙什么呢？

云　翁　您瞧见没有？这仗说打就打起来了！

正　翁　可是，耽误了多少正事啊！

云　翁　既然朝廷跟洋人开了战，食君禄，报君恩，咱们八旗子弟，也不能袖手旁观哪！

正　翁　那是。这不都忙活着嘛。

　　　　〔查老二匆匆下。

正　翁　不过仗要打，书也不能不听啊。咱们老哥俩儿有日子没一块儿听书啦，咱们……

云　翁　改日，改日吧。

正　翁　那您——

云　翁　忙。

正　翁　忙什么？

　　　　〔索老四忙跪，呈上木托盘。

云　翁　练兵啊！我正研习兵法！——朝廷最缺的，不是战将，是兵法。有这么一说没有？

正　翁　那是！那是！

云　翁　（唱）诸葛亮当初在隆中高卧，

　　　　　　　一出山纶巾羽扇，鼎立山河。

　　　　　　　效仿先贤今有我，

　　　　　　　饽饽铺定做了面人二百多。

　　　　〔众面人上，边舞边跟唱。

　　　　　　　这几天炕头上正襟危坐，

　　　　　　　小面人横排竖摆颇有心得。

　　　　　　　铁网阵铁壁合围把敌克，

　　　　　　　长蛇阵首尾相援镇邪魔。

　　　　　　　八卦阵阴阳变幻真叵测，

　　　　　天门阵遮天蔽日就像个铁锅，

　　　　　苍蝇进去也逃不脱，

　　　　　（天门阵苍蝇就是进去也逃不脱）

　　　　　等我把兵法全都琢磨熟了，

　　　　　我再往战场上这么一挪！得活！

　　　（合）就算齐活儿！

　　　〔众面人下。

　　　〔枪声响起。

正　翁　好！好兵法！

云　翁　哈哈！不过，今儿个，双厚坪说的《水浒》，武松杀嫂，正说到裉节儿上，您得听！得听！走，哈哈！仗要打，书也不能不听！

　　　〔云翁、索老四下。

查老二　正翁，乙炮也凉了，打吧！

正　翁　绷绷，再绷绷！

查老二　喳！再绷绷！

　　　〔正翁、查老二下。

　　　〔大姐婆婆引大姐及六个旗人妇女上，姑母带着二姐及旗人妇女从另一侧上。

大姐婆婆　（唱）到东交民巷去看热闹，

　　　　　　看看佐领父子怎么把炮放。

姑　母　（唱）兴冲冲来到大街上，

　　　　　　领着二姐好好逛一逛。

姑　母
大姐婆婆　（唱）白日里真是见了鬼，

　　　　　　怎么偏偏就把她碰上？（二人装没看见对方）

二　姐
大　姐　（唱）亲姐妹街头相逢，

　　　　　　街头相逢喜洋洋。（两姐妹跑到了一起）

大姐婆婆
姑　母　哼！

　　　〔二姐妹只得又回到各自的长辈身边。
　　　〔零落的枪声贯穿姑母、婆婆的斗嘴中。

二　姐　姑姑。（指大姐婆婆）

姑　母　我早瞅见了。老梆子！

大　姐　婆婆！

大姐婆婆　我不傻！瞧见我她假装没瞧见。好，看谁斗得过谁！

众　人　哼！

大姐婆婆　老二！

　　　〔查老二上。

大姐婆婆　叫你哪！

查老二　哟，佐领太太。佐领听书去啦，说话儿就回来。

大姐婆婆　不用他，就找你啦！放几炮，让大伙儿都听个响。

查老二　您还得稍绷绷儿。等炮凉透了的。

姑　母　我说，老二！

查老二　哟！舒家姑奶奶！

姑　母　这炮架子结实吗？我记着那回你们家老太太出殡，搭起的那个大经棚，光杉篙就用了十几车。可到了正日子，赶上风大了点儿，钟磬鼓乐这么一震，塌啦！

众　人　可不是！

大姐婆婆　丧门星，就不念叨好事！老二，你给我放炮！

姑　母　隔着这么远。这炮够得着人家吗？

查老二　有时候够不着，有时候够得着。赶对了劲儿，十下里头能够上四五下吧。

大姐婆婆　那就不易！甭说这么大的铜家伙了，什么都有摸不准的时候，人脾气还能变狗脾气呢。

众　人　就是！

姑　　母　　哟！亲家母！

大姐婆婆　　哟，老姑奶奶，瞧我，怎么刚就没看见您呢？

姑　　母　　您那眼珠子，除了尊家您自己，还能有谁呀！

大姐婆婆　　瞧得见瞧不见的吧，可我们家老头子，正在两军阵前，为皇上效力！

姑　　母　　那不也还是四品！

大姐婆婆　　你们家老头子是正二品？

姑　　母　　红顶子！

大姐婆婆　　嘿嘿！可惜，他回咯了！

〔众人上。

查老二　　得嘞！各位都往后站站，往后站站，放炮啦。放炮啦！

〔查老二下。

众　　人　　（唱）憋足了气儿，

　　　　　　　　　 壮起了胆儿。

　　　　　　　　　 眼珠儿不错瞅稀罕儿，

　　　　　　　　　 赶紧放，您快着点儿。

　　　　　　　　　 让咱们开开眼，

　　　　　　　　　 看看怎么漂漂亮亮冒回尖儿。

大姐婆婆　　（唱）炮台上威风凛凛全是腕儿，

　　　　　　　　　 放大炮这可不是在那个当街扯闲篇儿。

姑　　母　　（唱）怕就怕锔碗的忘带金刚钻，

　　　　　　　　　 他吹牛皮也别吹得太没边。

大姐婆婆　　（唱）有道是入水便能知深浅，

姑　　母　　（唱）有本事麻利亮在眼面儿前。

大姐婆婆　　（唱）填炮药直塞得满膛又满馅儿，

姑　　母　　（唱）轰隆隆红光一闪一闪冒青烟。

众　　人　　（唱）填炮药直塞得满膛又满馅儿，

　　　　　　　　　 轰隆隆红光一闪一闪冒青烟。

〔炮声。

众　人　一响儿，两响儿，三响儿，四响儿。

姑　母　一下儿也没够着！

众　人　哎！

姑　母　这是谁呀，谁呀？满街筒子瞎哄嚷：这么好看，那么好看，比内务府过年的花盒子都强！让人这么大老远地过来一瞧，一点儿不好看！

众　人　不好看！

〔众人下。

大　姐　婆婆！

大姐婆婆　叫你贪热闹！

〔大姐婆婆、大姐下。

姑　母　今儿个咱们呀，可是大获全胜！（突然一阵持续不断的巨响）

〔切光。

〔枪声不断响起。

〔起光。

〔残兵过场。

〔在残兵过场的同时，说书先生夹一布包急匆匆上。正翁、云翁追上来。

正　翁　双先生，双先生！

说书先生　二位爷，这书没法儿再说啦。

正　翁　双先生，您走，我们不拦着。可您今天说的这块活，有个地方可经不住细琢磨。

说书先生　改天，正翁，等洋人不裹乱的时候，我登门请教……

正　翁　就几句，几句话的事儿。您说武松要审潘金莲和王婆了，先把"酒、色、财、气"四大街坊请到屋里，又让兵丁把街门插上。武二爷，什么人？英雄好汉！他办这事，用插街门吗？啊？我琢磨，用不着啊。

云　翁　那是！

说书先生　您说得太对了。武松他不该插街门。我下回一定改，一定改。

云　翁
正　翁　双先生留步！留步！

〔又是一声炮响。说书先生逃下。正翁和云翁追下。

〔收光。

〔舞台前区起光。多老大拷把刀，押着云翁、正翁、大姐夫、多老二上。

多老大　（唱）皇上让洋人打倒在地，

　　　　　　　这就叫三十年河东，三十年河西。

　　　　　　　想当初我点头哈腰把软话儿递，

　　　　　　　你们是翻起白眼一脸鄙夷。

　　　　　　　现而今扬眉吐气是上帝，

　　　　　　　该诸位灰头土脸打白旗。

　　　　　　　迷途的羔羊们听仔细，

　　　　　　　可再别不识时务像头倔驴！

大姐夫　多老大，说，你打算拿我们怎么着吧！

多老大　多甫，大豆腐，京城都让洋人占了，你还跟我瞪什么眼珠子？就不怕……（抽出半截刀来，又收回去）得啦，谁叫咱们是亲戚朋友的呢？你们不讲义气，我得讲义气，我跟洋人疏通好啦，你们几个，轻轻省省，遛马，喂马。

云　翁　给洋人喂马！

大姐夫　喂马就喂马！

云　翁　我摸过马吗？

多老大　你可是参领啊！马都没摸过，您怎么当的参领？

云　翁　参领就都得摸过马吗？

正　翁　云翁，咱们既混到了这一步，就别再犯牛脖子啦。关公，关云长脾气大不大？犯到曹操手里，大不了也就是耷拉着个脸子。曹操赏

　　　　　饭，他也不能老不吃。上炒饼，就是炒饼，上窝头，也得凑合……

多老大　看，你们看！

〔舞台后区起光。十成被绑着，立在杀场上。

王十成　（唱）惊天动地，一场血战，
　　　　　　　为什么苍天不保义和拳？
　　　　　　　大丈夫，男子汉，
　　　　　　　天塌地陷腰不弯！
　　　　　　　要杀要剐随你的便！
　　　　　　　二十年我还会重返人间！
　　　　　　　有时间跟你们把账算，
　　　　　　　仇对仇，冤对冤，分毫不爽，血债血还，到时候一总儿拉清单！

〔一排枪响。十成倒下。切光。

多老大　看见了吧？看见了吧！老几位，我是一片好心。不干，您回那边去。这洋人可不认交情。

云　翁　哼！

正　翁　云翁，我知道您脾气，比文天祥还大。可现而今，是闹脾气的时候吗？

大姐夫　云翁，您就当他们都是些个畜类，人能跟畜类较劲儿吗？不能吧！

云　翁　我干。不过，干之前，干之前我先自己动手，扇自己一顿嘴巴行吗？

多老大　您哪，随意吧。

云　翁　（扇自己）我他妈的！我为什么这么爱活着？我为什么这么爱活着？

〔多老二阴沉沉站着不动。

多老大　老二，你什么主意？你可是一向最要脸面的！

多老二　老天爷呀，我多老二一辈子没说过脏话，没骂过人。我今天骂句街成吗？大清朝，大清朝哇，我，我操你妈！

〔多老二突然从多老大腰边拔出刀，自杀了。

多老大　老二，嘿！

〔收光。

〔起光。

〔枪声。

〔老舍父亲躺在地上。福海拿刀鞘上。

福　海　有人吗？姑父！姑父！姑父！您，怎么在这儿啊？

父　亲　我这是在哪儿啊？

福　海　南长街，南恒裕粮店里。

父　亲　南恒裕，老字号啦。掌柜的我认识，山西人，见人不乐不说话，掌柜的……

福　海　姑父，我是福海！

父　亲　福海！老二，咱们，败啦！

〔一声炮响。

福　海　姑父，这儿不能久留，咱们得赶紧走！

父　亲　我是走不动才躺在这儿的。也不知道几天了。在正阳门上，洋兵的枪子打着了城上的火药。烧得我这浑身上下没一块好地方了。

福　海　姑父！

父　亲　福海，咱们是旗兵啊，免不了有这么一天。可惜，咱们没有二百年前祖宗的威风了。我想过了，我要是像你爸爸似的有顶子，我也会像他那样，玩玩鸟儿，听听书，哼几句二黄、岔曲儿。

〔枪响。

父　亲　外头是什么声儿啊？

福　海　是枪响。

父　亲　不，像过年放鞭放炮，又像剁饺子馅儿……我呀，不爱说话，走在街上，碰到熟人，人家不言语，我就不好意思过去请安。一辈子没跟人打过架，红过脸。回到家里，出来进去，劈点劈柴，刷刷水缸，平常觉得没什么，现在一想啊，其实挺有个意思……

〔密集的枪声。

福　海　姑父，咱们爷儿俩赶紧得走哇！

〔福海去搀父亲，而父亲一声呻吟又使他不得不放下。

父　亲　走，我走不了啦。你瞅瞅我这两只脚肿的。老话说，男怕穿靴，女怕戴帽，我怕是……

〔伴唱：二十三，糖瓜粘，

请香放炮过小年。

芝麻秸，撒满院，

灶王爷骑马上西天。

父　亲　福海，你知道我最惦记的是谁吗？是大姑娘呀。正翁公母俩，满世界赊欠，一到三节债主子能把门环敲碎。我大姑娘胆儿小……（恍惚起来）你听，街上的花炮多起来了，满城剁饺子馅的声音！什么大事，也挡不住人们过年哪！只要是北京有"咚咚"的花炮，有"当当"的剁饺子馅声，那就是天下太平！

福　海　姑父！您喝点水吧？您等着，我去找。

〔福海下。

〔大姐上来。出现在另一个光区里。

大　姐　爸！

父　亲　大姑娘，你婆婆怎么放你出来了？好啊？别，别哭。

〔二姐上。她笑眯眯的。

二　姐　爸！

父　亲　二妞？你嘴里头含着什么呢，说话呜呜囔囔的？

二　姐　嘿嘿！铁蚕豆。

父　亲　你妈呢？

二　姐　那不是！抱着小弟弟，也来了。

〔老舍母亲抱着婴儿上。

母　亲　庆春他爸！

父　亲　让我看看老儿子。（欲起身）哦，我动不了。你们过来吧。过来呀！

〔娘儿仨往前走，却过不来。

大　姐　爸！

二　姐　我们过不去，过不去呀！

父　亲　唉，我不行啦。孩子他妈！

（唱）原想着和和睦睦，天长地久，

却应了"恩爱夫妻不到头"。

阎王爷叫我走我怎能不走？

多亏了还有这机缘把心剖。

老儿子没奶吃小脸儿瘦，

家里头缺钱万般忧。

这时候我该搭把手，

却偏又调头把身抽……

大　姐　爸！

二　姐　爸！

父　亲　（唱）祖宗们把家产全换了烧鸭子肉，

一辈子玩玩乐乐尽悠游。

这个家除了破房啥也没有，

望前程不由人心里阴风飕。

想帮你又不能够，

多少话哽哽咽咽喉。

母　亲　（唱）我在家听着外头的枪声响，

就想到家破人亡这一桩。

前边是苦海三千丈，

我也能携儿带女往前蹚！

父　亲　（唱）平日里恭俭温良多谦让，

危难时义无反顾立门墙！

母　亲　（唱）早年间旗兵的女人不都是这样？

老儿子他没了亲爹还有亲娘，家里的事情我担当！

———— 曲剧《正红旗下》 >>>>>

父　亲　（唱）心里的石头落地上，
母　亲　（唱）再看看儿子睡得多安详。
父　亲　（唱）该给他留个什么念想？
母　亲　（唱）睡梦里常来看看我们母子孤孀。
父　亲　一定，一定……
　　　　〔福海回来。
福　海　姑父！您说什么呢？
父　亲　哦，是你呀。
福　海　喝水吧，姑父。
　　　　〔零乱的枪响。
父　亲　这是什么啊，外头是什么声呀？
福　海　是……剁，剁饺子馅。
父　亲　（回光返照）这不像是剁饺子馅啊。是洋枪响！走吧！走吧！兵荒马乱的，这儿不能久呆！
福　海　姑父？
　　　　〔老舍母亲与大姐、二姐含泪点头，转身走。
父　亲　大姑娘，留神身子。（大姐含泪点头）二姐，你是个好孩子，明儿大喽，准能寻个好婆家！走，走，快走！
　　　　〔老舍母亲所在光区的灯灭。
福　海　姑父！
父　亲　福海，你也快走！把这个带上。袜子给你姑母，她看见这个就都明白了。腰牌给庆春留着。让孩子记着，他爸爸是旗兵，庚子年守卫皇城，死在南恒裕粮店里。走吧，福海，我呀，一辈子老是让人支使着，一辈子没尝过支使别人的滋味儿。福海，你说，要是皇上走到我这步儿，眼瞅着就要晏驾了，他该跟大臣们说什么？（笑了）他一准儿说：跪安吧！福海，跪安吧！（死）
　　　　〔瓷盘碎裂声。
　　　　〔蓝雪飘落。

〔福海一丝不苟，给姑父行着三拜九叩的大礼。

〔众人上。

男　声　正红旗飞展飞动。

女　声　跪安吧！

男　声　众将士威武威风。

女　声　跪安吧！

〔众跪。

男　声　三百年梦迷梦醒。

女　声　跪安吧！

男　声　守皇城风中雨中。

女　声　跪安吧！

众　人　（唱）雪花悠悠地落，

〔女人们站起，目视上空。

众　人　鼓乐凄凄地飘，

　　　　泪花簌簌地掉。

　　　　烈火熊熊地烧，

　　　　我们为大清朝戴的孝。

〔男人们站起。

〔众人目视正前方。

众　人　生我养我坑我害我恨极爱煞的大清朝。

〔剧终。

精品提名剧目·潮剧

东吴郡主

编剧 范莎侠

时间

东汉末年，三国时期。

人物

孙尚香、刘备（字玄德）、孙权（字仲谋）、吴国太、吕范（字子衡）、剑奴、渔翁、俳优甲、俳优乙、宫女、内侍、大臣、传令官、兵将等

——潮剧《东吴郡主》 >>>>>

〔序曲：
  滚滚长江东逝水，
  浪花淘尽英雄。
  是非成败转头空；
  青山依旧在，
  几度夕阳红。
  白发渔樵江渚上，
  惯看秋月春风。
  一壶浊酒喜相逢；
  古今多少事，
  都付笑谈中。

第一场

〔滚滚长江，赤壁战场，一块显著的岩石刻着"赤壁"。
〔"孙"、"刘"大纛迎风翻扬。鼓角声震天动地，孙权、刘备两阵营合兵冲杀上，挥刀张弓向曹营……硝烟滚滚，火光映红天际……
〔战声远去，渔翁悠然踏歌上。

渔　翁　（吟唱）看惯兴亡天下事，
     唱尽玉帛与干戈。
  汉室倾颓，天下动荡，群雄并起，干戈纷扰。去年吴侯孙权与皇叔刘备联手，在赤壁大破曹操雄兵八十万！那一场大火啊，烧得水沸山崩！这江水至今还发热呢！一转眼，吴侯为夺取荆州，却用妹妹设下美人计，诓骗刘备过江联姻。哎，没想到刘皇叔真有本事，竟然将计就计，弄假成真当上东吴女婿！哈哈哈……（隐下）

〔东吴宫殿，喜乐大作，阖宫欢庆。

〔幕后合唱：

　　春风拂罗衫，

　　红烛映洞房。

　　东吴孙郡主，

　　喜配英雄郎。

〔剑奴与众宫女欢快地上。

剑　奴　众姐妹，郡主闺中有誓：非天下英雄不嫁。如今国太做主，郡主嫁与大英雄刘备刘皇叔，我等该向郡主贺喜啊！

众宫女　（向内）恭喜郡主，贺喜郡主，佳配英雄，好合百年！

〔孙尚香着喜服款款上，羞喜受贺。

孙尚香　（唱）声声贺语耳边漾，

　　　　阵阵春潮涌心田。

　　　　孙尚香待字闺中有誓愿，

　　　　慰平生当嫁盖世英雄郎。

　　　　刘皇叔英名传海内，

　　　　桩桩佳话铭心间。

　　　　芳心长慕英雄汉，

　　　　喜今朝与意中人儿配成双。

　　　　叫侍女列刀枪我要试试英雄胆，

　　　　让夫君知我非是寻常女红妆。

剑　奴　列刀枪！

〔众侍女内应："是！"环列刀枪上。

〔内声："贵人，这里来！"两行红炬引刘备上。

刘　备　（唱）冒险过江联姻缘，

　　　　刀斧丛中巧周旋。

　　　　甘露寺相亲化凶险，

　　　　刘玄德吴宫当新郎。

　　　　虽然是鸾凤乘龙今宵定，

　　　　　　花烛夜也须将不测防。

　　　　（见众侍女悬刀佩剑，惊）

　　　　　　骤然闻只觉得杀气荡漾，

　　　　　　甚缘由闪闪刀枪列两旁？

　　　　〔孙尚香偷窥刘备。

孙尚香　（唱）南征北战刘皇叔，

　　　　　　见兵器因何神露慌张？

刘　备　（唱）花烛夜设刀枪是何用意，

　　　　　　是耀武是威吓须探其详。

孙尚香　（唱）暗观他意踌躇欲行又止，

　　　　　　是胆怯是心忧颇费思量。

刘　备　（唱）防不测"闻雷失箸"重演故技——惊煞我也！

孙尚香　（唱）叫剑奴撤下刀与枪。

剑　奴　（上前）皇叔何故惊慌？

刘　备　洞房因何排列兵器？

剑　奴　皇叔有所不知，我家郡主自幼好观武事，时常与宫婢击剑为乐，房中列兵器，乃是常事。（笑）难道大英雄还怕兵器？

刘　备　原来如此……郡主真巾帼丈夫也！

剑　奴　撤去刀枪！

　　　　〔众侍女下。

剑　奴　贵人，请进房吧！

　　　　〔刘备迟疑地挪步。

　　　　〔剑奴持喜竿递与刘备，示意揭孙尚香盖头。

　　　　〔刘备小心翼翼上前，揭开红盖头，孙尚香的美貌使他不由自主呆住。

　　　　〔幕后伴唱：

　　　　　　好一个美红颜，

　　　　　　天人降尘凡。

　　　　　　半生戎马苦征战，

　　　　　　今宵神女会襄王。

　　　　　〔剑奴推刘备上前，悄下。

刘　备　（施礼）刘备得配夫人，三生有幸。

孙尚香　（娇羞还礼）皇叔……请坐。

　　　　　〔刘备坐下，欲言又止。

孙尚香　（见刘备神情仍不安）皇叔，适才房中列兵器，莫非皇叔心有忌惮？

刘　备　夫人，今宵乃你我花烛之喜，洞房刀剑森列，确是令人不安。

孙尚香　（不解）皇叔厮杀半生，还怕兵器么？

刘　备　刘备自来东吴，一见兵器便心寒。

孙尚香　（更不解）却是何故？

刘　备　这……夫人，刘备身处险境，唯请夫人庇护！（跪）

孙尚香　（惊）皇叔快快请起！皇叔有何危难，快对尚香直说。

刘　备　夫人可知吴侯邀我联姻之真意？

孙尚香　（茫然）真意？兄长邀你过江，成就你我姻缘，这就是真意啊！

刘　备　非也！夫人啊，吴侯邀我过江，实非为你我百年计，乃是为谋取荆州啊！

孙尚香　谋取荆州？不！你我婚姻，乃兄长遣媒，母后做主，国老主婚，何况尚香我——我是真心实意的啊！

刘　备　夫人，刘备也是真心实意的啊！如今你我已成大礼，这联姻的原委，是该说与夫人知道的了。夫人啊！

　　　　　（唱）叹刘备根基浅戎马飘荡，

　　　　　　　战赤壁联东吴暂借荆襄。

　　　　　　　你兄长屡次催讨未到手，

　　　　　　　邀我过江把姻联。

　　　　　　　这是那周瑜的计策军师料定，

　　　　　　　诓骗我虎入牢笼鱼落网，

以人易地夺荆襄！

孙尚香　此事当真？

刘　备　夫人啊夫人，刘备此番过江，若非乔国老顾全江南大局鼎力相助，若非国太为保夫人名节力主婚姻，刘备已死于甘露寺伏兵之中了！

孙尚香　啊？！

刘　备　那日甘露寺相亲，廊下伏兵三百，幸亏随行爱将觉察，禀知国太，刘备才免于一死！如今，吴侯虽迫于母命让你我成婚，刘备仍心有余悸啊！

孙尚香　（唱）听言来羞愤填膺，
　　　　　　恨兄长用奸计谋夺州城！
　　　　　　堂堂郡主为钓饵，
　　　　　　辱我名节，又损江东威名。
　　　　　　何况是皇叔仁德播海内，
　　　　　　更何况孙刘抗曹是同盟。
　　　　　　怒从心起气难抑——

刘　备　（暗喜，急拦）夫人哪里去？

孙尚香　（接唱）定叫那周瑜与兄长，
　　　　　　宗庙谢罪、君前负荆！

刘　备　夫人不可！不可！

孙尚香　因何不可？

刘　备　国太没将真相告知夫人，为的是顾全江东体面，顾全你兄妹之情，夫人要体谅国太苦心啊！再者，如今你我已成大礼，吴侯便是我舅兄，若再明究此事，刘备何以在江东立足？望夫人三思！

孙尚香　这……

刘　备　为今之计，唯愿夫人与刘备同心同德，释怨化险，孙刘永结盟好，共匡汉室！

孙尚香　（敬服）皇叔虑事周全，尚香鲁莽了。只是——尚香不解，皇叔

　　　　　既知招亲是计，为何还要过江来呀？
刘　备　夫人听道！
　　　　（唱）刘备本无非分念，
　　　　　　　只为汉室心忧悬。
　　　　　　　孙刘若真结秦晋，
　　　　　　　合力抗曹盟约坚。
　　　　　　　因此上不避斧钺到江左，
　　　　　　　实指望假能成真共回天。
　　　　　　　又闻道吴侯之妹志高远，
　　　　　　　巾帼豪杰美名扬。
　　　　　　　倘若有幸成婚配，
　　　　　　　我何惧虎穴龙潭刀与枪！
　　　　　　　郡主，我的夫人啊，
　　　　　　　刘备过江舍生死，
　　　　　　　为功业，也为东吴女英贤。
　　　　　　　但愿夫人明我志，
　　　　　　　共匡汉室日月长！
孙尚香　（深深感动，唱）
　　　　　　　一番话震心弦，
　　　　　　　好一似春雷滚滚贯长天！
　　　　　　　却原来冒险过江深谋虑，
　　　　　　　天下风云在胸间。
　　　　　　　万丈豪情谁能似？
　　　　　　　不愧盖世英名扬！
　　　　　　　更难得求凰情深挚，
　　　　　　　舍生死也为孙尚香！
　　　〔幕后伴唱：
　　　　　　　甘饴润得芳心醉，

　　　　　　芳心醉，表衷肠。

孙尚香　皇叔，夫君啊！

　　　　（接唱）尚香早将英雄仰，

　　　　　　　明原委更添敬爱在心间。

　　　　　　　笑兄长拙计成佳配，

　　　　　　　谢苍天作成好鸳鸯。

　　　　　　　夫君啊！从此后，

　　　　　　　君难即我难、

　　　　　　　君危我亦危，

　　　　　　　松柏傲霜不改志，

　　　　　　　追随夫君到百年！

刘　备　夫人！（拥住孙尚香）

孙尚香　夫君……

　　　　〔收光。

　　　　〔追光。孙权神情沮丧。

孙　权　唉！（焦烦地）阖宫灯彩，燎得我心烦意乱；绕梁喜乐，震碎我的心肝！

　　　　（唱）吴宫连日摆婚宴，

　　　　　　　弄假成真实在冤。

　　　　　　　荆州未得赔亲妹，

　　　　　　　心中恼恨脸羞惭。

　　　　　　　吕范报信柴桑往，

　　　　　　　看起来回天还得靠周郎。

　　　　〔内声："吕大夫进宫！"

　　　　〔吕范上。

吕　范　吕范参见主公！

孙　权　（急不可待）子衡，柴桑之行，可有所获？

吕　范　有有有！臣带回来一根看不见、摸不着的缚虎之绳！

孙　权　此话怎讲？

吕　范　（掏信）此是都督密信，主公一看就明白！（呈信）

孙　权　（拆看，喜）好计，好计！

吕　范　都督叮嘱，此计须瞒着国太、郡主。

孙　权　那是自然。刘备呀大耳贼！我要你在温柔乡中乐而忘返，我要让你在酒中醉死、花中香死、歌中闲死、舞中狂死，丧心丧志，虽生犹死！

〔收光。

〔追光：醉态的刘备。

刘　备　死？死生有命，富贵在天，乐哉优哉，哈哈哈……

第二场

〔宫廷小宴，歌舞正酣，刘备、孙尚香筵前听歌观舞。

众舞女　（唱）烟柳深如海，

　　　　　　　　歌管绕楼台。

　　　　　　　　簪花醉卧黄金屋，

　　　　　　　　吴宫胜蓬莱。

刘　备　（唱）漫道吴宫胜蓬莱，

　　　　　　　　刘玄德心中自有明镜台。

　　　　　　　　华宫丽室留娇客，

　　　　　　　　其中机玄谁能猜？

孙尚香　（唱）数月恩爱情似海，

　　　　　　　　真情消解险与灾。

　　　　　　　　兄长殷勤待妹婿，

　　　　　　　　刘郎享乐醉瑶台。

　　　　　　　　眼见得笙歌美酒日复日，

　　　　　　　　倒教我隐隐忧虑在心怀。

刘　　备　（唱）都只为未有机便离江左，
　　　　　　　　　鼎峙心且作醉形骸。
　　　　　　〔剑奴斟酒，刘备饮。
刘　　备　哈哈，好酒，好酒……
孙尚香　（唱）怕只怕，锦衣玉食消豪气，
　　　　　　　　　烟柳粉黛把壮心埋。
刘　　备　（唱）温柔乡一解平生累，
　　　　　　　　　晚来的情爱醉心怀。
孙尚香　（唱）本想劝夫离江左，
　　　　　　　　　不谙君意口难开。
刘　　备　（唱）为功业，我须及早荆州返，
　　　　　　　　　怎能得夫妻同走两相偕？
孙尚香　（唱）为夫计，我须阻他行乐劝他走，
　　　　　　　　　且借优戏探情怀。
　　　　　　夫君，笙歌女乐，你我听多了，尚香想观看优戏，夫君可有兴致？
刘　　备　优戏？好啊，刘备虽喜歌舞百戏，可惜戎马倥偬，少得观赏，快传上来！
孙尚香　剑奴，传俳优上来。（示意）
剑　　奴　（会意）晓得。（对内）俳优上来！
　　　　　　〔众俳优内应"来"！踏歌上。
众俳优　（唱）美酒华灯，
　　　　　　　　　散乐歌笙。
　　　　　　　　　敷戏悦人主，
　　　　　　　　　讽谏上华庭。
剑　　奴　各位优人，可有新戏出？
俳优甲　有一出《劝夫》。
剑　　奴　说的是什么？

俳优甲　说的是一对新婚夫妻，丈夫沉恋闺闱，妻劝夫远行求仕。

刘　备　哦？有意思。

剑　奴　就演这一出。

俳优甲　（对众俳优）演起来！

〔俳优甲扮男主角，俳优乙扮女主角，演出载歌载舞。

俳优甲　（唱）庭前花似锦，

众俳优　（唱）花呀花似锦，

俳优甲　（唱）陌上柳色新，

众俳优　（唱）柳呀柳色新。

俳优甲　（唱）结缡已数月，

　　　　　　　鱼水恩爱深。

众俳优　（唱）呓了呓，恩爱深。（注："呓了呓"是潮调曲牌中的衬字）

〔众俳优表演夫妻恩爱情态。

刘　备　（兴致勃勃）夫人，这些优人演得真好。这夫妻恩爱，也似你我啊！

孙尚香　夫君再观赏。

俳优乙　（唱）君恋奴，意深深，

　　　　　　　奴为君，虑沉沉。

俳优甲　（唱）风光绮旎人恩爱，

　　　　　　　何来虑沉沉？

俳优乙　（唱）君有鲲鹏志，

　　　　　　　今作花月吟。

　　　　　　　欢娱时日短，

　　　　　　　行乐消壮心。

俳优甲　娘子多虑了！

　　　　（唱）得乐须尽乐，

　　　　　　　何致消壮心？

俳优乙　哎，夫君！

———潮剧《东吴郡主》 〉〉〉〉〉

    （唱）荏苒春光临，

      求仕当动身。

      若在闺闱久沉溺，

      奴也成了不贤之人。

众俳优 （唱）呓了呓，不贤人。

   〔刘备醉态端酒杯下看台。

刘 备 演得好，赏酒一杯！

   〔刘备对俳优甲耳语，俳优甲点头，饮酒还杯，优戏继续。

俳优甲 娘子！

    （唱）非是我，甘淹留，

      实难舍夫妻两抛丢。

      若得与卿相偕去，

      天涯海角不回头。

   〔俳优乙不知作何答，孙尚香亦端杯下看台。

孙尚香 唱得好，我也赏酒一杯！

   〔孙尚香赏酒与俳优乙，向其耳语，俳优乙点头，饮酒还杯，优戏继续。

俳优乙 夫君！

    （唱）君莫忧。

      奴配夫，

      从君休。

      大鹏展翅，

      同作逍遥游！

众俳优 （唱）呓了呓，逍遥游！

刘 备 好哇！大鹏展翅飞——

孙尚香 同作逍遥游！

刘 备 同作逍遥游！夫人，玄德明白了！

孙尚香 夫君，尚香也明白了！

刘　备　夫人！

孙尚香　夫君！

〔刘备、孙尚香会心相拥，众俳优下。

〔剑奴急上。

剑　奴　郡主，皇叔！赵云将军闯宫告急，曹操引兵南下，直逼荆州！

刘　备　啊?！夫人，荆州告急，如何是好？

孙尚香　夫君忘了大鹏展翅飞，同作逍遥游么？

刘　备　谢夫人！只是，吴侯和周瑜岂会让我轻易脱身？

孙尚香　待我禀明母后，求母后做主！

刘　备　千万不可！国太疼爱夫人至深，怎舍得你远离？万一走漏消息，刘备危矣！

孙尚香　这……有了，明日是元旦，兄长照例大宴群臣，你我可先进宫向母后拜年，然后佯称江边祭祖，悄悄出城。

刘　备　此计最妙！

孙尚香　母后啊，儿就要瞒你远行了，恕儿不孝，恕儿不孝啊……

〔收光。

第三场

〔吴国太寝宫，喜乐阵阵。

〔二宫女扶吴国太上。

众宫女　（拜贺行礼）国太千岁！千千岁！

吴国太　哈哈哈……

　　　　（唱）天增岁月开新元，
　　　　　　　傲雪梅花报春光。
　　　　　　　王儿坐得江山稳，
　　　　　　　女儿配得好姻缘。
　　　　　　　喜乐融融吴宫苑，

怡享天伦合家欢。

〔内声："郡主姑爷进宫拜年！"

吴国太　啊，尚香夫妻给我拜年来了！（对宫女）快快迎接！

〔众宫女趋前迎接。

〔孙尚香、刘备上。

孙尚香　（念）别亲贺岁瞒真相，

刘　备　（念）遮人耳目好出关。

孙尚香
刘　备　愿母后福如东海，岁岁吉祥！

吴国太　好好好，快起来！

孙尚香
刘　备　谢母后！

吴国太　贤婿，你夫妻成婚后，日子过得可好？

刘　备　母后，郡主贤德，吴侯厚待，日子过得称心如意。

吴国太　可吃得惯江东的饭？喝得惯江东的水？

孙尚香　母后，夫君走南闯北多年，四海为家，岂会不惯？

吴国太　哎呀呀，成亲不久，我儿就学会替夫君打圆场了，哈哈哈！

刘　备　郡主善解人意，小婿不及。

吴国太　好好好，别夸她了。（对孙尚香）儿啊，待字闺中，你是乖女儿；如今为人妇，体谅夫君，妇随夫唱，正是本分。

孙尚香　谨遵母后教诲。

吴国太　儿啊，自你成婚，母女相聚甚少，今逢岁旦，你夫妻就留在我身边欢叙一日吧。

孙尚香　（一惊）这……

吴国太　怎么，你夫妻有何不便么？

孙尚香　母后，只因年终岁旦，夫君想起祖宗坟墓无人祭扫，昼夜伤感，今日孩儿一来与母后拜年，二来告禀母后，随夫前往江边，望北遥祭，望母后恩准。

吴国太　此乃孝道之事，理应前去。

刘　备　谢母后。

吴国太　时已近午，莫误祭拜时辰，你们快走吧。为娘这里，改日再来。

孙尚香　改日再来……（悲怆顿起）母后……

刘　备　（示意孙尚香）走吧。

孙尚香　走……

吴国太　去吧。

〔孙尚香、刘备与吴国太行礼拜别，孙尚香恋恋难行。

孙尚香　请刘郎宫外稍候。

〔刘备退下。

孙尚香　母后——

吴国太　儿啊，还有何事？

孙尚香　我——

吴国太　你怎么啦？

孙尚香　（依恋地）母后，孩儿此时突然想起幼年逢岁旦，曾在母后鬓上插花，今日，孩儿也想为母后插上一朵鲜花。

吴国太　哈哈，儿啊，为娘如今老了，白发苍苍，还插什么花啊？

孙尚香　母后白发苍苍，儿更要为母后簪花。

吴国太　既是我儿喜欢，就依我儿吧。

〔宫女捧上花匣子，孙尚香忍泪为吴国太簪花。

〔幕后伴唱：

　　　　离别难说离别的话，

　　　　满怀心事托春花。

　　　　心儿颤来花儿抖，

　　　　母后啊，

　　　　你可知，孩儿就要远离家。

〔孙尚香偷偷拭泪，吴国太察觉。

吴国太　啊？

———潮剧《东吴郡主》 〉〉〉〉〉

（旁唱）尚香儿簪花泪暗弹，
　　　　年迈人心中起疑团。
　　　　我的儿素来性豪爽，
　　　　今日里因何柔情款款神凄惶？
　　　　莫不是夫妻有了为难事？
　　　　莫不是江边祭祖另有因端？
〔刘备内声："夫人，时已不早，拜辞母后出宫吧。"

吴国太　我明白了！
　　　（接唱）刘备非是池中物，
　　　　定然是安排巧计转回还。
　　　　江边祭祖备车马，
　　　　夫妻相偕要奔远方！
　　　　今朝拜贺是生离别，
　　　　可怜儿，强掩泪痕不敢言。
儿啊，来，坐在娘身边。适才儿为娘插花，娘也想起儿幼时最爱听故事，今日，娘也要给儿讲一个故事。

孙尚香　（不解）母后？

吴国太　我儿可知道战国时赵国的赵太后？

孙尚香　知道，那是一个贤明的太后。

吴国太　赵太后有个女儿远嫁燕国为后，出嫁那天，赵太后哭送几十里，扶车牵衣，难分难舍。过后，她常登上城楼，遥望燕国方向，思念女儿。可是，每逢宗庙祭祀，她却又祈求祖宗神灵，保佑女儿不要回来……

孙尚香　这是何故呀？

吴国太　赵太后疼爱女儿，为了女儿，不得不让女儿远嫁；思念女儿，却又怕女儿回来，便是希望女儿在燕国生根开花，家国长盛不衰啊！儿啊，你明白做母亲的这片苦心么？

孙尚香　（泣）孩儿明白！

1225

吴国太　明白就好。儿啊！
　　　　（唱）丈夫雄才治国邦，
　　　　　　　女子贤德助夫郎。
　　　　　　　立世当为苍生念，
　　　　　　　留得美名千古传。
　　　　（站起）儿啊，娘的话说完了，我儿你、你就速速出宫，随你的夫婿走吧！

孙尚香　母后，我——

吴国太　（止住）儿啊，不要说了，去吧，去吧！（转身拭泪，径进内室）

孙尚香　母后……（跪地长拜）

　　〔剑奴上，扶起孙尚香出宫，刘备迎上，孙尚香无力地倚靠刘备。
　　〔一宫女捧剑出宫。

宫　女　郡主留步！（上前递剑）这是先王宝剑，国太嘱咐郡主带上，路上若有人阻拦，可先斩后奏！

孙尚香　（震颤）母后！（捧剑欲奔进宫）

宫　女　（拦住）郡主，国太说，不再见你了，叫你快走！

孙尚香　（爆发地哭倒）母后！娘亲！我那知儿疼儿的娘亲啊……

刘　备　（接过宝剑）天助我也！

　　〔收光。
　　〔追光现出渔翁。

渔　翁　好让人心酸的别宫啊！（夸张地拭泪）我们的东吴郡主，就这样随刘备走了，带着国太的先王宝剑，叱退追兵，冲关过隘，助刘备逃回荆州。转眼间，三年过去了，刘备出兵西川，吴侯欲趁此机攻取荆州，奈何国太以郡主在彼为由力阻战事。东吴君臣，又想出一计……

————潮剧《东吴郡主》 >>>>>

第四场

〔吕范与兵士乔装商人上。

吕　范　（念）昔日周郎计不灵，

　　　　　　　赔了夫人又折兵。

　　　　　　　今番吕范受王命，

　　　　　　　诓回郡主夺州城。

〔东吴兵士跪展写有"国太病危"字样的"手谕"。

众兵士　国太病危！

吕　范　国太病危，郡主裁夺！

〔孙尚香幕内悲呼："母后啊……"

〔收光。

〔孙尚香内唱："母后病危揪心胸……"乘车上，吕范、剑奴、兵士等随行。

孙尚香　（接唱）急惶惶回吴泪飘零。

　　　　　　　舟行恨迟车嫌慢，

　　　　　　　换乘飞骑奔吴宫！

〔众骑马圆场。

吕　范
剑　奴　吴宫到了！

孙尚香　到了，到了！一别就是整整三年啊！

　　　　（接唱）近家情突怯，

　　　　　　　心思骤转腾。

　　　　　　　可叹我，思亲想亲难回转，

　　　　　　　母病危时才归宁。

　　　　　　　骨肉相聚已在即，

　　　　　　　怕只怕，病榻前，

母后难经这悲喜情。

又想起，我叛兄助夫荆州去，

兄长的恼恨定未消停。

孙刘两家生怨隙，

见了兄长我怎开声？

唯愿兄长谅我志，

当赔情时我赔情。

〔内声："郡主归宁，主公出迎！"

孙尚香　啊，兄长出宫来了！

〔孙权上。

孙尚香　兄长！

孙　权　妹妹……

孙尚香　（歉疚）兄长，尚香脾性不好，往昔之事，还请兄长宥谅。

孙　权　（有些慌）啊，妹妹，昔日之事，不要提了，如今你回来就好，回来就好……

孙尚香　兄长，快带我去见母后吧！

孙　权　妹妹，不用急，母后她……

孙尚香　母后怎么了？

孙　权　母后她，她……

孙尚香　（急）兄长，你快说啊！啊？莫非——我来迟了？！

孙　权　不不不，妹妹，母后她……她还康健！

孙尚香　（愣住）康健？（指吕范）他不是奉你之命，说母后病重，要接我回来么？

孙　权　这……呃……吕范，你说吧！

吕　范　（有准备地上前）郡主，如今你已回到东吴，吕范也就实话实说了：只因刘备据占荆州不还，主公与众臣商定，发兵攻打荆州，是国太以你在荆州为由力阻，故此主公只好假托国太病重，接你归吴！

孙　　权　为夺回荆州，扫去后顾之忧！

孙尚香　啊?!（惊住）

〔幕后伴唱：

人惊怔，

心发麻。

恨他君臣行诈，

恨我思量差！

〔孙尚香气喧发抖。

剑　　奴　郡主，郡主……

孙　　权　妹妹，妹妹……

吕　　范　郡主保重，保重……

孙尚香　你们为什么骗我？为什么骗我啊！

（唱）这一骗，陷我不贤不义；

这一骗，使我夫妻疏离；

这一骗，孙刘联盟大势去；

这一骗，江南难保太平年！

（夹白）快快快！

快快引我入宫去，

母后面前辩非是！

孙　　权　（急拦）妹妹，就怕你骤然进宫，母后受不了，为兄才与你先讲清楚。妹妹，望你以东吴大局为重，平下心气，往后长住东吴，承欢母后膝下……

孙尚香　什么？你要我长留东吴？

孙　　权　正是。不为此，为兄怎会……骗你回来？妹妹，你听为兄一句话，刘备乃当世枭雄。如今你已归来，我和刘备无亲了！为了东吴基业，我要夺回荆州！我是不会让你回去的了！

孙尚香　你、你……母后啊……

〔孙尚香哭着欲冲进宫，吕范拦。

吕　范　郡主，主公此为也是不得已，请郡主以东吴大局为重！

孙　权　妹妹，你要顾念东吴的基业大局啊！

〔宫女拥吴国太悄然上。

孙尚香　基业？大局？你们口口声声基业大局，我也不得不说了。当初赤壁大战，荆州落入曹操之手，是刘备浴血夺得城关！如今刘备据守荆州，与东吴遥相呼应，共保江南安宁。你们为了荆州，不惜把堂堂郡主当作诱杀刘备的香饵！不惜谎报母病诈我不辞夫君急归！昧心之举，必致孙刘成仇；攻打荆州，定招东吴战患！赤壁战后江南之安宁也将毁于一旦！你们为的是哪家的基业？顾的是哪家的大局！？

吴国太　（大呼）说得好！

孙尚香　母后！（扑上）母后啊……（哭）

吴国太　我儿不要哭，为娘都知道了！

孙　权　（胆怯上前）母后……

吕　范　叩见国太！

吴国太　跪下！

〔孙权、吕范应声而跪。

吴国太　（怒斥）小小荆州，就当是你妹的陪嫁，也毫不为过啊！谁知你，不顾大局，不念亲情，竟以为娘之名诈妹回归，使她夫妻疏离！你妹今后如何回去？如何熬度余生？

孙　权　母后息怒，孩儿下次不敢了！

吴国太　下次？还有下次？逆子你、你害了你妹妹了……

〔孙权不敢言语。

吴国太　（怒犹不息）你以母行诈，就是不孝；毁妹终生，就是不义！你这不孝不义之子，何堪为君？何堪为君……

〔吴国太恨恨不已，孙尚香、剑奴搀吴国太下，众宫女随下。

〔少顷，吕范扶起孙权。

吕　范　主公，国太进去了，快起来。

孙　权　（站起，长叹）唉！子衡，我妹妹向着刘备也罢了，怎么我母后也倒在他一边？

吕　范　丈母娘疼女婿，也是人之常情。

孙　权　不，都是刘备这大耳贼太奸诈了！占我城池，拐我亲妹，都被他占尽便宜！我就是咽不下这口气！

吕　范　主公，咽不下气事小，东吴基业事大，刘备屯兵荆州，其意何止荆州！若是他再拥有两川之地，东吴危矣！

孙　权　（切齿）孤誓必夺回荆州！

〔内侍高喊："主公……"奔上。

内　侍　主公……主公！国太昏过去了……

孙　权　（大惊）母后……（急下）

第五场

〔更显苍老的渔翁上。

渔　翁　（唱）悠悠岁月又十秋，

　　　　　　　虎斗龙争总不休。

　　　　国太驾鹤西归，郡主滞留东吴，孙刘两家的怨隙加深了。十年过去了，如今，刘备已是西蜀皇帝，义弟关羽驻守荆州。吴侯用了陆逊白衣渡江之计，袭取荆州，杀了关羽。这一下呀，惹来了大祸！刘备兴师报仇，亲统七十万大军，讨伐东吴——

〔江流滚滚，战鼓咚咚，画角悲鸣，一面大旗上书"为弟报仇，誓灭东吴"。

〔白盔白甲的蜀军行阵……

〔"报仇！报仇……"呼声不断。

渔　翁　鼓声动地，杀气冲天，江南不太平了！

〔追光：孙权焦急不安。

孙　权　（唱）孙仲谋幼承基业膺大任，

坐镇东南战未休。

恨刘备赖占荆州图王霸,

十几载恩恩怨怨成寇仇。

袭荆州杀关羽扬眉吐气,

不承想大耳贼统兵出巴丘。

蜀军压境七十万,

敌强我弱势堪忧。

众大臣议谏纷纷和与战,

为君主权衡难决费谋筹。

欲战无胜算,

欲和脸面丢。

悔不该不听母训妹净谏,

弄得今朝国难当头。

〔吕范与一班文臣武将拥上。

二文臣　主公,蜀强吴弱,议和为上,议和为上啊!

二武将　和即是降,吴岂能降?愿乞死战!

二文臣　议和!议和!……

二武将　决战!决战!……

孙　权　孤也想战!可是,周瑜死了,鲁肃也死了,谁来统兵?谁来挂帅?

二武将　可启用陆逊统兵!

二文臣　太年轻了,太年轻了啊!

孙　权　这……这叫孤如何决断,如何决断啊!(向吕范)子衡,依你之见?

吕　范　主公,微臣是主和又主战!

孙　权　此话怎讲?

吕　范　主公可一面启用陆逊主军,一面求和探讯,刘备若肯议和罢战,国之幸事,若不允和,便拼死决战!

孙　权　只能如此了。谁能前往蜀营？

吕　范　主公，前往蜀营，有一人最合适。

孙　权　是谁？

吕　范　主公之妹，刘备之妻！

孙　权　这……

吕　范　主公，郡主一向思归。有郡主归蜀调解，并交与荆州，上表求和，共图伐魏，刘备不会不允。

孙　权　（长叹）我害苦了妹妹，我不敢去见她！

吕　范　兄妹情深，主公，去吧……

　　　　〔收光。

　　　　〔升光。

　　　　〔东吴一处幽僻宫室。

　　　　〔孙尚香凭窗抚琴，其音郁怨悲凉。

　　　　〔幕后女声独唱：

　　　　　　身在东吴心在汉，

　　　　　　十年悲怨与谁传？

　　　　　　思亲泪落吴江冷，

　　　　　　望帝魂归蜀道难。

　　　　〔剑奴捧药汤上，不敢惊扰。

　　　　〔琴声转急，悲切苍越，嘣然弦断。

剑　奴　（小心地）郡主，药汤凉了，快喝吧！

孙尚香　剑奴，我这心病，非是药石能奏效的啊！

剑　奴　郡主，你要把心放宽，保重身体，若能归蜀与皇叔团聚，好日子还长呢！

孙尚香　（幽幽地）剑奴，你说我还能归蜀么？

剑　奴　能！皇叔如今当了西蜀皇帝，说不定突然给人个惊喜，派人来接夫人！

孙尚香　（苦笑）剑奴，这个梦，我做了十年了！（喃喃追思）当年夫君

　　　　　　远征入川，我受骗急返东吴，无法告知夫君，军师和叔叔也未及知会。夫君那边，不知我苦衷委屈，定怨我不告而归。此后，侍候母病，滞留东吴，无从互通款曲。我盼着夫君向东吴索妻接妻，谁知十年来夫君不闻不问，我是有国难投，有家难归啊！

剑　　奴　郡主……（欲慰无词）

孙尚香　剑奴，你可知道，如今我最忧心的是什么？

剑　　奴　剑奴不知。

孙尚香　自从东吴袭荆州，杀关羽，我就整日提心吊胆，怕只怕东吴西蜀要大动干戈了！

剑　　奴　（迟疑一下）郡主，果真被你料到了！

孙尚香　此话怎讲？

剑　　奴　宫中传闻，蜀王刘备亲统七十万雄兵讨伐东吴，江南百姓纷纷逃难，听说蜀军已连破东吴数城了！

孙尚香　（虽有预料，还是震惊）啊？！

　　　　〔内声："主公驾到！"

　　　　〔孙权、吕范上。

孙　　权　（上前）妹妹……

孙尚香　（冷冷地）大兵压境，你不去统军厮杀，来此何干？

孙　　权　（尴尬）呃……妹妹，你知道了，为兄也就直说了：刘备举兵伐吴，其势难挡，为解东吴危急，有一事特来与妹妹商量。

孙尚香　商量？你不遵母后训诲，不从尚香苦谏，荆州到手了，还斩杀关羽！如今刘备杀来了，你正好去和他杀个痛快，有何事用得着与我商量？

　　　　〔孙权语塞，吕范上前。

吕　　范　郡主息怒。主公此来，乃想与郡主消解怨隙，送郡主归蜀，夫妻团聚。

孙尚香　送我归蜀？

孙　权　正是。妹妹，为兄要送你归蜀，夫妻团聚。

孙尚香　夫妻团聚？（冷笑）我被骗回吴，十余年来形同软禁，你从不提归蜀二字，今日两家为仇，大兵压境，你却要冒着烽烟送我归蜀，我归得了么？

孙　权　这个——

吕　范　郡主是明白人，归蜀者，求和罢兵也！

孙尚香　哼！杀了刘备的结义兄弟，刘备岂会轻易允和？

孙　权　正虑及此，为兄要割让荆州，缚还降将，送你归蜀……

吕　范　有郡主归蜀，从中调解，吴蜀才有望和解息战。

孙尚香　从中调解？（向孙权）母后调解过，你可听了？（向吕范）尚香调解过，你们可听了？如今酿成血仇，却妄谈调解，迟了，迟了！

孙　权　妹妹，难道你不思归，不想见刘备么？

孙尚香　（积怨迸发）想！我想了十年了！

（唱）十年来想夫君魂牵梦绕，

　　　望西蜀云雾锁悲泪长抛。

　　　数载夫妻情义厚，

　　　一生寄望早系牢。

　　　盼夫君香车宝马接妻返，

　　　只可叹柔肠盼断苦煎熬。

　　　都是你骗我归吴增怨隙，

　　　害得我欲归难归无下梢。

　　　到如今大兵压境遣我返，

　　　犹似人质营中投！

　　　郡主尊严你全不顾，

　　　流血的心上再添一刀！

　　　你酿战求和愧不愧？

　　　孙尚香怎愿忍辱走此遭？

孙　权　（愧赧）妹妹，我的好妹妹啊——
　　　　（唱）劝妹妹且收怒与悲，
　　　　　　　为兄赔罪敞心扉。
　　　　　　　都怪我当年错用计，
　　　　　　　误你一生恨难追。
　　　　　　　自从诓你回江左，
　　　　　　　本想为你另觅才俊比翼飞。
　　　　　　　谁知你追随刘备坚心志，
　　　　　　　为兄束手难作为。
　　　　　　　如今是蜀欲灭吴情势急，
　　　　　　　怕只怕东吴基业一旦摧。
　　　　　　　调解息战和为上，
　　　　　　　劝刘备，不靠妹妹又靠谁？
　　　　　　　妹妹呀！
　　　　　　　你怨兄恨兄兄领罪，
　　　　　　　唯求你为国为民凤驾归。
　　　　妹妹，你能因为兄之过而置家国大难于不顾么？看在东吴宗庙社稷份上，你就归蜀调解吧！
　　　〔孙尚香背身无语。
吕　范　（旁白）郡主心思转了，我也来几句。郡主啊！
　　　　（唱）西蜀起兵报弟仇，
　　　　　　　天下大势实堪忧。
　　　　　　　曹丕篡位移汉祚，
　　　　　　　蜀王他，本应讨贼向帝州。
　　　　　　　谁知他亏负天下望，
　　　　　　　报私仇欲把江南收。
　　　　　　　东吴也非不能战，
　　　　　　　怕的是鏖战江南陷民水火地惨天愁！

郡主是江东豪烈女，

家国难岂能不为家国忧？

你若能调和吴蜀同伐魏，

护国的功劳千千秋！

郡主啊郡主，篡汉的曹贼无时不在窥视战局，无时不想报赤壁之仇。为吴为蜀，为民为夫，你都该为挽危局而归蜀调解啊……

孙　权　妹妹……

吕　范　郡主……

〔孙尚香心潮鼎沸。

〔一大臣内呼："主公……"急上。

大　臣　主公，前方又传急报，蜀军长驱直入，已破了彝陵！

吕　范　主公，情势已急，速让陆逊主军！

孙　权　（决然）好，筑坛拜将！（对孙尚香）妹妹，你好自为之吧。

〔孙权、吕范、大臣急下。

〔低沉的鼓声，低沉的呼吼："报仇！报仇……"

〔隐隐传来百姓哭喊声："蜀军杀来了，逃命啊！""快逃啊……"

孙尚香　（唱）腥风掀起长江浪，

江南大地战云高！

刘王啊，我的夫君，

吴蜀相残曹魏得利，

你怎可执意向江南挥战刀！

难道说，弟仇迷失英雄志，

德义仁心化戈矛？

难道说，一朝称帝登王位，

倒把匡济大业抛？

东吴郡主蜀王妇，

怎忍见吴蜀相残血滔滔！

罢！罢！罢！

　　荣辱悲怨且抛撇，

　　闯营谏夫拼一遭！

剑奴，为我更素服，备快马！

〔收光。

第六场

〔东吴猇亭地界，蜀军营寨连绵，旌旗蔽日，号角哀鸣。

〔刘备御营，旗幡挂孝。

〔兵士执长矛巡行。

〔侍卫拥刘备上。

刘　备　（唱）统雄兵出西川声威浩荡，

　　　　　　　伐东吴报血仇势压江南。

　　　　　　　想刘备一生戎马多跌宕，

　　　　　　　好容易三分天下拥两川。

　　　　　　　长恨江山未一统，

　　　　　　　人生苦短鬓已苍。

　　　　　　　孙仲谋袭夺荆州杀关羽，

　　　　　　　十数载旧怨新仇铸战端。

　　　　　　　成王霸灭吴再伐魏，

　　　　　　　旗旌卷处改河山。

　　　　　　　时不我待战机紧，

　　　　　　　召众臣、布方略，长驱灭吴指日间！

来！传各路文臣武将御帐议事！

传令官　领旨！（下）

〔刘备与侍卫进御帐。

〔孙尚香内唱："风萧萧路漫漫日色昏暝……"与剑奴策马上。

———潮剧《东吴郡主》 〉〉〉〉〉

孙尚香　（接唱）赴蜀营谏夫主策马疾行。
　　　　　　　　一路来尽遇那仓皇逃难哀哀百姓，
　　　　　　　　山山水水传悲声。
　　　　　　　　孙尚香载驰载奔忧思重，
　　　　　　　　但愿得谏夫阻战功能成。

剑　奴　郡主，前面就是蜀营了！

孙尚香　（接唱）望蜀营绵延接天外，
　　　　　　　　鞭戟连云画角鸣。
　　　　　　　　人近营门心颤沸，
　　　　　　　　我、我、我，我怎理得这十年阻隔、战地骤逢、荣辱生死、
　　　　　　　　爱怨恩仇万般情！（心情激动，难以自持）

剑　奴　郡主，你怎么了？

孙尚香　（强抑心绪）上前叩营！
　　　　〔孙尚香、剑奴下。
　　　　〔内传呼："东吴孙尚香，叩营见驾！"
　　　　〔刘备上。

刘　备　（一震）孙尚香？夫人啊夫人，你终于投归刘备来了！来，迎——啊，且慢，夫人此来，莫不是为东吴求和说项……来，祭灵！
　　　　〔内应旨。转眼灵幡飘动，关羽灵位赫然。

刘　备　传令：哀乐齐鸣，迎宾祭灵！
　　　　〔幕后呼应："哀乐齐鸣，迎宾祭灵！"
　　　　〔哀乐中，蜀兵执挑有白绫的长矛上。

众兵士　（队列跪呼）请！
　　　　〔孙尚香白披风帽上，剑奴亦着白衣，捧祭品随行。
　　　　〔刘备垂首坐于灵前。
　　　　〔孙尚香三拜伏地……
　　　　〔内声："主公答礼！"

1239

〔刘备下位，挥退军士与剑奴。

刘　备　（近前轻声）夫人……

〔孙尚香慢慢抬头，骤见苍老的刘备，震颤倒地，刘备扶起。

刘　备　夫人！

孙尚香　夫——啊，东吴孙尚香，参见蜀王陛下。

刘　备　夫人何须如此！（伤情）夫人啊夫人，你我夫妻，分离已是十年了啊！（泣）

孙尚香　（不由情动于衷）夫君！刘郎啊……（哭扑向刘备）

刘　备　夫人，爱卿！

〔幕后伴唱：

　　十年悲与怨，

　　顿作泪千行！

孙尚香　刘郎！

（唱）尚香被骗回江左，

　　望断蜀山苦恨长。

　　岁岁思君君无讯，

　　莫不是，夫君已忘了孙尚香？

刘　备　（唱）爱卿情义常思忆，

　　刘备怎能忘妻房？

　　奈何是卿向东吴我入蜀，

　　国事隔阻两茫茫。

孙尚香　（唱）两茫茫，

　　历沧桑。

　　聚首硝烟里，

　　刘郎啊，

　　你鬓已苍！

刘　备　（唱）鬓已苍，

　　喜卿还！

　　　　　　从此长相伴，

　　　　　　忘却旧时光。

　　　　　夫人啊夫人，本想灭吴后接你归蜀，且喜卿已来投，你就随营伴驾，陪我扫灭江南吧！

孙尚香　　扫灭江南?！不！夫君，尚香不信你要灭江南，你也不能灭江南啊！夫君！

　　　　　（唱）孙尚香江东生来江东长，

　　　　　　身虽为蜀妇，

　　　　　　根在好江南。

　　　　　　怎忍见战火燃故土，

　　　　　　百姓逃兵荒；

　　　　　　怎忍见宗庙被毁，

　　　　　　亲人刀下亡！

　　　　　　望刘郎，多体谅，

　　　　　　体谅我这两地心、两地情、两地牵挂的九转回肠！

刘　备　　（唱）夫人重情我重义，

　　　　　　桃园之盟不敢忘。

孙尚香　　（唱）桃园之盟不能忘，

　　　　　　汉室天下更相关。

刘　备　　（唱）你兄长杀我二弟把州城夺，

　　　　　　血仇不报枉为王！

孙尚香　　（唱）我兄长割让州城求和解，

　　　　　　望夫君允和罢战安江南。

刘　备　　（唱）复仇之师无反顾，

　　　　　　欲求和解难上难！

孙尚香　　（唱）莫为私仇起兵燹，

　　　　　　乞为苍生息战端！

刘　备　　（唱）妇人之见不足取。

孙尚香　（唱）天下大义莫丢一旁！

刘　备　（唱）誓灭江南把仇报。

孙尚香　（唱）一意孤行怎为王？

刘　备　（唱）你、你、你，

　　　　　　　传令一声快升帐——

　　　　〔鼓声起，军士呼吼执矛上。

刘　备　（接唱）"息战"二字莫再谈！

　　　　　　　谁再阻战言和，就是陷刘备于不义！

　　　　　　（哭向灵位）二弟，二弟啊……

　　　　〔蜀军呼吼："报仇，报仇……"

　　　　〔孙尚香在呼吼声中有些昏眩。

孙尚香　（唱）夫君哭灵声声哀，

　　　　　　　周遭怒吼震心怀。

　　　　　　　蜀营仇焰炽，

　　　　　　　阻战口难开。

　　　　　　想不到我孙尚香叩营阻战，倒成了陷夫于不义？非也！

　　　　　　（唱）一个"义"字贯天下，

　　　　　　　孙尚香正是为义谏夫来！

刘　备　（哭）二弟呀……

孙尚香　（泣伏于地）二叔啊二叔！你为汉室戎马一生，功昭日月，却被我东吴杀害，尚香抱愧！二叔在天之灵，当鉴尚香今日此来，不止是为故土消灾，更是为蜀之前程。如今曹魏篡汉，安坐龙位，吴蜀相残，汉贼得利！叔叔忠肝义胆，岂容兴汉大业毁于一旦？望叔叔在天之灵，舍仇取义，助夫君顾大局，明大义，息战联吴共讨国贼！尚香与你叩头了……

刘　备　（唱）孙尚香叩灵情哀恸，

　　　　　　　声声叩动我心怀。

　　　　　　　豪烈女襟胸实堪敬，

————潮剧《东吴郡主》 〉〉〉〉〉

　　　　　　怎奈我千秋功业有安排。

　　　　　　灭吴江山已半壁，

　　　　　　再向中原统宇内。

　　　　　　何况是，桃园仁义口碑在，

　　　　　　顺理伐吴正应该。

　　　　　　狠心来下逐客令——

　　　　　送客！

众军士　送夫人！

孙尚香　你？！

刘　备　（接唱）不灭东吴我出师为何来？！

孙尚香　不！夫君！夫君啊——（扑跪）

　　　　（唱）英灵有知应有悲悯怀，

　　　　　　夫君明智莫降灭顶灾。

　　　　　　战衅一开两伤败，

　　　　　　烽烟卷处生民哀。

　　　　　　我为苍生叩首拜——

　　　　　　刘王夫啊，

　　　　　　莫使那腥风血雨动地来！

刘　备　夫人，你这是妇人之仁，刘备怎能因妇人之仁而弃手足之义？

孙尚香　手足之义？请问夫君，这手足之义与天下大义，孰轻孰重？！

　　　　〔刘备语塞。

孙尚香　夫君，我的刘郎啊！

　　　　（唱）你是大汉英雄天下仰，

　　　　　　你手握雄兵拥两川。

　　　　　　普天下皆望蜀王申大义，

　　　　　　普天下皆望蜀王安国邦。

　　　　　　孰料你不剿国贼安天下，

1243

却为私仇灭江南。

刘郎啊！

莫让仇恨迷心志，

英雄当把大义担。

尚香谏夫倾泪血，

求夫君全大义、弃私仇、联吴伐魏、匡济天下、不负民望、不负汉家邦！

刘　备　（不免长叹）夫人啊夫人，东吴何以出你这大义女子啊！

孙尚香　（期冀）夫君可从我所谏？

刘　备　夫人苦谏，刘备铭感，刘备也不负汉室家邦。只是……征伐有急缓，小义须先全！

孙尚香　怎说？

刘　备　雄兵出川，方略已定，伐魏在后，灭吴在先！

孙尚香　灭吴在先？！（绝望）蜀王陛下，你是借私仇而灭我东吴啊！

刘　备　丈夫治世，自有经略。不瞒夫人，我已传命分兵八路，水陆并进，直捣东吴都城！

〔孙尚香瘫倒。

孙尚香　我孙尚香无力回天了……（挣扎站起）蜀王陛下，尚香临别，尚有一言。

刘　备　请讲。

孙尚香　东吴据地利已历三世，蜀有灭吴之师，吴有御敌之策，战事一开，胜负难测，望陛下……

刘　备　（止住）夫人苦心，孤已尽知，夫人无需多言了。是留是走，自作主裁！

孙尚香　尚香虽为蜀妇，然心存故土，江东危难，愿与江东百姓共存亡！拜辞了！

刘　备　你……你果真不愿留下？

孙尚香　（惨然泪下）蜀王陛下，你已非昔日尚香仰慕的天下英雄，尚香却仍是昔日之尚香啊……拜辞！

〔孙尚香与刘备三拜后决然离去……

〔幕后伴唱：

　　十载苦相思，

　　相逢不相知，

　　言尽梦已醒，

　　去时又凄凄。

〔刘备怅然……

〔军士跺矛低呼："报仇！报仇……"

刘　备　（惊回，拔剑）杀！

众军士　杀！

〔刘备与众军士隐。

〔渔翁上。

渔　翁　（吟唱）英雄霸心铸长恨，

　　春秋笔下留遗痕！

郡主阻战不成，失望而归，吴蜀交兵大战——

〔硝烟滚滚，烈焰腾空，鼓角惊天动地，厮杀声、呼救声不绝……蜀军挣扎呼喊，倒地……

〔战声渐息。

渔　翁　又是一场大战！又是一场大火！东吴陆逊，火烧连营七百里，大破蜀军七十万！刘备惨败，逃奔白帝城，托孤晏驾。唉！英雄失吞吴，巾帼悲长梦。就在这孙刘联手破曹的赤壁古渡，我们的东吴郡主，祭江来了……

〔孙尚香素衣与祭灵仪仗缓上。

孙尚香　（梦幻般地）蜀王，我的夫君，你在哪里，你在哪里啊……

　　（唱）魂断梦残，

凭江吊夫王。

江流为我咽，

悲风为我旋。

夫君啊，你魂归何方？

想当年，你过江联姻豪情万丈，

不避斧钺凤求凰。

我敬你胸怀社稷仁德广；

我爱你盖世英雄韬略藏；

我怜你半生戎马长飘荡；

我与你假姻缘翻作美姻缘。

嫁英雄尚香遂了闺中愿，

托终生矢志追随英雄郎。

助夫归，我叛兄别母荆州去，

困东吴，我十年望蜀归梦难。

实指望，金戈铁马传佳报，

夫君重振汉江山；

实指望，蜀山吴水春风化雨，

孙刘仇解夫妻团圆。

那时节，

我一手拉着我兄长，

一手牵着我刘郎，

同游赤壁温旧梦，

共享太平好时光。

有谁知，千般寄望万般盼，

盼来了挥师灭吴的蜀刘王！

鼙鼓惊破女儿梦，

谏夫难阻霸心狂！

　　　　战烟未灭心已殆，
　　　　大江东去水茫茫。
　　　　孙尚香祭夫也自祭，
　　　　殉梦也殉郎！
　　　　泪愁尽付东流水，
　　　　此恨绵绵天地间！
　　〔幕后伴唱：
　　　　泪愁尽付东流水，
　　　　此恨绵绵天地间！
　　〔孙尚香身赴江流……

众侍女 （悲呼）郡主……

　　〔结束曲：
　　　　青史春梦去悠悠，
　　　　几多长恨逐水流。
　　　　英雄功业女儿泪，
　　　　留与后人唱不休。
　　〔剧终。